花顏策

卷八

西子情 著

目錄

第九十八章　出手阻止

皇帝到了內室，沒看到雲遲的人，頓時愣了一下。

雲意單膝跪在地上，手中捧了一封信，呈遞給皇帝：「太子殿下留有書信，請皇上過目。」

皇帝打量了一眼四周，此時也明白了雲遲根本就不在東宮，顯然是裝病故弄玄虛，暗想著大約是出了什麼事兒，他才做了如此安排。於是他慢慢平復情緒，伸手接過了信箋。

信箋很薄，沒寫多少字，但皇帝看完後，臉色卻比進來時更蒼白難看。他好半晌，死死地盯著信箋，沒說出半句話來。

雲意起身，對皇帝無聲地說：「皇上請移步屏風後，您有什麼話要問，卑職告訴您。」

皇帝挪動著僵硬的腿腳，抬步去了屏風後，又將信再看了一遍。

雲遲留信雖簡短，但是該說的他已經在信中說了。五年前的川河谷大水，半年前的西南境地之亂，兩個月前的北地黑龍河決堤，如今的北安城瘟疫，都是背後有一雙或者幾雙手，在禍亂南楚社稷，形勢嚴峻，背後之人已泯滅人性，他一定要去北地。

他不瞞父皇，此去北地，他是有私心。因為他的太子妃在北安城，身陷瘟疫災難中。但同時，北地數萬百姓，他身為太子，也不能坐視不理，不能將他該擔在肩上的責任悉數給她的太子妃去做去擔負。她已經為他做的夠多了，不能出了這麼大的事兒，他還忍著不去她身邊。

他讓他父皇代為相瞞，同時，也讓他父皇謹慎提防。之後，雲意會貼身護著他，不得已之時，皇宮和東宮都有密道。

他做了最壞的打算，最好的安排。

皇帝深吸一口氣，又深吸一口氣，許久，依舊是頭腦懵懵心口疼的厲害，看著面前的雲意，一時間不知道該說什麼。

皇帝思考了片刻，臉色難看地說：「即便他以突然病重作為幌子，不露面，藏在東宮，雖有朕幫著隱瞞，也掩飾不了幾日，過幾日，朝臣們就會覺得不對勁了。」

雲意點頭。

皇帝鎮定下來，對他道：「不過幸好這些年他在朝中立了威嚴，幾日後，若有人想要輕舉妄動，也得掂量掂量。」話落，他長歎一口氣，「罷了，暫且先這樣吧！你就依照他所言，跟在朕身邊吧！」

雲意頷首：「是。」

皇帝在內室待了許久不出來，候在外面的人也不明白發生了什麼狀況，聽不到裡面的動靜，皆暗暗地猜測著。

不過這時誰也想不到雲遲已不在東宮，不在內室，更想不到雲遲有這一手安排。

這事兒只有東宮的人和皇帝知道，連王公公都被攔在了外面。

皇帝又詢問了雲意一番太子都帶了何人，知曉他將東宮暗衛帶走了大半，放了一半的心。

他也沒急著出去，而是坐在雲遲的內室想著到底是什麼人藏的這麼深，要危害南楚的江山社稷，為何一直以來就都沒察覺呢？

他在內室中坐了許久，眼見一個多時辰了，才站起身，出了內室。

當然，他的臉色比來時還不好，一時半會兒也緩和不過來。

王公公見皇上出來了，連忙上前，察言觀色的試探地問：「皇上？殿下他……」

皇帝看了他一眼，面色顯而易見的蒼老疲憊，又看向外面來探望的朝中重臣們，一個個看起來都憂急如焚，十分擔心太子，沉聲說：「太子連日來勞累，染了風寒早先沒當回事兒，如今操勞成疾，病倒了。眾位愛卿都散了吧！讓他好好休養，從明日起，朕理政！」

皇帝說完一席話，吩咐人起駕回宮。

聽聞太子殿下得了病，朝中重臣們都趕來了東宮，聚集一堂。

眾人見不著太子，看皇帝的神色，看著小忠子眼圈紅紅的，像是哭過，想著太子殿下想必真是不大好，都不由得齊齊地想著，太子殿下到底生了什麼病，將兩名太醫留了一夜？

皇上只說染了風寒，恐怕沒這麼簡單，若是小小風寒，不至於讓皇上這般臉色沉重。

一時間，眾人紛紛猜著。

皇帝回到皇宮，太后也得到了消息，正要出宮，見皇帝回來了，連忙對他詢問。

皇帝看著太后，斟酌了一番，對她道：「母后，去朕的內殿敘話吧！」

太后見皇帝臉色十分蒼白難看，這種神色，十分少見，她點點頭，跟著皇帝去了帝正殿。

進了內殿，皇帝將所有人都揮退，對太后說：「母后，都怪朕無能，累了太子。」

太后一聽這話直覺不妙，立即問：「出了什麼事兒？你快告訴哀家。」

皇帝歎了口氣：「自從西南大亂他奔赴西南，回來後又一直沒歇著，鐵打的身子也受不住。俗話說病來如山倒，尤其是對常年不生病的人，突然發作起來，自然來勢洶洶。」

太后立即問：「怎麼個來勢洶洶法？」

皇帝難受地說：「昨夜忽然暈倒，昏迷不醒，兩位太醫施救，今晨才醒來。」

太后面色大變，騰地站了起來：「這……怎麼會這樣？」

皇帝本不想瞞著太后，畢竟年歲大了不禁嚇，可一想到他的帝正殿還是甯和宮都不比東宮，不是鐵板一塊。雲遲離京的事兒，除了東宮外只能他一人知道，多一人，哪怕是太后，都危險。

他立即上前，伸手扶住太后：「母后別急，太醫正在施救，沒有性命之憂。」

太后即便被皇帝扶著，依舊站不穩，立即說：「哀家就說，他不能再這樣勞累下去了，勸過他多次，讓他仔細身子，他偏偏不聽，如今倒好，將身子給累垮了。」話落，她紅了眼眶，「哀家這就去東宮看他。」

皇帝立即攔住她：「母后還是別去了，您年歲大了，過了病氣，他見到朕，特意囑咐了，您不能讓他既病著，又擔心憂急您的身體。」

太后本來已走了兩步，聞言頓住腳，看著自己這副已年老不利索的腿腳，紅著眼眶歎氣：「哀家老了，的確不中用，如今連孫子病了，也不能去看，哀家活著還有什麼用？」

說完，眼淚沒忍住，流了下來，拿出帕子，擦著。

皇帝很少看太后流淚，她是個性情剛強強勢強硬的人，先皇故去後，他身體孱弱，那時還未親政，是母后幫著他支撐著朝局。她雖生在程家，但倒不像程家人，雖偶爾糊塗，但向著天家之心卻是正的。

他歎了口氣：「他那個破性子，誰能勸得住他？如今這一病，他自己也該知曉身子不是鐵打的了。母后要仔細身子，您可不是沒用，您將來還要含飴弄重孫呢。」

太后坐下身，哭了一會兒，止住淚：「罷了，哀家知道你孝順，太子孝順，既為他好，也為哀家好，哀家就不去東宮了。待他好些了，哀家再去看他吧！」

皇帝立即說：「待他好些了，讓他進宮看您。」

太后點頭，對皇帝說：「你也要仔細身子，如今冬日了，你出宮一趟，沾了寒氣，可別也染了風寒。趕緊讓御膳房熬一碗薑湯，再喊太醫給你把把脈，畢竟接下來，你要辛苦些。」

皇帝頷首，慚愧地說：「這朝事兒本就該是兒臣多操勞，這些年兒臣無能……」

「行了，這話就不必說了。」太后打斷他的話，「你也不易，身體不好，也不怪你，這要怪哀家，當年懷著你時沒仔細。」

話說到這分上，母子二人也都沒法往下說了，要說怪誰，至如今說什麼都沒用。

雲遲出了京城後，半夜之間便縱馬奔馳兩百里。

本是冬日，縱馬疾馳，更帶起寒風刺骨，儘管雲遲披了狐裘斗篷，但寒風依舊如刀子一般穿透了斗篷刺進皮膚裡。

天明時分，雲影看著雲遲沒打算駐馬停歇，忍了忍，還是開口：「殿下，前方便是小鎮，您喝一碗熱湯暖暖身子，再趕路，也耽擱不了多少時候，屬下聽您不時咳嗽，這風寒似乎又起了，萬不能大意，喝了熱湯後，照著太醫早先開的方子，找個地方熬一碗藥您喝下再趕路吧！」

雲遲雖急著去北地，但也知道自己身體似乎真又犯了風寒，風寒雖小，著實有前些日子的教訓不能大意，否則加重了，他到了北地，不但幫不上忙，還需要人照顧他。

於是，他勒住馬韁繩，點頭：「聽你的。」

雲影鬆了一口氣，吩咐一人先去前面小鎮打點。

雲遲帶著人在前面小鎮落腳，吃了一碗熱湯麵，又等著藥熬好，喝了一碗藥，身子暖和了，才繼續起程。

傍晚時分，頂著寒風行了三百里地，來到了北地通往京城的必經之路兆原縣。

兆原縣正是梅府大公子梅疏延兩個月前被雲遲選中外放來治理的地方。

雲影對雲遲說：「殿下，前方就是兆原縣，您落腳休息一晚吧！這樣日夜不停地趕路，最傷身子。」

雲遲沉默了一會兒，看著前方說：「歇兩個時辰就夠。」

雲影歎了口氣，吩咐人去前方通知梅疏延。

梅疏延聽聞太子殿下來了兆原縣，愣了愣，連忙吩咐人掃榻以待，不過也沒敢太過聲張，只吩咐近身人安排。

雲遲等人來到府衙，梅疏延見了，連忙見禮。

雲遲下馬，甩開馬韁繩，伸手虛扶了他一下，掩唇低聲咳嗽了一聲，說：「不必多禮。」

梅疏延起身，連忙領著雲遲進了守府，一邊走，一邊問：「殿下怎麼來了北地？」

「有要事前往北安城一趟。」雲遲也未隱瞞。

梅疏延點頭，沒問什麼要事兒，若有必要告知他，太子殿下自然會說。只說：「這天寒風大，殿下一路奔波，可先去熱水沐浴，用了晚膳歇一晚上再趕路……」

「不必。」雲遲擺手，「歇兩個時辰就走。」

梅疏延看看天色：「事情十分急迫？」

雲遲「嗯」了一聲，又壓著嗓子咳嗽了一聲。

梅疏延擔心地說：「殿下看來染了風寒，我這便去請個大夫來。」

雲遲擺手：「不用，有太醫開的藥方，稍後煎一副藥就好。」

梅疏延頷首，領著雲遲去了下榻之處，有人抬來熱水，雲遲沐浴後，梅疏延陪著他用過膳，已去了大半個時辰，他見雲遲不時咳嗽一聲，便又建議：「殿下不歇整晚，便再多歇一個時辰吧！您若是病倒，有多急的事兒怕也是難為。」

雲影趁機說：「是啊，殿下！您趕了半夜又一日的路，就再多歇一個時辰吧！」

雲遲揉揉眉心，到底是應了：「也好。」

梅疏延聞言鬆了一口氣，已經趕了這麼久的路，若是不歇一歇，身子就算是鐵打的，再冒著寒風繼續趕路也受不住。

雲遲很快就去歇下了。

梅疏延沒歇，等著時間到了，去送送雲遲。

兩個時辰後，他還沒等送雲遲，卻等來了一個人。這人一身黑衣，披著黑狐披風，周身似乎融入了黑夜中，一身寒氣，打馬駐足在了他縣守府門前。

有人稟告，他匆匆迎了出去，見到這人，猛地睜大了眼睛：「子斬？你怎麼來了？你不是在……」

蘇子斬翻身下馬，俐落乾脆，他同樣染著風寒，沒壓制住也咳嗽了一聲，嗓音如夜風般寒涼清冷：「大表兄，太子可在兆原縣？」

梅疏延聞言一愣。

蘇子斬盯著他：「你要如實告訴我，我有要事兒找他，事關北地之事。」

梅疏延一聽他說北地，又從雲遲口中得知雲遲此行就是要去北地，他也知道蘇子斬在北地行事，立即回過神，連忙說：「在，太子殿下如今就歇在府衙內，不過他說歇兩個時辰就走，我多留了他一個時辰，如今正要到了。」

「哦？」蘇子斬挑了一下眉，頓時笑了，「不枉我騎了日行千里的良駒趕到這裡來攔截他。」

梅疏延又是一愣。

蘇子斬立即說：「帶我去見他。」

梅疏延拿不准蘇子斬這一笑的意思，但也不敢耽誤，立即帶了蘇子斬去見雲遲。

雲遲此時已醒了，掐著點起來，準備趕路。

聽到外面的動靜，他蹙眉，問：「雲影，何人又來了？」

雲影探頭向外瞅了一眼，有些驚異，立即回話：「回殿下，子斬公子。」

「嗯？」雲遲一怔，本打算喝一口熱茶就趕路，聞言身子騰地站起，抬步就向外走。

他走到門口，梅疏延也已經領著蘇子斬來到了門口。

蘇子斬見到雲遲，上下打量了他一眼，「呵」地一聲笑了，「我果然沒猜錯，知道北地之事，你勢必會離京前往北地。怎麼著？還真是不要江山不要命了？」

雲遲擰著眉看著蘇子斬，沉聲問：「你怎麼來了這裡？她呢？」

蘇子斬隨手解了披風，對他說：「我趕了半夜一日的路，飯沒吃一口，水沒喝一口，就是要在這裡堵你，如今沒力氣跟你說話。」

雲遲聞言盯了他片刻，讓開門口。

蘇子斬不客氣地進了他的下榻之處。

梅疏延聽了蘇子斬的話，連忙對近身人吩咐：「快去吩咐廚房備膳食，要快！」

蘇子斬進了門口，聽到之後，頭也不回地說：「來一壺酒。」

梅疏延立即補充：「再拿一壺酒來。」話落，他反應過來他來時下馬與他說話也咳嗽了，立即說，「你染了風寒，不宜飲酒。」

蘇子斬輕嗤了一聲：「多大的事兒，能的。」

梅疏延沒了話。

雲遲跟著蘇子斬進了屋。

梅疏延想了想，沒跟進去，想著二人說的必定是大事兒，他這兩位表弟，他哪個都惹不起。只在外面看顧著，別打起來就好，另外還要讓人仔細守好城守府，雖這兩個月他已在兆原扎下了些根基，但也不敢保證十分安全，以防萬一。

蘇子斬進了屋，看到桌子上的茶壺，試了試水溫，拿起茶壺對著壺嘴，揚脖一氣猛灌。

雲遲隨後走進來，看到他的舉動，又蹙了蹙眉。

蘇子斬喝了大半壺茶，似肚子暖了些，一屁股坐下，對他挑釁地說：「是不是看我這舉動特不順眼，特熟悉。」話落，他補充，「跟花顏學的。」

雲遲臉色發沉，緩緩坐下身，看著案桌對面的蘇子斬，他懶散地坐著，翹著腿，他有半年多沒見他了，自從西南大亂，安書離與他定的計畫，他依照計畫趕赴西南，就再沒見過他。

如今他寒症得解，似乎也變得與以前有些不一樣了。這種不一樣，他說不出來，但他的行止做派，他卻很熟悉，因為隱隱約約很像花顏。

他也顧不得二人之間的那些扯不清的糾葛，盯著他問：「本宮問你話呢？她呢？」

「想知道？」蘇子斬冷哼，「那等我用完晚膳再說，餓得很，沒力氣告訴你。」

雲遲薄怒，但是面前這人是蘇子斬，他也只能按壓下，自小二人就不對付，蘇子斬不怕他翻臉。

蘇子斬身子靠在椅背上，整個人如一隻懶洋洋的大貓，欣賞著雲遲強壓的怒火，他一路奔波，心裡始終壓著一股鬱氣，如今見雲遲想發作又忍著他的臉色，總算舒服了些。

對於花顏，他這一輩子算是栽了，但對於雲遲，他也許比他栽的更厲害。

不多時，有人送來飯菜，四個熱菜，一大盆米飯，一壺酒，端上桌，熱氣騰騰的，滿室香味。

蘇子斬早餓得狠了，直接將那一大盆米飯挪到自己面前，拿著筷子，扒拉了一大口米飯，就著四個菜，一壺酒，風捲殘雲起來。

雲遲坐在蘇子斬面前，看著他狼吞虎嚥地用飯菜，一腳踩在地面上，一腳踩在椅子上，不止坐相不雅，吃相也不雅觀。他毫不懷疑若不是桌子矮，他可能會踩在桌子上。

曾幾何時，蘇子斬變成這般模樣了？他暗暗地想著花顏若是餓得很了，估計也是這副模樣，心裡就如打翻了油罈子，火苗蹭蹭地燒了起來，燒得他五內俱焚。

蘇子斬轉眼間便喝光了一壺酒，又將飯菜吃進肚子裡大半，才抬起頭，抽空瞅了雲遲一眼，見他臉色發黑，他心裡冷哼了幾聲。

雲遲到底沒說話，耐心地等著蘇子斬吃完。

蘇子斬吃了大半盆子飯，四個菜被他吃得乾淨，然後筷子一放，轉身就三兩步地去了不遠處的榻上一躺，閉上眼睛，似吃飽喝足就要睡去。

雲遲見他如此行止，徹底惱了，騰地站起身，咬牙切齒地看著他：「蘇子斬！」

蘇子斬當沒聽見。

雲遲抬手對著床榻劈出了一掌：「你給本宮滾起來。」

蘇子斬身子一滾，換了個地方。

雲遲一掌劈空，緊接著又劈出了一掌。

蘇子斬又換了個地方，眼皮都沒睜開，但翻滾的動作卻極其俐落快速。

雲遲氣急，前兩掌留著客氣，這一掌再不留客氣，實打實地對著床鋪上的人砸了過去。

「砰」地一聲，床榻禁不住雲遲的掌風，應聲塌了。

蘇子斬一個鯉魚翻身，下了地，睜開眼睛，抱著膀子，斜眼看著雲遲：「你消停點兒，我睏的沒力氣與你打架。」

雲遲震怒：「本宮問你她呢？你若是不好好回話，再推三阻四不答，今日便睏死你算了。本宮的耐性是有限的。」

蘇子斬見雲遲真被他惹火了，懶洋洋地說：「她在北安城呢。」

雲遲更怒，對他質問：「你將她丟在北安城，你回來做什麼？」

蘇子斬臉色也一下子難看起來，冷眼看著他：「這我要問你，你若是不來北地，我豈能被她打發來攔住你？你知道不知道自己的身分？便這般不管不顧地跑出來。你一不懂醫術，二沒有盤龍參，你去北安城做什麼？找死嗎？」

雲遲瞇起眼睛，抓住重點：「是她讓你半路來攔截本宮的？」

蘇子斬冷笑：「她為了你，為了你南楚的江山天下，恨不得長三頭六臂幫你肅清四海宇內。

你倒好，自己身為太子儲君，卻不做儲君該幹的事兒，只一味地兒女情長，你可真是有出息。」

雲遲繃著臉，一時不說話。

蘇子斬嘲諷地看著他：「怎麼？不說話了？覺得理虧了？雲遲，你還有什麼本事？你只有霸道強硬哄女人有本事吧？我看你是暈了頭了，如今是什麼時候？朝局是什麼情形？北地是什麼狀況？你難道不知道？你出京去北地做什麼？只負責陪著她死嗎？若你是這樣打算的，那她才真是瞎了眼答應嫁給你。」

雲遲沉著臉不語。

蘇子斬不客氣地繼續說：「你別忘了，自出生起你就是南楚太子，肩負著就是南楚的江山天下？這天下是你的，不是別人的，你休要推給別人。哪怕花顏死了，你不治理好南楚的江山，不讓天下萬民安定，你也沒臉陪著她下九泉。」

雲遲終於開口：「你說夠了沒有？」

「沒說夠呢！」蘇子斬諷笑，「你這便不愛聽了？沒人罵過你對不對？我告訴你，花顏讓我來攔住你，就是讓我罵醒你，罵不醒你，就打醒你。她不希望你將她看得比南楚江山還重。千秋萬載，她也不想做那個毀江山社稷的女人。四百年前，她為了臨安花家世代安穩，放太祖爺從臨安通關，已覺得愧對後樑天下，至今是她的心結。如今你若為了她重過天下，有朝一日放棄天下，你覺得她會高興？愚蠢。」

「那你說本宮該如何？」雲遲沉沉地問。

蘇子斬平平地說：「回你的東宮去。」

雲遲聽著蘇子斬的話，沉默許久，久到外面不知何時下了雪，窗櫺落了冰霜。

他才對蘇子斬開口：「若換做是你，你當如何？」

蘇子斬瞇了一下眼睛，果斷地說：「我不會成為你，也不是你，沒有如果。」

雲遲涼涼地笑了一聲，眉目攏上一層薄霧寒意，他低聲說：「若你是我，蘇子斬，你也會做出如我一樣的選擇。你別否認。你如今嘲笑我，罵我，你也比我強不到哪裡去。」

蘇子斬抿唇。

雲遲抬起頭，一字一句地說：「我既然已經到了這裡，就不會回去京城，我要去北地，你說的對，天下是我的天下，我怎可讓她為我擔負？」

蘇子斬寒了聲音：「你回東宮，就是為你的天下好，別昏了頭不知好壞。如今你去北地，絕非明智之舉。」話落，補充說，「花顏不會出事兒的！先不說有天不絕在，若是救不了北安城，她也會做周全準備，不會讓自己折在北地。她不傻，也並非尋常女子，知道權衡利弊。」

「不行。」雲遲斷然地說，「我要去北地。」

蘇子斬惱怒：「她讓我來攔你，你非要去北地，糟蹋她的一片心，你好得很。」

雲遲靜默一瞬，但依舊說：「無論如何，我也要去北地見她。」

蘇子斬看著他的模樣，打定主意，十頭牛都拉不回來，他懶得再與他廢話，挑眉：「你覺得我既然在這裡攔住了你，你還能去得了北地？」

雲遲盯著他：「你攔不住我。」

蘇子斬倨傲地說：「你的意思是你武功比我高嗎？」話落，他冷笑，「不如，咱們做個賭約如何？你若是勝了我，可以踩著我去北地，你若是勝不了我，就乖乖回你的東宮去。」

雲遲忽然瞇起眼睛，鎖住他：「你哪裡來的膽氣覺得我贏不了你？」

蘇子斬張狂地說：「你看見過花顏用劍嗎？在桃花谷時，她曾在我掌心跳了一舞，那一舞，便是劍舞，我至今難忘……」

他話音未落，雲遲忽然對他橫劈出一劍。

蘇子斬當即抽出寶劍，與他對打了起來。

二人默契地出了屋，去了院子裡，外面，大雪已下了好一會兒。

二人在大雪中，刀光劍影，頂著紛飛的大雪，一時打的難解難分。

雲影等東宮的暗衛，蘇子斬帶回京的十三星魂以及花家暗衛，瞧見二人打了起來，都紛紛探出頭觀戰。眾人不約而同地想著太子殿下和子斬公子已經有多久沒動過手了？

還是那一年，武威侯夫人無緣無故倒在東宮，太醫都查不出原因時，子斬公子衝進東宮，要殺了太子殿下，那時，太子殿下不還手，只一味地閃避，周身被子斬公子傷了好幾處，東宮暗衛看的心急，想攔住，太子殿下下了死命，誰也不准出手。

子斬公子最終自己住了手，自此再沒踏入過東宮，直到今年提著一壇醉紅顏，是為了太子妃而去，劫走了太子妃。

時至今日已五年，太子殿下這回不躲不避，是真正的與子斬公子動手。

太子殿下的劍術冠絕天下，世人都知，子斬公子的劍術不及他狠辣的名聲一樣名揚天下，但他的劍術，也無疑是好的，師承南陽山最正宗的劍法。

但是這一次，蘇子斬沒用自幼所學的劍法，用的反而是誰也沒見過的劍法。

雲遲沒見過！

東宮的一眾暗衛也沒見過！

蘇子斬所用的劍術，招式看起來平平常常，但每一式能夠演變出千變萬化來，在劍用到極致時，周身的飄雪竟然都能為他所用，他的劍光，將雲遲籠罩住，攏的密不透風。

雲遲在蘇子斬出劍時，便看出來了，是來自雲族劍術的傳承。也正是專門克制他自幼所學的劍術。在他每一招一式密不透風織就的網下，他竟然被他重重圍困在劍網內。

他心中氣血翻湧，不由得發起狠來，找這一套劍術的漏洞。

一盞茶，兩盞茶，三盞茶……

半個時辰，一個時辰……

雲遲終於找到了突破口，蘇子斬同時也意識到了，連忙換招。

劍快，人快，招式快，心思快，最終，雲遲衝破了密網，寶劍指向了蘇子斬眉心一寸，但同時，蘇子斬的劍也擱在了雲遲的心口一寸。

這是個和局。

雲遲臉色沉沉，眉目沉沉，眸色沉沉，死死地盯著蘇子斬。

蘇子斬臉色卻晴空朗日，看著雲遲，忽然變得吊兒郎當，張揚地哈哈大笑：「雲遲，原來你終於奈何不了我了。」他揚起眉梢，「有我在，你去不了北地，除非，咱們倆都死在這。」

雲遲沉聲說：「你沒勝了我。」

蘇子斬冷哼：「我也沒輸了。」

雲遲臉色幽暗：「你非要攔我？」

蘇子斬糾正他，揚眉：「你看不出來嗎？是花顏要攔你，她將不傳外人的劍法都傳給我了。你非要去北地惹她生氣？」

雲遲沉默，片刻後，手腕一撤，收了劍，面色恢復如常，嗓音平靜溫涼：「她如何說？」

同時，蘇子斬也收了劍，漫不經心地說：「她說我留在北地如今已沒多大用處，我的勢力都在京城，讓我沿途攔住你，合東宮與我在京的勢力，徹查到底是誰在背後為所欲為。」

雲遲負手而立，寒風吹起，大片雪花落下，落在他髮絲上，臉上，他寒聲說：「背後之人隱藏在京城？」

「也許。」蘇子斬抖了抖衣袖，「天下之大，說不準，但京城是最危險也是最安全之地。」

雲遲抿緊薄唇：「她當真不會有事兒？」

蘇子斬冷嗤：「你關心則亂，對於她來說，雖然她嫁的人是你，但我與你對她的關心是一樣的，你別否認，我既然能來攔你，就是相信她。與其都窩在北安城著急上火，不如跳出來想辦法查找盤龍參，徹查背後之人。」

雲遲不語。

蘇子斬冷聲道：「背後之人收購了盤龍參，不見得會毀去，定然藏在某處，畢竟，瘟疫這種東西，太可怕了，誰也難保沒有萬一不會流傳天下各地。背後之人想謀江山，毀一地也就罷了，不可能毀了這天下，不然，他要已毀的江山有何用？」

雲遲目光看向北安城方向，又靜默許久，想說什麼，卻忽然咳嗽起來。

蘇子斬也染了風寒，被他的咳嗽似感染，也忍不住嗓子發癢，跟著咳嗽起來。

這時，觀戰了一個時辰的梅疏延終於趁機開口：「太子，子斬，有什麼話，回屋說吧！這般天寒，你們二人都染了風寒，別拿身子不當回事兒。」

雲遲站著沒動。

蘇子斬亦沒動。

梅疏延看著二人，歎了口氣，他年歲較二人只年長了幾歲而已，在二人面前，他彷彿成了個老媽子，恨不得苦口婆心將二人勸回去。

今日他也算是開了眼界了，這二人，都比他厲害，但是互相作對起來，一個比一個幼稚。如小時候一般，互相看不順眼，專撿對方不愛聽的話說，但偏偏又不會真捅對方真刀子。

他們二人是十分矛盾的。大概也是因了母系的血緣關係。

蘇子斬一路奔波來到兆原，他是一刻也沒歇息，如今又與雲遲打了一架，寒風一吹，當先受不住了，他乾脆地轉身，向屋裡走去，一邊踢著靴子上沾染的雪，一邊說：「我還不想被凍死，你若是非要去，我也不攔你了。你若是不去，就等我睡一覺明日醒來，與你合計合計。」

說完，他邁上臺階，剛要進屋，忽然想起裡屋的床被雲遲掀塌了，他頓住腳步，對梅疏延說：「給我找間能好好睡上一覺的屋子。」

梅疏延立即叫過身邊小廝：「快帶子斬去休息。」

小廝立馬應了一聲：「子斬公子，請隨小的來。」

蘇子斬點頭，跟著小廝去了。

雲遲看著蘇子斬離開，他一邊踩著雪，一邊跺著腳，一邊咳嗽著，他忽然想起，他解了寒症不久，還沒有一年。

花顏曾與他說過，天不絕讓他休養一年，才能將他自小損壞的身子休養調理好，可是，北地出了事兒，他無人可用，只能將他請去了北地，他的身體沒休養多久，自然還虛弱的很。

不得不說，北地的事情他與花顏聯手，辦的十分順利，但個中辛苦，也是必然勞累的。

他想必一直未能歇著，偏偏又出了瘟疫之事。

如今，他馬不停蹄地來到兆原攔截他，這般折騰下，身子定然早就吃不消受不住了。

若是以前的他，打落牙齒和血吞，再冷風刺骨，他身子再受不住，估計也會咬牙硬挺著不服輸，絕對不先他回屋。可是如今的他，將花顏的能屈能伸，隨意灑脫，學了個十成十。

這般真正張揚隨心所欲的脾性，既讓他看著順眼，又心裡不舒服。

花顏對他的影響，實在是太大了，他說他的一輩子栽了，也沒說錯。

他想著，淡淡地笑了笑，她對誰的影響不大呢！大的他都快不認識自己了。

蘇子斬罵的對，他生來就是太子儲君，肩負著南楚的江山社稷，他不能任性，也沒有任性的資格。父皇為了他，苦心地往廢了養一眾皇子，花顏為了他，肩負起該他肩負的重任，蘇子斬不喜入朝，不喜朝局朝事兒，但無論是為了花顏，還是他本就改不了骨子裡德修善養心存良善的本性，踏入了朝局，捲入了暗潮風雲，刀鋒利刃裡。

他沒有退路，只能以乾坤之手，三尺青鋒，敬一切牛鬼蛇神。

梅疏延見蘇子斬離開了，雲遲卻依舊一動不動，看著北方天空，身上落了一層白雪，再這樣下去，很快就會被覆蓋成雪人，他走到近前，恨不得拽他進屋：「太子殿下，回房吧！」

從二人的對話中，他也聽出來了，北安城出了瘟疫之事，雲遲要去，蘇子斬來攔，他自然也覺得蘇子斬攔得對。

雲遲收回視線，動了動身子，他掩唇又咳嗽了幾聲，對梅疏延道：「給他請個大夫，診診脈，開一副藥。」

梅疏延自然知道他說的是誰，立即點頭，叫過來一人吩咐：「快去！將城南的韓大夫請來給子斬公子診脈。」

有人應聲，立即去了。

雲遲抬步向屋子裡走去，對梅疏延說：「本宮今夜就歇在這兒了。」

梅疏延一喜，這句話的意思也就是不走了，不去北安城了，他立即點頭，又喊來人：「趕緊將屋裡的床榻換一張來。」

有人應是，又立即去了。

雲遲回了屋，拂了拂身上的寒氣，解了外衣。小忠子沒帶來，雲影這個暗衛關鍵時候成了無所不能的人，立即現身，接了雲遲的外衣。

梅疏延後腳跟進來，又吩咐人：「再抬一桶熱水來，侍候太子殿下沐浴。」

有人應是，又立即去了。

不多時，有人俐落地換了床榻，有人抬來熱水，雲遲素來不用人近身侍候，擺擺手，遣了人下去，又對梅疏延說：「表兄也去休息吧！」

梅疏延見天色已極晚，點點頭，不再打擾雲遲，安排了兩個人候著傳話，便琢磨著大夫應該請來了，便去了蘇子斬安置的屋中。

這一夜，城守府可以算得上兵荒馬亂，但好在那兩位爺長大了，沒掀了城守府。他猶記得，小時候，二人在梅府打架，拆了梅老爺子的慈安堂。

蘇子斬已經睏極，但他素來愛乾淨，還是將自己扔去了熱水桶裡梳洗了一番，才疲憊地爬上床，沾枕即睡。

韓大夫被請來給蘇子斬診脈，青魂眼睛不眨地盯著韓大夫。

韓大夫在兆原縣有些醫名，但是個脾性怪的人，大抵依了那句話，有本事的人，脾氣都會有些怪。他本來被梅疏延派人大半夜揪起來看診不高興，風雪之夜，誰不樂意在暖和的被窩熱炕頭睡個好覺？

他一肚子氣，打算來了找梅疏延發作一番，管你是不是兆原縣最大的官，總不能欺負良民。但如今來了之後，見到了清一色的護衛和躺在床上的公子，以及護衛清一色的佩劍和高冷的肅殺之氣，頓時老實了。

心想著這定然是極惹不起的人物，於是，他老老實實給蘇子斬診脈，即便看到了梅疏延來，也沒敢發作他的怪脾氣。

韓大夫是有兩把刷子的，診了蘇子斬的一隻手，又診另外一隻手，兩隻手都診完脈，他捋著鬍鬚站在窗前看著蘇子斬尋思。

梅疏延見韓大夫久久不語，立即緊張地問：「大夫，他如何？」

韓大夫對梅疏延拱了拱手，沉吟道：「這位公子體質陰寒，氣血有虧，五內脾虛至極，多有損傷，想必一直以來有好藥將養，才一直吊著命。」

梅疏延心下一緊：「煩勞韓大夫請明言。」

韓大夫歎了口氣：「這位公子想必自幼受了什麼先天磨難，身體才會如此之差，但好在似有妙手醫者診治，所以，一直以來無性命之憂。不過如今染了風寒，卻疲於奔波，勞累至斯，未好生休息，使得體氣虛耗過甚，傷了脾腎心血，實在是太不拿自己當回事兒了。」

「可有大礙？」梅疏延聽的心裡一陣陣發緊，提著心問。

韓大夫道：「既有高明的醫者一直給這位公子診治，老夫想看看藥方，否則不敢貿然對這位公子用藥。」

梅疏延聞言看向立在一旁的青魂。

青魂也看出這位大夫是真有些本事，猶豫了下，還是拿出了天不絕給開的調理藥方。

那韓大夫伸手接過，一看之下，驚歎不已：「這藥方極妙，正對這位公子的症狀，簡直妙不可言。」話落，他嘖嘖稱讚，「有這藥方在，老夫就不班門弄斧另開藥方了。」說完，他盯緊青魂，「敢問，這是何人所開的藥方？」

青魂想想還是小心為上，當即搖頭：「無可奉告。」

那韓大夫眼底現出一絲失望，有些捨不得地將藥方遞回給青魂：「依照這藥方，給這位公子煎藥服下，這位公子只要不再勞累，養一段時日就會生龍活虎。」

梅疏延鬆了一口氣，他清楚蘇子斬是累的，實在難以想像，他早先還與雲遲生龍活虎地打了一架，半絲沒吃虧呢，沒想到身體如今這般虛弱。

他親自送韓大夫出門。

韓大夫走到門口，還是有些心有不甘，惦記著開出那藥方的人，悄聲問梅疏延：「梅大人，您可否告知那藥方是何人所開？不瞞大人，老夫是個醫癡，見到了這般好藥方，不知何人所開，著實睡不著覺。」

梅疏延大半夜派人將韓大夫抓來，心裡有些歉疚，但青魂既然不說，他也不能強行問，搖頭，歉然地說：「抱歉，本官也不知。」

韓大夫低聲嘀咕：「這樣精妙的藥方，除了我師叔天不絕，我還真想不出這普天之下誰能開得出來。」話落，他對梅疏延又說，「煩勞大人幫我問問，可是我那師叔？近來我聽聞他在京城現身了，不過又離開了。」

梅疏延一怔，剛要點頭說好，裡屋傳出蘇子斬的聲音：「表兄，請韓大夫留步。」

梅疏延立即轉身：「子斬？你醒了？」

蘇子斬雖頭腦沉沉，疲乏至極，但意識睡了七分醒著三分，對於梅疏延給他請大夫，青魂在一旁看著，他也懶得理會，聽之任之，自顧自地睡著自己的。但如今聽那韓大夫喊天不絕師叔，猛地一醒，想著天不絕出身神醫谷，這韓大夫難道也出自神醫谷？

他可沒忘了天不絕早些年研究出了那張藥方曾給神醫谷的人看過，而那個人，是他的師兄。他只有一個嫡親師兄，在三年前駕鶴西去了。

青魂出現在門口，冷木的聲音攔住韓大夫：「我家公子請韓大夫留步。」

韓大夫也愣了好一會兒，但他正想知道藥方出自何人之手，便痛快地點頭應了，折回了裡屋。

蘇子斬已從床上坐起來，臉色雖蒼白，但容色卻清貴，一雙眸子清冷地清寒鋒利，看人的時候，雖尋尋常常一眼，便也給人莫名一股從腳跟升起的寒氣。

韓大夫身子一抖，似被凍著了，不由得後退了一步。

第九十九章 查找瘟疫之源

韓大夫行醫救人，這些年，見過無數人的容色眼睛，但都沒有一雙眼睛如面前的這位公子一般，冷的讓人看到就周身打寒顫。

他在半夜被從暖和的被窩裡拖來給這位公子看診，見到這院子裡清一色的護衛的那一刻，就知道這位公子不好惹，如今見到醒來的他，更是深有體會這種不好惹。

他有些後悔，不該為了一張藥方子胡言亂語，惹上麻煩。

蘇子斬盯著他，以他的聰明，自然能看出韓大夫心中所想，他也不兜圈子，寒著聲音一字一句地問：「你與神醫谷是什麼關係？與天不絕是什麼關係？」

韓大夫咯噔一聲，想著他早先嘟囔那一句聲音極小，這位公子本來昏睡著，他已走到門口了，難道他竟真的能聽得清楚？他白著臉看著蘇子斬。

蘇子斬對他道：「我沒耐心，你最好快些說，別讓我再多問一遍。」

韓大夫看著蘇子斬，想著那張藥方，抖著聲音問：「敢問公子，您的那張藥方，可是出自天不絕之手？」

「嗯，是。」蘇子斬頷首，沒否認。

韓大夫大喜：「我就猜普天之下除了他，沒人能開出那般精妙的藥方，連我師父也不能。」

「你的師父是誰？」蘇子斬問。

韓大夫覺得天不絕既然給蘇子斬開了那個藥方，救治他，想必這位公子與他淵源極深，立即喜形於色地問：「敢問公子，如今他在哪裡？」

蘇子斬沉了眉目：「我問你話呢？沒准你問我。」

韓大夫一噎，打量蘇子斬眉目，猶豫了一番後，說：「我的師父是元道子，天不絕的師兄。天不絕是我師叔。」

果然是，蘇子斬立即問：「天不絕曾經在元道子面前顯擺過一張藥方，你可知道？」

韓大夫一怔，想了想，恍然地說：「是一張師叔研究的關於古籍記載的白皰瘟疫的藥方。」

蘇子斬瞇起眼睛：「你既然知道，可知道元道子將這張藥方都給過何人看過？」

韓大夫心下納悶，不明白蘇子斬問他這個做什麼，但看著蘇子斬的臉色，他還是如實說：「師父曾給我和師弟看過，當初師父曾感慨說，師叔於醫術一道簡直有著驚天的天賦。若不是師叔不喜俗務纏身，他是最合適的神醫谷掌派掌門人，不然，根本就輪不到他來做！」

「他只給你們師兄弟二人看過？」蘇子斬盯著他問。

韓大夫覺得蘇子斬眼中神色似乎更鋒利了，吶吶地點頭：「是，是啊！」

「到底是不是？」蘇子斬聲音又重了些。

「是。」韓大夫果斷點頭，心想著年紀輕輕的公子，怎麼這般震懾人，他一把年紀了，真有些受不住。果然是有著不同尋常身分的貴公子，這得天獨厚的貴氣就讓人腿軟。

蘇子斬又問：「你的師弟是何人？」

「如今的神醫谷掌派閆旭。」韓大夫立即道。

蘇子斬看著他：「你既是神醫谷的人，為何出現在這兆原縣？不在神醫谷？」

這問話十分有跳躍性，韓大夫一時有些跟不上，摸不清蘇子斬到底想知道什麼：「我如我師叔一樣，不喜歡神醫谷俗務和規矩，便在三年前我師父仙去後，我仿效師叔，叛出了師門，半年前遊歷到兆原縣，因遇到一位故友，便逗留了半年，本打算近日離開的。」

若不是今日乍然見到這精妙絕倫的藥方，他也不會一時失態暴露了身分。這話他沒敢說。

蘇子斬冷著眼睛問：「那張藥方，你師弟和你知道後，可有讓別人知道？」

韓大夫立即搖頭：「我從未說過，至於我師弟，就不得而知了。」

蘇子斬瞇起眼睛：「此話當真？」

「千真萬確！那藥方是古籍上記載的白皰瘟疫的藥方，幾百年來，沒有白皰瘟疫肆虐，讓人知道也無用啊！」韓大夫立即說。

蘇子斬見他似不像說假，但他如今身體虛乏，也沒心思再細究細查，便對青魂說：「將他押下去繼續審問。」

青魂應是，當即扣住了韓大夫的肩膀。

韓大夫臉倏地白了，對蘇子斬問：「公子為何押我？」

蘇子斬擺擺手，懶得解釋，又躺回了床上。

青魂自然不讓韓大夫再多言，捂了他的嘴，押著他下去了。

梅疏延不明白蘇子斬為何押了韓大夫，但知道一定事關重大，見他又躺在床上閉上了眼睛，便對他道：「是太子殿下見你身體不好，讓我給你請了大夫，韓大夫在兆原縣甚是有名，所以，我請了他來。」

蘇子斬眼皮子動了動，哼了一聲：「他還算有點兒良心。」話落，對梅疏延擺擺手，「表兄去歇著吧！」

梅疏延知道他睏倦極了，便不再多言走了出去。

雲遲此時沐浴完還未歇下，雲影來稟告蘇子斬拿下了韓大夫，他微微揚眉：「為何？」

雲影壓低聲音道：「似與白庖瘟疫洩露的藥方有關。」

雲遲沉了眉目。

雲影又道：「子斬公子說明日再審。」

雲遲頷首，看向窗外，夜幕濃黑，一夜中夜最深最沉的時候，他雖也累極了，但一時卻無睏意，於是，提筆給花顏寫了一封信。

信寫好後，他遞給雲影：「立即送去北安城給太子妃。」

雲影應是，勸道：「殿下早些歇著吧！」

雲遲點點頭，雲影退了下去。

蘇子斬實在是累極睏極了，這一覺，睡到了第二日中午。他睜開眼睛，看了一眼天色，外面大雪茫茫，下的依舊很起勁兒，他坐起身，披衣下床，清喊：「青魂。」

「公子。」青魂應聲現身。

蘇子斬問：「太子殿下呢？」

青魂立即說：「早已起了，在等著公子議事。」

蘇子斬嗤笑：「他倒還沒暈了頭，有藥可救。」

青魂垂下頭，想著普天下敢這樣罵太子殿下的，也就非他家公子莫屬了。

蘇子斬又問：「昨日那韓大夫，可審出了什麼？」

青魂立即說：「他所言不虛，天不絕的藥方曾給他師兄也就是神醫谷先掌派看過，先掌派只收了元道子與他兩個徒弟，神醫谷與梅家關係好，皇后自幼的身體，便得益於神醫谷的醫術，才能保全。尤其是先掌派，曾進京兩次，一次是皇后娘娘生太子時，一次是夫人生公子您時，都是先掌派出手相救。」

「哦？」蘇子斬瞇了瞇眼睛，「也就是說，神醫谷於梅家，於皇室，於武威侯府都有恩。」

「可以這樣說。」青魂點頭，「太醫院的三代院首，都出自神醫谷。」

蘇子斬對於上一輩的事兒，從沒探查過，以為太醫院多半是神醫谷的人，自然是因醫術精湛，被朝廷看重，沒想到個中內情牽連了這麼多。他尋思片刻，話音一轉，對青魂吩咐：「去告訴太子殿下一聲，我醒了，讓他等我用午膳。」

青魂應是，立即去了，想著多少年子斬公子與太子殿下未曾這般和睦了？

還是夫人在的時候，喜歡請太子殿下去武威侯府做客，為了表兄弟和睦互助，拉上子斬公子作陪，或者她去東宮做客，都要拽上子斬公子一起。

太子殿下敬重夫人，公子孝順，在她面前，二人自然不會打起來。

蘇子斬淨面梳洗，收拾妥當，去了雲遲的下榻住處。

雲遲正在看京城送來的密函，皇帝連他身邊的王公公都未告知，東宮上下對於他的離京守口如瓶，布防嚴密，朝中百官雖多有揣測，但如今都安穩老實。

他得到青魂的傳話，看了一眼天色，點了點頭，吩咐人擺膳。

不多時，蘇子斬進了院子，腳踩在雪地上，發出咯吱咯吱的響聲。

雲遲抬頭向窗外看去，見他低著頭走路，腳似故意的，特意踩出雪響，他不由地想著，若是花顏在雪地裡走路，估計也會一邊走一邊踩著雪玩。

蘇子斬還是蘇子斬，但卻讓他既熟悉又陌生。

他不由地想到未收到花顏關於瘟疫的來信時，前幾次她來信，都是說蘇子斬越來越不討喜了，跟個老媽子一般，她都再也不想看見他了。

這樣的蘇子斬不討喜嗎？跟個老媽子一般？

他收回視線，合上了密函，等著蘇子斬進屋。

不多時，蘇子斬來到門口，蹭了蹭腳底的雪，冒著一身寒氣進了屋。

雲遲給他倒了一盞熱茶，語氣尋常：「身體可好些了？」

蘇子斬掃了雲遲一眼，解了披風，扔在一處，走到雲遲面前坐下，端起茶盞，捧著喝了一口，也語氣尋常地說：「好了。」

二人經過昨日，一個冷靜了下來，一個消了氣，如今能心平氣和地坐在一起喝茶議事了。

「昨日聽說你押下了韓大夫？為何？」雲遲詢問。

蘇子斬捧著茶盞暖手，將押了韓大夫的原因說了。

雲遲聽罷，瞇起眼睛，沉思片刻道：「不止梅府、皇室、武威侯府，京中各大府邸，也都多多少少用著神醫谷。」

蘇子斬點頭：「是了，哪個府邸無人生病呢。」

雲遲頷首：「從神醫谷查。」

蘇子斬也正是這個意思：「兆原縣距離神醫谷不遠，不如就去一趟神醫谷，見見元道子，看他怎麼說。」

雲遲挑眉。

蘇子斬道：「我去！」

這時，有人端來飯菜，雲遲沒立即表態。

蘇子斬拿起筷子，一邊吃著一邊說：「十幾年前，天不絕叛出神醫谷，想必有原因，稍後我寫信問問他，韓承有兩把刷子，三年前也叛出神醫谷，對神醫谷的內情，他應該瞭解不少，讓他配合著查，應該省力不少。」

雲遲琢磨片刻點頭：「也好，不過……」

「怎麼？」蘇子斬看著他。

「要查，不如就大張旗鼓的查。」雲遲道，「無論是查盤龍參，還是查神醫谷，以及背後之人，從京城，到京外，查個底朝天。」

蘇子斬想了想，頷首：「如今敵在暗，我們在明，索性就豁出去的查，倒也痛快。」

二人意見一致，自然不必多言，用過午膳後，便商定了徹查的計畫。當然目前以查盤龍參之事為主，其餘的事兒為輔。

午膳後，蘇子斬起程前往神醫谷，雲遲起程回京，同時，東宮的暗樁與蘇子斬的暗線分別收到了大力徹查的消息。

北安城在蘇子斬離開的第二日，又發現了一千二百人染了白皰瘟疫。

安十六稟告花顏時，臉色十分蒼白：「少主，十分奇怪，明明我們已做了最好的措施，及時控制了瘟疫發作之人，自夏府拿的二十斤盤龍參也救了三百多人，可是，今日發作的人數卻依舊沒有減少，若是這樣下去，不出兩日，怕是會有上萬人發作……」

花顏臉色也十分難看，對安十六說出了昨日她猜想之事：「若是我所料不差的話，青浦縣並不是白庖瘟疫之源，北安城才是白庖瘟疫之源，青浦縣不過是一個吸引我們視線幌子而已。」

安十六頓時大驚：「少主的意思，早就有人在北安城埋了瘟疫之源？所以，如今無論我們怎麼掌控，都如雪球般地在滾？」

「嗯。」花顏點頭，「我也是昨夜剛想到的。」

「那怎麼辦？」安十六歷來穩重，如今也有些慌了，「天不絕試遍了所有藥材，至今沒找到能替換盤龍參的藥。若是這樣下去，北安城真會成為一座墳城了。」

花顏虛攥了攥拳，將她畫的那幅地勢圖鋪開，指著幾處說：「從今日起，以各府各家各院為小隊，只要沒有沾染瘟疫的各家，分批派人送出去這幾個地方。」

安十六一愣：「少主的意思是？」

「淨空北安城！動作要快一些。」花顏向外看了眼天色，「如今剛天明，到今日子夜之前，除了已染了瘟疫的人，所有人，都撤出去。每一府，安排兩名士兵監管。各府各戶之間，各自相隔三丈遠。這樣的話，即便有發現瘟疫者，也只會小範圍波及，立即掌控起來就是了。」

「少主這個法子好。」安十六聽罷，眼睛一亮，「北安城幾萬百姓，我們有三萬守城軍，五萬敬國軍，五萬武威軍，調出一半人手也就夠用了。」

「嗯。」花顏點頭，「你帶著花家暗線沿途暗中監控，一旦發現出城的人裡有異動之人，立即押起來，嚴加拷問。我留在北安城，帶著人一寸寸將北安城掘地三尺。」話落，她目光森寒，「我就不信揪不出藏在暗中禍害的瘟疫之源。」

安十六摩拳擦掌，惡狠狠地說：「少主放心，十七已得到消息，今日就會來北安城，我們二人一起盯著運送出城的人，定不放過一個有異動者。」

「好，你現在就去安排吧！」花顏擺手。

安十六片刻也不耽擱，立即去了。

花顏叫來程子笑、五皇子、夏澤，又命人喊來了程顧之。

蘇輕楓入了武威軍，蘇輕眠也跟著進了武威軍，其餘早先被蘇子斬收服的各府公子也都得了重用，分派到了北地各州郡縣理事，唯獨程顧之未做安排。

隨著程翔等人的凌遲處死，程家的倒臺，對於程顧之的打擊十分之大，他在花顏的准許下，為程翔、程耀發喪，之後，將程家分了家。做完了兩件事兒後，再也支撐不住，便病倒了。

花顏一直等著他病好，如今要做的事情事關重大，想起了他的本事，便派人喊了他來。

程顧之經歷家族大變，大病一場後，瘦了不少，如今倒已緩和了過來。他這兩日便覺得北安城不對勁，顯然是出了大事兒，但也沒想到原來是白皰瘟疫。

一行人齊聚一堂後，花顏將她的安排說了。

程顧之當先開口：「有許多百姓，在北安城住了數代，怕是不願意走，再加之如今又是大雪天寒的天氣，這般送出，老弱婦孺們怕是有心想走，也受不住，走不動。」

花顏道：「我選中的幾處地方不遠，最遠之處，百里地，最近之處，三十里。老弱婦孺們安排車馬，能走的人用走的，應該十有八九不是問題。」

程顧之點頭：「瘟疫可怕，百姓們也是知道，若北安城真如太子妃所猜測般，有瘟疫之源的話，這樣的安排，倒是最妥當之法。」

花顏深吸一口氣：「我也是沒法子了，不能眼睜睜地看著幾萬百姓都死在城中。這般情況下，不能坐以待斃，否則，北安城就會成為一座鬼城。」

「太子妃安排吧！看看我們幾人能做什麼？」程子笑揉揉眉心，這些日子，他每日不足兩個時辰的睡眠，洩氣地說，「我將能找的地方都找了，盤龍參目前是再也找不到了。」

花顏點頭：「今夜子時後，我，五皇子與程七公子，程二公子與夏澤，我們幾人，分成三批，將北安城東西南北四城掘地三尺地翻過來，查找瘟疫之源。此事危險，我會安排花家暗衛保護，一定小心謹慎。」

幾人沒意見，夏澤沒想到花顏也將他安派上了，眼睛很明亮。

花顏見幾人沒意見，拿出北安城的布防圖，劃分三大塊，分別做了瓜分安排。

她安排完，幾人都摩拳擦掌。

對於瘟疫，自古以來，除了研究出有效的藥物外，便只有鎖城一個法子。花顏卻將城內的百姓們分批運送出去，淨空一座瘟疫之城，不得不說，行止很大膽，但凡有疏漏之處，有染瘟疫的人被送出去，也就等於將瘟疫傳了出去。

若是別的具有潛在期發作慢的瘟疫，花顏不敢用此法，但因為是白皰瘟疫，潛藏期短，發作快，所以，花顏敢這般做。

她有花家做後盾，加上她已明面上掌控了整個北地。上到官府，下到軍隊，這般整合地做一件事兒，打破坐以待斃的局勢，也就打破了背後之人的安排，但凡有異動者，也就是引蛇出洞。

花顏安排好後，便命人將天不絕喊了回來。

天不絕已不眠不休地研究了幾日夜，全無收獲，臉色掛著喪氣之色，見到花顏，他無精打采，似老了好幾歲，悔不當初地說：「都怪老夫以前張揚愛顯擺，誰想到因果輪迴，如今遭了報應，吃了苦頭了。真不知道我那師兄將藥方給哪個狗東西看了，真是泯滅人性。」

花顏看著天不絕，這老頭早些年十分張狂，行止做派不可一世，十年前，她拿住他為哥哥治病，將他困在桃花谷，這麼多年，他才漸漸地沒了當初的性子。

他這個人脾性怪，性子硬，天生孤傲，即便做錯了，也擺出一副自己有道理的樣子，冷哼別人做錯了，這些年，還真沒見他如此悔不當初過。

她聽他罵了片刻，鎮定地說。「我已安排下去了，北安城的人，今夜子時前，沒染上瘟疫發病的人，全部都撤離出城。你如今越是急，越是不能靜心琢磨，暫時先別研究了。」

「那我做什麼？」天不絕立即問。

花顏看著他滿是血絲的眼睛，道：「睡覺，你從現在起，一直睡到今夜子時，之後與我一起，徹查北安城的瘟疫之源。你是大夫鼻子好使，先將北安城的魑魅魍魎搞清楚了再說。」

天不絕看著花顏：「那如今染了瘟疫這些人呢？怎麼辦？」

花顏默了默說：「沒辦法，對比死一千，幾千，不能讓幾萬人都死在北安城。」

言外之意，也就是暫時放棄這些人了。

天不絕雖是大夫，一生癡迷醫術，但在遇到花灼和花顏前，還真沒多少大義善良心腸，但這十年來，成為了大半個花家人，他已改了太多，如今這一千兩百多人沒有盤龍參救命，只能等死，死後還不能土葬，只能火化，讓他也有些不好受。

但是花顏說的對，對比死一千幾千，北安城數萬人，已算是最小的損失了。

自古以來，哪一次瘟疫不是覆滅一城或幾城？百年前，一場瘟疫，兩座城池鎖死成為死城，四百五十年前，後樑天下時，曾爆發瘟疫，連鎖七城，死了二十多萬百姓。

如今，北安城這般瘟疫事重，花顏的確盡了自己最大的努力在減少傷亡了。

他頹然地點點頭，嗓子乾啞：「好，聽你的。」

花顏看著他，忽然想起一事：「我一直沒問你，當初你為何叛離神醫谷？至今不回去？」

天不絕一怔。

花顏道：「神醫谷雖說是以醫術著稱的江湖門派，但卻與朝廷關係密不可分，神醫谷的人一半入朝為官在太醫院任職，甚至三代太醫院的院首都出自神醫谷。我想知道，當年發生了什麼，讓你叛離神醫谷，遊歷在外，死活不回去？你的離開，對神醫谷來說，是極大的損失，神醫谷的人似乎至今都沒放棄你。」

天不絕臉色本就不好，花顏這般一問，他神色忽然極差。

花顏盯著他：「你研究的藥方，洩露的後果，你也看到了。你那位師兄，雖三年前就去了，但事情可不能就這麼含糊著。到底是何人通過神醫谷，背後為禍，必須要查出來，你最好告訴我，都這般時候了，別瞞著。」

天不絕臉色變幻了好一會兒，才開口說：「當年我叛離神醫谷，是因為一個女人。」

花顏一愣：「因為女人？我一直以為你癡迷醫術，與女色上半分沒心呢！」

天不絕煩躁地瞪了花顏一眼：「誰沒年少時？我既有年少時，也是個男人，雖癡迷醫術，但也不至於整日埋在藥爐裡。」

「說說。」花顏有了興趣。

天不絕似有些難以啟齒，又住了口。

花顏看著他，臉色奇異，彆扭，似說不出口，對他翻了個白眼：「這裡就你我二人，有什麼不好說的？一把年紀了，你還當小夥子一般臉皮薄嗎？」

天不絕一氣，又瞪了花顏一眼，才艱難地開口：「那個女人你知道的。」

「嗯？」花顏更驚訝了，上上下下打量天不絕，這老頭今年有五十多了吧？她知道的女人，難道是花家的人？她的姑姑輩？

天不絕沒好氣地說：「別亂猜了，是梅府二小姐。」

「啊？」花顏猛地睜大眼，她不敢置信地看著天不絕，梅府二小姐，武威侯夫人？蘇子斬的娘？她看著天不絕，「你確定我沒聽錯？」

天不絕臉色難看地說：「你沒聽錯，就是她。」

花顏盯著天不絕，見他神色不似說假，好一會兒，才說了句扎人心的話：「老頭，你今年五十多，蘇子斬的娘雖在五年前去了，但算算年紀，也就四十多吧？你比她大了十多歲，是我想的那種風花雪月的關係嗎？」

天不絕臉色有些掛不住，哼了一聲，算是默認了。

花顏好一陣似被噎住，半晌，才佩服地看著他：「你瞞的可真嚴實，給子斬治病，半絲風都沒透出來，我如今倒是好奇了，你當時是懷著什麼樣的心情給他治病的？」

天不絕臉色又難看起來，怒道：「我是因為一個女人便看不開的人？多少年前的事兒了，我豈會耿耿於懷？」

花顏想著天不絕的性情，沒話了，點點頭：「也是。」

她話音剛落，天不絕補充了一句：「也就是起初看到那小子不順眼罷了，若不是看在你的面子上，他死在我面前，我也是不救的。」

花顏無言地看著他，暗想著她的面子可真夠大啊！到底心裡還是有分情放不下，否則也不會一直未娶妻的孤寡一輩子了。

她歎了口氣，細細打量天不絕，這些年，她都沒好好地看過這老頭五官面相，認識他的時候，他就是一副不修邊幅的模樣，絲毫沒有神醫谷在外推崇的那般每個醫者都仙風道骨。

「看什麼？」天不絕被花顏看的不舒服，雖一把年紀了，還是恨不得捂了她的眼睛。

花顏發現，這老頭五官周正，年輕時，若好好收拾收拾，想必也是個俊秀能入眼的人。她剜了天不絕一眼：「看看而已，你一個老頭子了，還怕人看！」

天不絕騰地站起身，似不想與花顏說話了，轉身就要走。

花顏頓時出手攔住他，轉了語氣，笑著說：「好了好了，不看你了，別走啊！咱們倆好好說說，我保證不再笑話你。你說你，憋了這麼大的事兒，憋了這麼多年，難得我願意聽，就別憋去墳墓裡了。」

天不絕知道花顏的性子，既開了頭，便不會讓他再藏著，總會都掏出來，臉色不好地又坐下：「當年，梅府大小姐天生帶有弱症，請遍醫者，都說沒法子，活不過十五，太醫院的院首，也就是我師父的師兄，我的師伯，出自神醫谷，他建議梅老爺子，請我師父出手相救。我師伯與我師父寫信，請他進京一趟，他不喜京城複雜，說什麼都不出神醫谷，後來，梅老爺子就帶著梅大小姐到神醫谷看診，梅府的二小姐與大小姐自幼感情好，便一起黏著也去了神醫谷。」

「那時她們多大？」花顏好奇地問。

「梅府大小姐十二，二小姐十歲。」天不絕道。

花顏在腦中勾畫了一下，想著男女七歲不同席，十歲雖不大，但也不小了，很多高門貴裔府邸已到了選親定親的年紀。女子十三四出嫁的大有人在。她又勾畫了一下天不絕，比梅府二小姐大十歲，那時正是弱冠年紀，風華正茂啊！

也難怪！

天不絕受不了花顏的眼光，撇開臉，又說：「那時二小姐於我來說不過是個女娃，我能對她起什麼心思？」

花顏眨眨眼睛，不說話。

天不絕繼續道：「我師父醫術高絕，出手給大小姐診治，知道她是娘胎裡帶的病，十分棘手，但也不是不能治，要保住她的命過十五歲的坎，還是能的，只不過，每日行針，她需在神醫谷住下來。」

花顏點頭，她沒聽雲遲說過他娘的這些事兒，對於他娘他說的極少，她自然也不知，沒多問過，沒想到，還有這麼一樁事兒。

天不絕道：「二小姐自然也陪著住了下來，二小姐性子活潑，好動，是個閒不住的性子。我每日幫著師父看診行針，分藥配藥，甚至上山採藥，她都要跟著。我開始煩她，但奈何擋不住她，後來也就依了她。」

花顏心裡「噢」了一聲。

說到這，天不絕歎了一口氣：「她們姐妹在神醫谷待了三年，大小姐過了十五歲的坎，身子雖依舊弱，但不至於風一吹就倒了，梅府來人接，她們便回了府。」

花顏知道，故事說到這裡沒有完，便靜靜地聽著。

也就是說，離開神醫谷時，梅府大小姐十五，二小姐十三，正是豆蔻年華。

花顏看著天不絕，三年，已足夠一個人對另一個人心生不捨了吧？

天不絕瞅了花顏一眼，默然了片刻，道：「我那時一心鑽研醫術，於兒女情事兒還真沒什麼心思，雖相處三年但也沒開竅。二小姐離開時卻問我，若我娶妻，會娶什麼樣的女子？」

花顏唏噓，原來是二小姐先提的。

天不絕的目光染上了回憶之色：「我對她說，沒想過。她紅著臉說，不妨現在就想想，若是想好，就去梅府提上一提。師父和我對大小姐有救命之恩，讓她父母答應，應是不難。」

花顏暗中嘖嘖了一聲。

天不絕繼續道：「她走了之後，我當真想了想，她出身世家名門，我出身小小神醫谷，且大她十歲，她出生後一直待在深閨，之後三年又待在神醫谷，不諳世事，見過男子太少才對我生出心思，我雖未哄騙她，但若是當真去提，未免有哄騙之嫌，梅府答應不答應且放在後面，我怕她將來遇到京中名門世家的公子，再對比我，生出後悔之心。怎麼琢磨，我們二人都不合適，便將此事作罷了。」

花顏點點頭，覺得站在天不絕的角度考量，他說的也有道理，梅府二小姐十三歲的年紀，性子活潑，心思單純，他大其十歲，若換做是她，也有哄騙之嫌。

天不絕繼續道：「此後一年，我常收到她的書信，卻都未回信，後來，她漸漸地不來信了。我雖有些悵惘，但也覺得合情理。但沒想到又過了半年後，她為了救梅府大小姐中了南疆的寒蟲蠱，太醫院無人能治，梅府的人又帶著她來了神醫谷找我師父。」

花顏想著糾葛估計就是因為這次來神醫谷。

天不絕歎了口氣：「彼時，我師父外出遊歷，唯我待在谷中，與梅府的人一起來的還有當朝太子與武威侯世子，太子心儀梅府大小姐，武威侯世子顯然對梅府二小姐有心思。我看出她中了南疆的寒蟲蠱，唯南疆蠱王能解，南疆蠱王是南疆的傳世之寶，自然不會輕易拿出來為其解蠱。但既有救她之法，無論如何也要試試。」

花顏頷首。

天不絕又道：「於是，我跟著他們一起去了南疆，即便太子親自前往，南疆王說什麼都不拿出蠱王。後來，還是武威侯世子用了法子，南疆王才答應用個折中法子救她，不用蠱王入體，用的是外引出寒蟲蠱，但會落下寒症之體，卻能保住她的命，所以，也只能同意了。」

南疆雖是南楚的附屬國，但因有蠱王，蠱毒強大，南楚幾百年來也莫可奈何，強行不了。

天不絕又道：「從南疆回來後，她因體弱，留在神醫谷將養兩個月，梅府來接她時，她又問我，如今她身體有寒症，我雖比她大十歲，但她不見得能比我活得長，問我如今再想想，可否去梅府提親？」

花顏又唏噓了一聲。

天不絕道：「她已快到十五歲，將近兩年的時間，不算是個小姑娘了，我想著她身體有寒症，一輩子都離不開好藥養著，若將來……我還真不放心，做她丈夫，自是方便日日照料她。於是，便點了頭。」

花顏眨了眨眼睛，這也算得上是私定終身了。

天不絕說到這，沉默了一會兒：「她回京後，我給師父寫了信，準備等師父回谷後，便去京城梅府提親。但不想沒多久，京中便傳出消息，梅府大小姐賜婚太子殿下，梅府二小姐賜婚武威侯府世子。」

花顏跟著歎了一聲。

天不絕深吸一口氣：「她既已有賜婚，我自是不可能再去梅府提親了。但不承想，兩個月後，我師父回來，一改昔日不喜京城的態度，命我前往太醫院任職。若是她沒被賜婚，也就罷了，如今她被賜婚，我自然不願再去京城，但我沒想到師父下了死令，若我不去，就將我逐出師門。於是，我一怒之下，不等他逐我出師門，我便叛出了師門。」

花顏想著原來是這個原因，對他問：「你師父為何一改昔日不喜京城的態度，非要命你進太醫院？」

「我問了，他不說，我才惱怒。」天不絕道，「我離開神醫谷後，便四處遊歷，一年後，聽聞她嫁入了武威侯府。兩年後，生了侯府公子，母體裡的寒症轉入了孩子身上。因那孩子身體不好，所以，武威侯未為他請封世子。又過了二年，我師父大限忽至，我念著師父教養我一場，本欲回神醫谷送他最後一程，卻收到了他臨終來信，對我說，既叛離神醫谷，便永遠別回去了。」

「你聽了你師父的話？當真再沒回去？」花顏問。

「嗯，除了這句話，他還說了一句話。若有一日，神醫谷覆滅，好歹神醫谷的醫術還有我來傳承。」天不絕道，「也就是這句話，讓我沒再回神醫谷。」

花顏瞇起眼睛：「所以說，你師父是前後矛盾的，也許，他當初讓你進太醫院任職，估計是為了趕你出神醫谷。那時，應該是發生了什麼事兒。」

「嗯。」天不絕道，「也許，不過我那時年輕，除了醫術，不做多想，唯一想的那樁兒女私情，也半路夭折，不回神醫谷，也算是一身輕鬆，此後，更是滿天下的晃蕩。」

「武威侯為蘇子斬治母體帶來的寒症，滿天下尋找你，你是怎麼能忍住不去京城的？」

天不絕嗤笑：「是武威侯找我，又不是武威侯夫人遍天下找我，我為何要去？」

花顏一噎，不由樂了：「的確有道理。」想了想，又問：「武威侯夫人在東宮無故死亡，你得到消息，也能忍住沒去，我倒是佩服你了。」

天不絕白了花顏一眼：「五年前的我在哪裡？在桃花谷給你哥哥治病，與世隔絕。待我治好你哥哥後，聽聞外面的事兒時，她早已入土二年了。」

花顏想想也是，她咳嗽一聲，歎息地說：「你就沒有遺憾嗎？」

天不絕哼了一聲：「活到我這把年紀，活一日就該開心一日，想那麼多，死的快。」

花顏沒了話：「所以，這樣說，在二十年前，神醫谷就不乾淨了？」

天不絕站起身，似累極再懶得說：「你若是懷疑，就派人去查，將神醫谷翻個底朝天，也許能有你要的。我老頭子就知道這麼多，有點兒壓箱底藏著的東西，都掏給你了。別再問我了。」

花顏住了嘴。

天不絕轉身去休息了。

外面的大雪如天上有人在搓棉花，大片大片地落，很快就落了天不絕一身。

花顏看著他的背影，似又蒼老了幾歲，他想著，他孤身一人今生不娶，想必也是再找不到那個靈動活潑喜歡黏著他讓他娶的女孩子了吧？

她不由地去想，當年她是心甘情願接了賜婚旨意嫁入武威侯府的？還是抗爭過最終作罷？武威侯可否知道這一樁事兒？

傳言帝后情深，武威侯與夫人亦和美……

花顏笑了笑，帝后若真情深，皇上怎麼可能允許自己有三宮六院七十二嬪妃？就算為皇室傳宗接代，一個女人又一個女人的寵幸，難道他把每個女人壓在身底下時都當作皇后？

武威侯與夫人若和美，怎麼會在她死後沒多久便娶了柳芙香？

有些事情，真禁不起推敲。

四百年，懷玉空置後宮，如今雲遲，空置東宮，將來，也必定空置後宮。

她雖不怎麼懂情深義重，但覺得這才是。

花顏靜坐了一會兒，琢磨片刻，提筆給蘇子斬寫了一封信，告訴他徹查神醫谷。信中，未提今日天不絕與她說的事兒。

寫完這封信後，她吩咐花家暗線，以最快的速度傳給蘇子斬。

然後，她又想了片刻，提筆給雲遲寫了一封信，信中，三言兩語十分簡潔地將天不絕提的事兒提了，她相信雲遲聰明，定會去查當年之事。

這一日，安十七來到了北安城，與安十六一起，以蘇子斬的名義，將北安城的人一批批地送去了花顏制定的幾處地方。

誠如程顧之所言，有的人世代居住北安城，不樂意走，有的人年老體弱，走不動。但在安十六和安十七帶著人遊說下，百姓們都知道了北安城發生了瘟疫，不走就是死，人人驚懼恐慌下，動搖者眾。

這些日子以來，蘇子斬懲治北地各大世家，肅清北地官場亂局，十分得民心。所以，絕大多數人都聽從了暫且離開北安城的安排。

只有少部分人說什麼死活也不走，安十六也不強求，留在了北安城。

還有少數人，鬧事質疑了起來，安十六帶著人將之押了起來。

早在青浦縣發現瘟疫的第一時間，蘇子斬下令封鎖北地所有城池，所以，如今北安城大舉向外送人，在安十六帶著花家暗衛的嚴密掌控下，稍有異動者，便被拿下，自然傳不出去消息。

從天明到午夜子時，整整一日又半夜，北安城五萬五千人被送出了北安城。

因是大雪天寒，花家動用了大批的財力物力車馬，以保證保暖禦寒在路途中儘量沒有傷亡。

誠如花顏所料，這一日半夜，北安城染瘟疫的人又增加至兩千五百人，而沒染瘟疫死活不離開的百姓有三千三百人。

這個數目，對比六萬人，已是少數。

當晚子時，花顏拉了天不絕，與其他人等分成三批大肆翻動北安城。

北安城，這一座空了十分之九的城池，在這一夜，大雪天寒下，燈火通明。

一座座府邸翻過去，一戶戶人家查過去。

第二日晌午，未發現花顏所料的瘟疫之源。

這一座城池，在半夜半日間，三批人手已將之翻了十之六七。

天不絕跟著花顏，難得一副好身子也凍得染了風寒，他掏出一瓶藥，倒出一丸，囫圇地吞了下去，將之遞給身邊的花顏，同時，抖了抖身上的雪，對她說：「小丫頭，你確定你沒料錯？如今查了這麼久了，快把這座城翻過來了，連一丟丟都沒有查到。」

采青為花顏撐著傘，擋了天上下的雪花，聞言也看向花顏。

花顏搖頭：「我的懷疑不會出錯，也許是我們查的方向不對。」

天不絕看著她：「除了這樣查，還能怎樣查？」

花顏皺眉尋思許久，也不得其法，便對采青說將人都喊過來，大家商議一番。」

采青應了一聲，將傘遞給花顏，派人去傳話了。

花顏撐著傘對天不絕說：「走，去城樓上。」

天不絕點頭，跟上她。

花顏一步步走上城樓，因無人打掃，臺階上厚厚的落雪，地面十分滑，她卻踩著雪，一步一步，走的卻極穩當。

二人上了城樓，花顏看著東西南北四城，居高臨下的觀覽整個北安城，看了好一會兒，她問天不絕：「剛剛有人來報，說已死了多少人了？」

天不絕道：「昨日染了瘟疫的一千兩百多人都死了。」

花顏沉默，不再說話。

不多時，有人上了城樓，立在花顏身後，拱手稟道：「少主，十六公子剛剛傳信，從昨日至今，被送出的人已有兩百人染了瘟疫，都舉家控制起來了。」

「舉家一共控制起多少人？」花顏問。

那人回道：「三千餘人。」

花顏抿唇：「也就是這個數了。」

那人又道：「出了北安城三十里後，有五人試圖逃跑，已被十六公子押起來嚴加審問了。」

「嗯。」花顏點頭，吩咐道，「告訴十六，染了瘟疫的人，送回北安城，其餘不得鬆懈。」

那人應是，立即去了。

天不絕這時開口：「你的法子是對的。昨夜到今日，只兩百人而已，若是擱在北安城中，怕是會上千人。」

「但這兩百人便已禍害了三千人，也許這三千人已都染上瘟疫了，一家人不可能不近距離接觸。」花顏道。

天不絕歎氣：「是啊！」

花顏不再說話，看著城下。

天不絕也跟著花顏看了一會兒，問：「站在這裡，能看出什麼？」

花顏道：「能看出東南西北四城方向極正，一眼望去，四城門遠遠都對著山頭，東山、西山、南山、北山，四目遼闊。」

天不絕四下瞅了瞅：「自古建城，講求風水，這般方正的城池多的是，沒什麼好奇怪的。」

花顏眯了一下眼睛：「這般大雪，凍死個人，瘟疫的屍蟲也該凍僵才是。偏偏，絡繹不絕地發作。」

天不絕心下一動。

這時，下面有幾人的腳步聲傳來，分外凌亂。

花顏回頭看了一眼，見程顧之等人來了，因長時間不停地搜查，每個人都很累，尤其是夏澤，本就身子不好，小臉比白雪還白。

幾人上來，看起來都分外疲憊，齊齊給花顏見禮。

花顏擺擺手，將手中的暖爐遞給夏澤：「受不住就回院子裡歇著吧！」

夏澤不接手爐：「顏姐姐，我不冷，也受得住。」

花顏將手爐硬塞給他：「拿著。」話落，對天不絕說，「將你的藥給他一瓶。」

天不絕伸手入懷，掏出一瓶藥來，遞給夏澤，口中硬氣地說：「臭小子，這副病秧子的身子，逞什麼能？你年紀小，身體又不好，受不住回去歇著誰也不會笑話你。」

夏澤無奈接了花顏的暖爐，懷中頓時一暖，又接了天不絕的藥瓶，口中道謝，同時說：「我年紀不小了，沒逞能，是還受得住。」

花顏摸摸他的頭，不再多說什麼，對幾人道：「查了這麼久，至今沒查出什麼，我總覺得查的方向不對，你們可有什麼想法？」

幾人對看一眼，一時紛紛思索起來。

片刻後，程子笑開口：「會不會根本就料錯了？北安城沒有瘟疫之源？」

「不可能，一定有。」花顏道，「白皰瘟疫染病後發作雖快，但不至於在我們第一時間控制下成倍的增長。那三人，定是幌子。北安城絕對藏著瘟疫之源。」

「可是如今都快將北安城翻遍了，沒發現蛛絲馬跡。」程子笑捶捶肩膀，跺著腳說，「趕上這麼大的雪，凍死個人，老天也不向著咱們。」

程顧之這時開口：「據說昨日發作瘟疫的那些人都死了。」

「是啊！都死了，一千多人。」花顏道。

程顧之道：「按理說，這瘟疫既是謀算著子斬公子與太子妃來的，子斬公子和太子妃身邊根本就不會靠近尋常人，背後之人應該也知道。背後之人即便將瘟疫覆蓋整個北安城，怎麼能夠就如此篤定以瘟疫殺得了你們二人呢？」

花顏心思一動。

「不錯，這一點十分奇怪。」程子笑道，「除非是背後之人低估了子斬公子與太子妃之能，認為他們發現瘟疫時已晚，已經悄無聲息染上了瘟疫，但誠如二哥說，子斬公子和太子妃身邊根本就不會靠近尋常人，輕易染不上瘟疫。而瘟疫覆蓋北安城的話，除非無藥可救時，子斬公子與太子妃說什麼也不撤離北安城。」

花顏抿唇：「難道……我在背後之人心裡是個心懷大義之人？寧可自己死，也不願背負天下罵名撤離北安城？」說完，她嗤笑了一聲，「我對自己的命珍惜得很。」

程顧之立即說：「因為你太子妃的身分，你既來了北安城，在程家露過面，有些人還是知道你在北地的，一旦北安城被瘟疫覆蓋，而你卻暗中撤離走了，將來一旦消息傳出去，怎能不受天下唾罵？罵你，也同時牽連了太子殿下。」

花顏又嗤笑了一聲：「原來背後之人是打著能藉由瘟疫殺了蘇子斬與我最好，殺不了，顯然還有後招等著我們。只要北安城覆滅了，成為一座死城，跟著百姓們死在這裡，便是大義忠良，撤離，便是不顧百姓死活的奸惡之人。總之，是毀了。」

五皇子這時開口，怒道：「背後之人真是其心可誅。」

花顏望著京城方向，輕飄飄地說：「是啊！其心可誅。但關鍵是怎麼將他找出來。」

花顏很難想像，背後之人扎根的比花家還深，唯一鑽的漏洞，便是花家一代又一代從不沾染朝政皇權。所以，如今與皇權牽扯起來的禍亂之事，在社稷暗潮翻湧下，才如此難查。

幾十年前的黑龍河決堤，五年前的川河谷大水，半年前的西南境地大亂，如今黑龍河再度決堤與北安城瘟疫，這串聯起來，就是一重重的網。

夏澤忽然說：「顏姐姐，北安城也許有密道。」

「嗯？」花顏猛地轉過頭，看向夏澤。

夏澤突然被她盯住，聲音頓時小了些：「我是亂猜的，只是覺得，我們這般查法，什麼也查不出來，也許是因為根本就被藏的太深，自古便有機關之術……」

花顏心神一醒，立即道：「你說的不錯，也許真有這個可能。」

程顧之這時也看向夏澤，點點頭：「夏澤說得有理，有些東西，憑空造不出來。」

花顏想了片刻，若是查北安城隱藏在暗處的機關密道，眼前這些人便不能用了，他們不擅長。安十六、安十七得用且擅長，但是護著出城的百姓安置盯著異動者是當前最重要的事兒。

她當即做了決定，對采青說：「傳信給雲暗，讓他先不必查了，立即帶著人撤回來，我有要事需要他做。」

對於機關之術，天下最擅長的除了花家暗線，江湖隱門，還有太祖暗衛。

采青應了一聲，立即命人去傳信了。

花顏轉身對天不絕說：「若是極深的暗道，是不是就相當於苦寒荒漠之地的窯洞，冬暖夏涼，易於住人，也易於儲存些東西？」

天不絕點頭：「確實，這樣大雪的天氣，至少不會如我們這般覺得凍死個人。」

花顏終於明白早先他們談話時說到這樣大雪天氣凍死個人讓她哪裡覺得不對了，原來是因為這個。她拍拍夏澤肩膀，微笑著說：「若真查出東西，我稟奏太子殿下，給你記一大功。」

夏澤眼睛發亮，點了點頭。

第一百章　北安城下的秘密

兩個時辰後，天色將黑時，雲暗帶著所有暗衛回到了北安城，見到花顏，躬身見禮。

花顏看他一身緊身黑衣落了一層冰霜，可見在這樣大雪天寒的日子裡縱馬奔波回來何等迅速。她溫聲說：「辛苦了。」

雲暗一愣。

花顏親自倒了一盞熱茶遞給他：「喝一盞熱茶暖暖。」

雲暗伸手接過：「多謝主子。」

花顏對他說：「這兩日，可有收穫？」

雲暗捧著熱茶沒立即喝，熱茶杯盞的熱度透過手心傳進了心裡，他搖頭：「青浦縣在死了一百多人後，瘟疫被控制住了，但來源，似無痕跡。」

花顏點點頭，她已料到了，青浦縣是個幌子，果然沒錯。她問：「若是給你們兩個時辰休息可夠？我有一樁極重要的事兒，非你莫屬。」

雲暗立即說：「不用休息。」

花顏看著他，正色道：「此事危險，你帶著人休息兩個時辰，兩個時辰後，徹查北安城所有暗道，我懷疑北安城藏著瘟疫之源。徹查時，一定要做好周身防護。」

雲暗垂手應是：「主子放心。」

花顏點點頭，自從收了雲暗與太祖暗衛，她省力不少，的確是放心好用。

雲暗將手中的熱茶喝了，退了下去。

兩個時辰後，天色已徹底黑透，雲暗帶著太祖暗衛徹查北安城機關密道。整個北安城一如昨日夜，燈火通明，街道院落房舍屋脊，都亮如白晝。

花顏無睡意，便叫來程顧之一起等著消息，並對外面問：「已死多少人了？」

采青小聲說：「自午時後，到如今，瘟疫發作又死了兩百多人了。白日裡被十六公子送回來的那三千人也有一半人染上了瘟疫。如今整個北安城，加起來，有兩千多人正染著瘟疫。」

花顏身子靠在椅背上，閉上了眼睛，臉色晦暗。

程顧之看著花顏，自古以來，一旦發生瘟疫，便是一場死神臨世。能夠這般與瘟疫抗爭的，據記載，自古來都沒有。不止是他，身邊的所有人都覺得花顏已經做到最好了。至少到現在，都沒慌亂，且已經送出了五萬多人出了北安城。

而目前瘟疫的死亡人數，一千五百多人，自瘟疫發現之日算起，到如今已經四日，可以說，不算多了。若沒有這般有效的控制，怕如今已上萬人染上瘟疫罹難。

「已經極好了，太子妃別太難受。」他不由出聲寬慰，他不太會寬慰人，尤其是面前的女子身為太子妃，且內心比這世上十之八九的人都強大，他在她面前，自詡也達不到五成。

花顏睜開眼睛，歎了口氣，問：「天不絕呢？又跑去研究了？」

「是啊！他說要再試試。」程顧之道。

花顏點點頭，試試就試試吧，如今城內四千多人，能救也是好的。

她正想著，外面有士兵來稟告：「太子妃，城門有人要見您，說是秋月。」

「秋月？」花顏騰地站了起來，看了一眼外面的天色，問，「你確定是這個名字？」

「是，卑職沒聽錯。」來人立即說。

「快！請進來。」花顏立即吩咐，吩咐完，又改口，「算了，我自己去接她。」話落，她快步向外走。

程顧之不由地想著誰的身分這麼貴重，竟然讓太子妃親自這般急不可耐地出去迎接了。他站起身，也走了出去。

這時，夏澤忽然從隔壁房裡走出來，似含著有些說不出的情緒，出聲問：「程二哥，是不是一個叫秋月的人來了？」

程顧之立在門口，聞言一愣，點了點頭，問：「你識得？」

夏澤得到確認，呆立了一會兒，才慢慢地頷首，低聲說：「不識得，但她是我的姐姐。」

程顧之疑惑。

夏澤又補充了一句：「我的姐姐是夏緣，一直在顏姐姐身邊，有個化名，似乎就叫秋月。」

程顧之恍然，原來是懷王府丟失了好多年的小郡主。沒想到一直在花家。

花顏不多時就來到了城門口，從城牆上往下看，除了秋月，還有安一與一眾花家暗衛，沒看到花灼，她立即跳下城牆，對士兵們吩咐：「打開城門。」

士兵們立即打開了城門。

花顏立在門口，隨著城門緩緩打開，秋月也看到了花顏，先是一愣，隨後紅了眼眶，當即下馬，朝著她跑了過來，轉眼便撲了個滿懷，將她抱住。

花顏被她的衝勁兒撞得後退了一步，但還是穩穩地抱住她，笑著說：「別告訴我剛見面你又要哭一通。」

秋月是忍不住想要落淚，當聽到花顏的話，生生地將眼淚又憋了回去，哽著聲說：「我才不哭，你怎麼瘦成這樣？抱著都硌人。」說完，她嫌棄地放開了花顏。

花顏愣了一下，又氣又笑，伸手要去捏秋月的臉。

秋月偏頭一躲，跺腳：「才不讓你捏我的臉了。」

花顏見她躲的快，嘖嘖了一聲，瞧著秋月：「怎麼？跟在我哥哥身邊，道行高了啊！」

秋月臉一紅。

安一這時與花家暗衛上前對花顏見禮，然後笑著插話說：「公子交代了，再無秋月姑娘，只有少夫人。」

花顏聞言了然，揶揄地看向秋月，大樂：「噢，我懂了，我該改口叫嫂子了。」

秋月臉更紅了，想反駁，但看著花顏大樂，卻反駁不出口。

秋月在離開花家的那一刻，便再不叫秋月，恢復了她原有的名字，叫夏緣。

雖然懷王府沒了，夏緣再不是懷王府的小郡主，但這對她來說，更是好事兒。花家男兒不娶高門女，花家女兒不嫁高門子，除了花顏這個例外，如今夏緣是普通人家的女兒，花灼娶她的話，便不需再費周折。

如今，花灼發了話，下了命令，夏緣也就是他的未婚妻了，自然該改口了。

花顏樂夠了，這才看到夏緣一臉疲憊，臉色虛白，顯然是一路奔波而來累得很了，她問：「路上沒歇著？」

「沒敢歇。」夏緣搖頭，「我急著來，怕來晚了。如今北安城是何情形？」

花顏挽了她的手臂，拉著她回下榻的院落，同時對她將北安城的情形簡略地說了，然後又歎氣：「沒有盤龍參，天不絕把所有的草藥都試過了，也沒找到能替換盤龍參的藥，」。

夏緣聽說花顏將五萬多人都送出了北安城，如今這城中只有數千人了，她鬆了一口氣：「我就知道小姐有辦法。」

花顏轉頭瞪了她一眼：「還喊什麼小姐？你該喊我小妹。」

夏緣紅著臉憋了憋，跺腳：「習慣了，一時改不過來。」

花顏失笑，到底沒忍住又伸出爪子，捏了捏她的臉，得逞後，懷念地說：「就是這個手感，我煩悶的時候，捏一下，就覺得舒坦了。」

夏緣瞪眼，想起花灼也愛捏她的臉，有一次，她對花灼惱了，說小姐與公子都什麼臭毛病，她的臉又不是捏著玩的，花灼難得一本正經地對她說，下次妹妹若是捏你臉，你就捏回來，她這樣想著，也伸出手去，趁著花顏沒防備，捏了捏。

花顏難得地呆了呆，隨即大笑：「果然跟著哥哥幾個月，不一樣了，也敢欺負我了。」

夏緣哼了一聲。

花顏瞧著她，說到底，還是她哥哥比她會養人。夏緣跟著她時，她慣會胡鬧，天南海北地亂跑，雖大把的銀子花費不委屈她們倆，但風吹日曬都沒在乎過臉皮子，總體來說，她不像個精緻的女兒家，連帶夏緣也減了三分樣貌。

如今的夏緣，頗有幾分大家閨秀的貴氣與氣派，不知花灼是怎麼養人的，能讓她分外的靈透水靈，美貌了三分。

「走吧！你若是有力氣，回到屋子裡，我任你捏個夠。」花顏笑著說。

夏緣白了她一眼：「我又不是你，不愛捏人。」

花顏更樂，因為她的到來，到底心情好了幾分，與她又說笑幾句，對她問：「哥哥呢？竟然放了你來北地？他在做什麼？」

夏緣小聲說：「是我堅持要來的，畢竟你在北地呢，他也沒阻止。他帶著人查找盤龍參，同時徹查到底是什麼人背後喪盡天良。」

花顏點頭，忽然想起院子裡的夏澤，便將夏家的事兒與夏澤簡略地說了。

夏緣聽到，點點頭，小時候，她是有些恨懷王的，但是後來長大些後，跟在花顏身邊，在上一次回北地來，蹲在懷王府門外時，她便發現自己不恨了，她所求的無非是想他別忘了她娘，但是如今，她父親後悔自責愧疚了多年，也夠了。

更何況從花顏的口中，她聽聞夏桓與崔蘭芝這些年感情疏淡，近來才緩和，而她那同父異母的嫡親弟弟，是個聰明的討喜的，她覺得挺好。

二人一路說著話，回到了院子。

夏澤立在門口，程顧之作陪，見二人回來，夏澤目光落在夏緣的身上，心情忽然很奇妙，從小到大被父親心心念念的女兒，他的姐姐，她這麼多年沒生活在懷王府，可是這個名字從沒人忘過，即便府中人想忘，他父親也不准許。

如今，他看著夏緣，原來這就是他的姐姐，與太子妃挽著手臂，雖不及太子妃容貌傾城絕豔雅致端華，但也容色秀美，氣質神態也不過稍遜些許。

雖說是一直做婢女，但似乎真沒有半絲婢女的影子，可見，真如太子妃所言，她與她哥哥，都是拿她當作自己人的。

夏澤看夏緣時，夏緣也在看夏澤，少年不過十歲，清清瘦瘦，但眉目看起來頗顯沉穩，稚氣未脫，卻顯得老成持重，據說是個性子冷淡的，在她看來，還真有幾分。她到底身為姐姐，不等夏澤先開口，她鬆開挽著花顏的手臂，快步上前兩步，看著夏澤，喊：「弟弟。」

夏澤心中五味雜陳，對夏緣的感情實在有些複雜，但到底血脈親情，無論什麼時候，都難以抹殺，他眼圈一紅，扯了扯嘴角，也想對她扯出一抹笑來，嗓音沙啞：「姐姐。」

夏緣歪了一下頭，很是開心地笑了，伸手摸摸他的頭：「乖！」

夏澤愣了愣，臉微微一紅，不由得看了夏緣笑著的臉一眼，又看了一旁笑吟吟的花顏一眼。似乎花顏高興時，也這樣摸著他的頭對他說乖。他毫不懷疑這二人真是從小一起長大了。

夏緣轉過身，對程顧之見禮：「程二公子。」

「夏姑娘。」程顧之連忙還禮，懷王府沒了，再稱呼小郡主就不行了。

花顏搖頭，糾正程顧之：「稱呼不對，她是我哥哥的未婚妻，是我嫂子，我們花家上下都稱呼少夫人，你也可以稱呼她少夫人。」

夏緣臉頓時紅透了。

程顧之意會，心中訝然了一瞬，連忙笑著改了稱呼：「少夫人。」

夏緣整個人快要被火燒起來了，羞惱地瞪著花顏。

花顏對她打趣：「我還沒嫁給太子殿下呢，不是被人扣著太子妃的帽子已一年半了嗎？你當初還勸我習慣就好了。」

夏緣想了想，自從太子選妃，太后懿旨賜婚，到如今，還真一年半了。她咳嗽一聲，沒了話。

幾人進了屋，采青連忙倒了熱茶。

夏緣喝了兩口，對花顏道：「師父呢？還在試藥？在哪裡？我去看看。」

花顏對她道：「你累成了這副樣子，先歇著吧！」

夏緣搖頭：「最近半年多，我一直苦心研習師父給我的醫書古籍，如今我的醫術雖不及師父，但也精進了極多，也足夠有資格與師父論醫了，也許，能幫得上忙也說不定。畢竟如今情勢緊急，刻不容緩。」

「你受得住嗎？」花顏看著她，她一直就知道她善良。

夏緣點頭：「受得住的。」

「好。」花顏點頭，既然她受得住，她也就不說什麼了，對采青吩咐，「你帶著她去。」

采青應是，也跟著改口：「少夫人請隨奴婢來。」

夏緣還有些不適應少夫人的身分，但誠如花顏所說，早晚要適應，便點了頭跟著采青去了。

花顏與夏緣沒說上幾句話，夏澤更是，見夏緣離開，夏澤看著她的背影，也覺得他的姐姐有著一顆醫者仁心的心腸。

花顏笑著對他說：「來日方長，有什麼話以後再說。」

夏澤點點頭，小聲說：「姐姐很好。」

花顏笑容深了深：「自然很好，我沒騙你吧？否則我哥哥怎麼從小就定下了她呢！」

夏澤看著花顏，聽著這句從小就定下的話，有些無語。若她不是落在花家，落在天下任何一家，哪怕是皇家，以他父親派出遍尋天下的找人，估計也找到了。

安一這時開口：「少主，我也不累，能否幫上什麼忙？」

花顏想了想說：「你來的正好，我正派人查北安城的機關密道，也許藏著瘟疫之源，你若也不累，帶著人，做好防護，配合雲暗，聯手徹查，能快些得到結果。」

安一頷首：「好，我這便帶著人去查。」

有了安一帶著花家暗衛的配合，雲暗帶著太祖暗衛徹查的速度快了一倍。

在第二日天明時分，找到了機關密道。

這機關密道十分隱祕精妙，設在北三胡同一處不起眼的民宅裡，雲暗與安一破解機關費了一番功夫，聽從了花顏的吩咐，做好了萬全的防護，進了密道裡。

密道的入口十分狹窄，不成想進去之後，別有洞天，機關更為複雜，幸而雲暗與安一精通此道，一邊探索著，一邊破解密道內機關，用了兩個多時辰，漸漸地破解了大半。

二人發現，從地下竟然能夠暢通北安城的東南西北四城，且接連著正東正西正南正北四座山。那四座山從外看是四座山頭，可是誰也不知內裡竟然早已被人掏空了。

第一座山裡，找到了被花顏料準的瘟疫之源，也就是被大水沖泡過的死屍，用特殊的冰棺收著，裡面衍生爬著的屍蟲，這樣的棺木足足有十副。

這十副棺木裡的屍蟲若是被放出去，別說一個北安城，就是十個北安城，也會毀於一旦。看護著這座冰棺的人，各個穿著特殊製造的防護衣和防護面具，只露出兩隻眼睛。

雲暗和安一暫時沒驚擾這一批人，又繼續探查其餘三座山。

第二座山裡，存放著十個大糧倉，也有一批人在看護著。

第三座山裡，是一座兵器庫。

第四座山裡，似住著兵馬，數目不小。

二人覺得事關重大，皆未曾驚擾，帶著人悄悄地退了出去，先回去稟告花顏。

花顏一直在等著雲暗與安一的消息，聽聞二人找到了機關密道，心下鬆了一口氣，趁著二人破解機關密道的空隙，她補眠了兩個時辰。再醒來時，二人果然帶回了結果。

雲暗與安一對花顏稟告了探查的情況，疲憊與勞累下，探查的結果又太驚人，臉色都不太好。

花顏聽完，也是又驚又怒，騰地站起身：「真沒想到這北安城的地底下竟然藏了這麼大的驚天祕密。」

程顧之、程子笑、五皇子、夏澤等人聽聞後，也都驚駭至極。

誰能想到，東南西北四城相對著的山都成了空心山？

誰又能想到每一座空心山裡都藏著嚇死人的祕密？

什麼人如此大膽？

花顏臉色陰沉，一字一句地問：「可查探了那座山裡住著多少兵馬？」

雲暗與安一對看一眼，雲暗當先開口：「我二人沒敢驚動，便未再進一步探查！四面山巒相連著幾座山峰，若都打通的話，藏兵怕是不在少數。」

安一接過話：「保守來說，最少二十萬。」

花顏臉色頓時森寒：「我總算明白了，原來有人用北地私養兵馬了，怪不得北地的賦稅加重兩成，北地各州郡縣所有糧倉都在半年前被調用了，致使賑災無糧。」

「四嫂，如今怎麼辦？」五皇子立即問。

花顏恨不得此時就毀了地下這幫惡鬼，但是她知道此事不能操之過急，她必須冷靜處理。她道：「讓我想想。」

五皇子住了口。

其餘人也都不再說話。

花顏慢慢地坐下身，冷靜地思考了片刻，開口吩咐：「雲暗，你帶著人先控制東山的瘟疫之源，將十副棺木毀了，將看護棺木的那群人控制起來。」

雲暗道：「主子，四座山的密道相連，看護各山的頭目應該會互通消息，一旦先動了東山，其餘三座山怕是會立即得到消息。要動怕是得要一起動，否則一旦驚動，怕是後果不堪設想！」

花顏也料到了，平靜地說：「你們探查到東山那些人都穿著防護衣，戴著防護面具，只露一雙眼睛，那麼，這便是我們能下手之處。你帶著人先將那批人掌控起來，再以我們的人扮成那批人與其餘三山且先做周旋。」

雲暗頓時明白了，點頭應是。

花顏又道：「東山必須先趕緊動，北安城的瘟疫顯然都是這些人暗中通過密道操控讓百姓染上瘟疫的，別的我們等得，這個等不得，城中如今人數雖少，但不能再有人死了。我將百姓們都送出的消息，顯然這些人目前怕是還不知道，所以，動作要快。」

程顧之此時接話：「太子妃所言有理，那些兵馬顯然是在山裡養著，不會輕易出來，等想個萬全之策再動不遲，但唯獨這瘟疫，等不得。」

程子笑也點頭：「不錯。」

花顏又囑咐：「一定小心。」

雲暗頷首：「主子放心。」話落，立即帶著人去安排行動了。

他離開後，花顏對安一說：「安一，你帶著人去查，我要知道西山具體到底藏了多少兵馬？隱藏在西山裡的兵馬出口在哪裡？」

「是，少主。」安一領命，也立即去了。

花顏在安排完二人後，對采青吩咐：「立即傳信給我大哥，讓他帶五十萬兵馬前來北安城，到達之後，屯兵西山！」

「是，太子妃！」采青立即去了。

程顧之、程子笑、五皇子、夏澤等人都在想著難道花家也有兵馬？花顏的大哥花灼從臨安來北地帶兵五十萬兵馬，需要多久能到？

花顏見幾人神色便知道他們想差了，顯然都沒想到她還有一個結拜大哥陸之凌，她與陸之凌結拜之事未曾刻意宣揚，所以，知道的人不太多。

她為幾人解惑道：「是我的結拜大哥陸之凌，在兩個月前，太子殿下以防北地兵亂，便暗中命他調派五十萬兵馬在北地邊境駐紮，半個月前已經悄悄從西南境地到了北地邊境。」

眾人恍然。

南楚四大公子之一的陸之凌，敬國公府世子，因在西南立了大功，被太子殿下委以重任，擔任西南兵馬大將軍，掌管西南境地百萬兵馬，數月前，消息傳出，天下譁然。都說敬國公府實實在在地深得太子殿下信任，也有傳聞，是因為太子妃與陸之凌八拜結交的關係。

不過，因敬國公府低調，此事，雖鬧了好一陣風頭，但風頭過了之後，也就沒人再提了，以至於連五皇子都沒想起來。

幾人齊齊地鬆了口氣，若有五十萬兵馬能來對付北安城地下私藏的兵馬，還是有勝算的。

「距離北安城最近的北地邊境，大雪天寒，行軍腳程慢，最快也需要五日路程。」花顏沉聲道，「就先忍五日。」

幾人齊齊點頭。

花顏轉身，摸了摸夏澤的腦袋，語氣一改，溫聲說：「幸好你想出北安城也許藏著機關密道，我這便給太子殿下寫信，先嘉獎你一番。」

夏澤沒想到他一個偶爾冒出來的想法，竟然當真查出了這麼大的事兒，雖不是糊裡糊塗地就立了大功，但也是有著天大的幸運在。他沒躲開花顏的手，小聲建議：「顏姐姐，我不是小孩子，你……能不能別總摸我的頭……」

花顏滿腹的鬱氣，此時聞言倒是忍不住笑了，鬱氣散了一半，她又用力地摸了摸，笑道：「明明就還是個半大孩子，裝什麼少年老成的小大人樣？」

夏澤臉一紅，無奈地看著她，似乎分外拿她沒辦法。

程子笑這時開口說：「我倒是想當孩子讓太子妃的金手也摸上一摸呢，你就別身在福中不知福了。你這什麼運氣，一句話就立了天大的功。」話落，他開玩笑地說，「難道你的運氣是被太子妃摸頭摸出來的？」

夏澤看著程子笑，他似乎真一副嫉妒死了的模樣，忍不住笑了。

花顏撤回手，一本正經地說：「你哪裡有夏澤可愛？你就算是個孩子，我也不摸。」

程子笑翻了個白眼。

程顧之與五皇子也被逗得笑了。

幾句玩笑話，讓氣氛頓時一鬆，讓幾人都鬆快了些。

花顏計算了一下日子，今日雲遲沒出現在北安城，也就是說蘇子斬攔住了他，她心裡鬆了一口氣，提筆給雲遲寫了一封信。

北安城下藏著的驚天祕密，讓她都驚駭了一跳，怒震胸口，可想而知這封信若是被雲遲看到，他會怎樣的震怒。

她依舊沒忘了雲遲在聽聞北地半年前加重賦稅兩成時，震怒的傷了手，於是，她在先提了對北安城百姓們所做的安排後，又提了發現北安城的驚天祕密，想了又想，又在信的末尾加了句，即便再怒，也不准弄傷自己！我會將北地所有事情都擺平，無須擔心，無論是誰養的私兵，我都會幫你變成朝廷的兵馬。

另外，她一切都好，讓他勿掛心，仔細身體，也不要讓她掛心。

花顏給雲遲寫完信後，命人以最快的速度送去京城給雲遲。

她的信剛送走，便同時收到了雲遲與蘇子斬的來信。

花顏先打開了蘇子斬的來信，信中，蘇子斬先是不客氣地臭罵了雲遲一頓，說他果然暈了頭，他不吃不喝騎她給他安排的日行千里的寶馬，趕在兆原縣截住了他。

他累個半死與他打了一架，若不是他片刻未曾停歇，體力不支，他一定能贏過他，不見得是打了個平手。

又說，他終於不負所望，罵醒了他，打醒了他，他總算明白自己姓什麼是什麼身分身上擔負著什麼責任了，他前往神醫谷徹查，他滾回京城去！

花顏看著這封信十分好笑，想著也就蘇子斬敢說雲遲滾回去這三個字吧？

她沒立即給蘇子斬回信，又打開了雲遲的那封信。

雲遲的信比蘇子斬的信厚了三倍，開篇便詢問北地如今的情形，問她可還安好？告訴她皇宮的御藥房與京城的各大藥鋪都沒有盤龍參，他已派了東宮的人大肆查找盤龍參，但背後之人既藏的深，又有預謀地發動這次瘟疫，可想而知，短時間內找到大批盤龍參的機會怕是渺茫。

他告訴她，若是北安城的瘟疫實在沒辦法控制，她便不要再心善，果斷地棄了北安城，鎖死北安城。自古來有無數先例，一旦瘟疫發作，都會封鎖放棄城池，雖此法會使得一城百姓死得慘烈，但只有此法才能徹底斷絕瘟疫蔓延。

無論如何，她不能出事兒。

這語氣落在信箋上，花顏從中讀出了幾分凌厲決然。

信中又提到他已與蘇子斬商議了徹查對策，蘇子斬前往神醫谷徹查，他暗中回京，不過，東宮的他繼續裝病，他不回東宮，朝政之事都交給父皇，他則暗中在京城徹查背後之人。

既然背後之人來自京城，他一人一人地篩選，總能查出個蛛絲馬跡來。

信的末尾又說，他想她已穿心透肺，刻骨相思，食不知味，寢不能寐。若非蘇子斬那個混帳東西罵醒他，他無論如何，也要來北地。

但他罵的對，他的太子妃為他的江山頂著的是白骨硝煙，扛的是江山社稷，背負的是萬里河山，他身為儲君太子，的確不能太沒出息。否則，也枉她為他辛苦，更不配讓她嫁他。

如今，他聽她話回京，不去北地，只盼望她一切安好，否則，他相恨且長，九泉亦悔。

花顏從沒見過雲遲說這般重的話，即便昔日她與他悔婚最白熱化的時候，即便她在西南境地闖蠱王宮生死徘徊鬼門關醒來後。也不及如今這一封信，沉的有如天山壓頂的重量。

她折好信箋，將信收好，靜坐了許久，才提筆又給雲遲寫了一封信。

如今的南楚江山，背地裡已千般汙垢，萬般骯髒。雲遲身為儲君，守的是山河百姓，辟的是萬載盛世。

她的太子殿下，也是南楚千萬百姓的太子殿下，以他之能之身之才華，理當該名垂千古，自然不能太過兒女情長，不能毀在她的身上，她不准。

這一封信，對比上一封剛剛送走的信，她只寫了「等我回去」四字！她相信，雲遲能懂。

給雲遲寫完信後，她才提筆給蘇子斬回信，對於他攔雲遲的辛苦，她深知，字裡行間隱藏著笑意讚揚了他一番，又將北安城如今的情形說了，將北安城發現的驚天祕密提了。同時，囑咐他前往神醫谷徹查萬事小心。

寫完兩封信後，用蠟封好，命人快速地分別送去給雲遲與蘇子斬。

半日後，雲暗傳回消息，已控制了東山，擒獲了那一批看護瘟疫之源的人，並假扮成那批人駐守東山。幸不辱命，未曾驚動其餘三座山的人。

花顏心底一鬆，命雲暗審問那批人，看看他們到底是受何人指使。

何人在北安城的地下製造了這麼大規模的機關密道？屯糧屯兵，顯然是要謀反。照雲暗與安一探查的規模看來，這密道完善成如今這般地下城的活動規模，怕是有十年以上，甚至更久。

是不是可以猜測，黑龍河決堤，本就是一個天大的陰謀，這陰謀就是要在這裡製造北地大亂，背後之人趁機起勢造反？

若非是蘇子斬與她來北地，換做別人來，朝廷命官來一個死一個，那麼，北地一團亂麻下，定然會引得太子殿下親自前來北地。背後之人的打算想必就是藉由北地的大亂，引來雲遲，讓他有來無回，將北安城設為他的葬身之地。

所以，北安城的這一場瘟疫，也許背後之人原就是給雲遲準備的，只不過沒想到雲遲派來了蘇子斬，而她暗中來相助蘇子斬，他們二人相互配合下，十大世家無異於螳臂當車，使得北安城再不是銅牆鐵壁固若金湯，被捅開了遮蔽的這一層天。

眼看著整個北地在蘇子斬與她制定的政策肅清下，一派清朗，於是，背後之人發動了瘟疫，想讓蘇子斬與她死在北安城，若是能殺了他們最好，以他們的死引來雲遲更好，若是都不能，那麼，先以瘟疫禍亂，再動以兵馬反叛……

花顏想著，從內到外冒了一層冷汗，背後之人好深的計謀，不止心機深，且狠辣，藏的深，想必也狡詐至極。

這麼一個驚天的祕密若是一直不被發現，實在難以想像，會有什麼後果。

采青見花顏打了個寒噤，連忙倒了一盞熱茶遞給她：「太子妃，可是屋中的地龍燒的不夠熱？您冷嗎？」

花顏的確是有些冷，但不是因為地龍燒的不夠熱，而是心冷，她伸手接過熱茶，捧在手裡，搖搖頭，輕聲說：「不冷，只是想起背後之人，頗有些膽寒。」

采青點點頭：「背後之人實在太可恨了。」

「何止可恨？」花顏凜冽地說，「簡直喪失人性。」

如今的南楚江山雖不是盛世，但也還算太平，當今聖上雖因身體原因政績平庸，但他有一個好兒子，只要無人禍亂，南楚的百姓們還是能和和順順的，以雲遲之能，給他幾年，他一定能給百姓們一個太平天下。

可是背後之人，將百姓作草芥，視人命如糞土，這樣的人謀亂，若不能儘快找出來，指不定還會做出什麼喪盡天良的事兒。

五皇子這時開口：「背後之人在北安城的地下做出這麼大的動靜，居住在北安城的人，一直以來都無人察覺嗎？」說完，他看向一旁的程顧之。

程顧之慢慢地搖頭：「一直以來，我確實不知，也未曾聽聞祖父與父親提起過。」話落，他揣測道，「恐怕他們也不知，若是知曉，爺爺臨終應該會告知我。」

花顏想起程翔臨終前的言語神情，程翔臨終前是感激雲遲的慈恩的。若是知曉，即便不告訴她，也該告訴程顧之。

畢竟，北安城的地下埋著瘟疫之源，若沒有良好有效的控制，讓瘟疫覆蓋整個北安城，這裡將會成為一座死城，所有人都跑不了，也包括程家的子孫。

所以，花顏也覺得程翔怕是並不知情。背後之人利用程家，卻不相信程家，畢竟，程家是太后的娘家，是皇上的母族。

但程家不知道，不代表北安城所有人都不知道。

可惜，也許知道的那些人都已經被蘇子斬和她繩之以法了。畢竟當時無論如何也沒想到北安城的地下竟然埋著這樣驚天的祕密。不過幸好如今已經查出來了，還不算太晚。

傍晚，安一回來稟告：「少主，已查清楚，西山有三十萬兵馬。出口有兩處，西山山南、山北各一，其中山南是一片灌木山林，山北是一處鐵索橋。這三十萬兵馬平素練兵就在山林裡活動練兵，每日兩個時辰，其餘時間都在山裡。」

花顏頷首：「好，明日我也去看看地形，看如何用兵收服了這三十萬兵馬。」

陸之凌早在收到雲遲命令時，片刻沒耽擱地點齊了五十萬兵馬，毫不猶豫地決定自己親自帶兵前往北地，將西南軍事悉數推給梅疏毓打理。

梅疏毓覺得這事兒應該交給他，他是能行的，於是，力爭前往北地，對陸之凌道：「你是百萬兵馬的大將軍，鎮守西南，怎能輕易離開？還是讓我帶兵去吧！」

陸之凌已打定了主意，大手一揮：「你小子雖聰明機靈也有韌勁兒，但是北地的事情沒那麼簡單，我怕讓你帶兵前去，你萬一幫不上忙，壞了太子殿下的大事兒，還是我去好了。」

梅疏毓瞪眼：「你這是小看我，太子表兄好不容易收復了西南境地，西南也重要。萬一你走了，出了點兒什麼事兒，我收拾不了，怎麼辦？」

「你不是說不讓我小看你嗎？如今怎麼又說這話了？」陸之凌十分放心地拍拍他的肩，口中吐出的話能氣死個人，「收拾不了就等著我回來給你收屍。」

梅疏毓一噎，氣瞪著他：「你就是想見太子妃了。」

陸之凌一樂：「與其說我想見妹妹，不如說我愛湊熱鬧。」話落，他熱血沸騰地說，「北地一定有大熱鬧。」

梅疏毓翻了個白眼，狠狠地憋了憋，很想說他也想湊熱鬧，奈何西南境地就他倆人在鎮守，陸之凌搶了這個差事兒，把西南諸事都推給他，他自然就不能再撂挑子走了，否則西南就沒人鎮守了，太子表兄非一巴掌拍死他。

他眼看著陸之凌意氣風發地帶著五十萬大軍渺無聲息地離開了西南境地，只能將他祖宗八代問候了個遍，然後老實地在西南待著。

陸之凌一路帶著五十萬兵馬，專挑人煙稀少之地行軍，花顏也未來信催促他，他便慢悠悠地走，足足走了一個月，才到了北地邊境。

到達北地邊境後，他依照雲遲的命令，尋了個隱祕的山坳，安營紮寨。在這處山坳裡一住就是一個月，住的他感覺自己都快發毛了，終於等到了花顏的書信。他當即激動地跳了起來。

但當看到了花顏來信的內容，他不敢置信地睜大了眼睛，將信緊握著又仔仔細細地看了一遍，生生地倒抽了一口比寒冬數九的天還涼的涼氣。

什麼人如此滅失人性又膽大包天想要謀逆？這也是他看到信後腦中第一時間蹦出的想法？他當即顧不得多思，立即下令，五十萬大軍拔營起寨，前往北安城。

對比來時慢悠悠，如今是真真正正的急行軍。

花顏本打算第二日去看看地形，如何收服三十萬兵馬，不成想，就在當日夜，天不絕發現自己也染了白皰瘟疫。

天不絕一連研究幾日，都沒找到能替換盤龍參的藥材，於是，他換了一種方式，捨棄了藥材，嘗試著是否能以行針封住心脈不受瘟疫侵蝕，解救染了瘟疫的百姓。

這種方式，自然需要他近距離接觸染了瘟疫的病人。

天不絕知道此事危險，將自己與染了瘟疫的人鎖在一間屋裡，即便夏緣來了也沒讓她近身。

夏緣見過了天不絕後，重新的將他開的藥方研究了一遍，又將所有藥材都對比著藥性篩選了一遍。

她一路從臨安到北安城，縱馬奔波未曾休息，研究了一日後，終於受不住，昏睡了過去。

睡到半夜，她忽地坐起了身，騰地下了床，赤著腳就往外跑。

花顏聽到天不絕染了瘟疫的消息，剛披了披風急匆匆地出門，就聽到隔壁房門「砰」地一聲響動，她回頭看了一眼，便見夏緣穿著單薄跑出了房門，頓時一愣，連忙走了回去攔住了她。

外面天寒地凍，寒風刺骨，她真怕她這麼衝出來，凍出個好歹來，她可沒辦法對哥哥交代。

夏緣跑出房門，冷風一吹，她頓時從頭到腳透心涼，猛地打個寒噤，腦中頓時醒了醒，但還是不管不顧，繼續向外衝。

花顏一把拽住她：「哎呦，我的嫂子！你這是要了我的命呢，趕緊先回屋穿厚點兒。」

夏緣被花顏拽住，聽著她一句嫂子，讓她愣了好一會兒，才一把拉住她的袖子，也顧不得臉紅，眼睛晶亮地對她說：「我想到替換盤龍參的藥材了！」

「什麼？」花顏大喜，「當真？」

「嗯。」夏緣肯定地點頭，「有一味藥，我師父一定忽視了，我也險些給忽略。你可還記得……」

「先進屋說。」花顏攔住她的話，拽著她往屋裡拖，既然她已經想到了替換盤龍參的藥材了，那天不絕那裡她就不著急著去了，沒有藥材，她人去了也沒用。

夏緣被花顏拖進去，口中不停地對她說：「你可還記著那一年咱們倆為了躲避那一山寨的人，情急之下鑽進了草垛裡，那一垛草是百姓家裡用來燒灶膛的，你當時還說過這草怎麼有一股子藥香，我告訴妳那是離枯草，是一種藥材……」

花顏回憶了一下，點頭：「是有這麼回事兒，當時從草垛裡出來後，沾了滿身的草。你還說那種離枯草不值錢，百姓們時常會割來喂豬，冬天若是大雪封山，沒辦法上山砍柴時，就用曬乾的離枯草燒火。」

「對，就是它。」夏緣眼睛裡冒著光，「這種離枯草與盤龍參有同一種藥效，也許它就是能替換盤龍參的藥材。」

花顏立即問：「這種離枯草，是不是遍地都有？」

「沒錯！」夏緣道，「很好找，因為不值錢，藥店從來都不會儲備變賣，但是窮苦百姓的人家裡，肯定多的是。」

花顏當即對外喊：「安一！」

「少主。」安一應聲現身，又恭敬地喊了夏緣一聲，「少夫人。」

花顏吩咐：「快，讓所有人去百姓家裡，找一種叫做離枯草的藥材，越多越好。」

安一立即問：「少主，離枯草長什麼樣？」

花顏立即看向夏緣。

夏緣當即鋪了筆墨紙硯，快速地在宣紙上畫出了離枯草的模樣，交給安一：「就是這種。」話落，囑咐，「離枯草雖不值錢，但也是窮苦百姓家裡辛苦割的，要給些銀錢再取來。」

安一當即收了畫紙，點頭：「少夫人放心。」

安一動作很快，轉眼便帶著人去了。

夏緣依舊有些激動的對花顏說：「不知怎地，我在睡夢中就夢到了我們那時候被山寨的人追，躲去了草窩裡，醒來時，我就忽然想起這離枯草了。但願它有效，能夠替換盤龍參。」

花顏也笑了，對她說：「看來是天意，天不絕果然是天不絕，命不該絕。」

夏緣一愣，不解地看著花顏。

花顏將她剛剛得到消息，天不絕染了白飑瘟疫之事與夏緣說了。

夏緣聽完後，臉白了白，本來明亮的眼睛忽然又有些沒底，對花顏緊張地說：「萬一不管用怎麼辦？」

花顏道：「會管用的，天不絕是長命百歲之相。」話落，她笑著說，「我似乎沒與你說他的名號是怎麼來的？」

夏緣搖搖頭：「難道這裡有緣故？」

花顏頷首，笑著說：「你師父年輕時還只是神醫谷少一輩出類拔萃的醫術天才，他師父十分喜歡他，說他將來的醫術會青出於藍而勝於藍。因他是他師父撿的孤兒，隨他師父姓，承他衣缽，將來也打算讓他承神醫谷的掌派之位。所以，那時人人都叫他溫少谷主。」

夏緣點點頭，她小時候拜師時，他已經叛出神醫谷了，自然不知這個身分。

花顏又道：「他叛出神醫谷沒多久，無意間救了外出雲遊的半壁山清水寺的德遠大師，德遠為感念他救命之恩，給他算了一卦，說他一生雖是孤命，但他是長命百歲之相。於是，他不知道基於什麼心思，便給自己取了這個綽號，自此，棄了溫姓，改叫天不絕了。隨著他在江湖上的名號越來越響，活死人肉白骨，一手醫術起死回生，世人又在他名號前加了個妙手鬼醫的號。」

夏緣恍然：「原來妙手鬼醫天不絕是這麼來的。」

「是啊！」花顏一拍桌子，「他剛染了瘟疫，你就夢到了離枯草，這真是上天庇護。早知道他早染了白飑瘟疫不就好了？」

夏緣也覺得這事兒奇了，她偏偏就在今夜夢見了離枯草。

離枯草很好找，這種草藥，生命力極其旺盛，遍地瘋長，山坡上，地頭上，溝坎邊，樹林裡，但凡是長草的地方，都有它。幾乎窮苦人家的家裡都有那麼一大垛的，別說十車，就是一百車，也能找來。找這種草藥，可比找盤龍參容易多了。

很快地，安一就帶著人弄來了十大車。

因夏澤從夏家弄來的那二十斤盤龍參都給百姓們用了，一兩未留，天不絕在知道自己也染上了白皰瘟疫的那一刻卻是想著德遠是狗屁高僧，他算命不準，如今就是天要絕他。

他活了大半輩子，沒娶妻，自然無兒無女，他將夏緣當作自己的女兒來看，窮盡畢生所學的醫術，都教給了她，但他始終覺得這小丫頭本來是一棵好苗子，但是被花顏那個壞丫頭帶壞了。若是她不跟著花顏東奔西跑那些年，一心跟著他學醫術，如今也能學個十成了。

他本來還能再盯著她打磨她些年，他的一生醫術也算是後繼有人了。沒想到，他這麼快就要命絕了。他有些惆悵地想著，活了一把年紀，除了醫術外，其餘的事兒，大多時候，他都是渾渾噩噩的，到了他這個歲數，本來該活夠了，可他偏偏還真捨不得死。

至少，他想做的事兒還沒有做完，他還有惦記的事兒，一是他這個徒弟的醫術沒學精，二是花顏的魂咒，雖然他幫不上忙，但能盡盡幾分力總是好的。

人這一輩子，對得起誰對不起誰他以前從不想，可如今，鬼門關前臨門一腳，他覺得也該是時候想想了。

他對不起的，也許就是那個活潑討人喜歡的女孩子，沒能對於她的兩次請求上門提親時爭取上一番。這輩子他對得起的，也就是這一身醫術了。但他最後悔年少張揚，把藥方子給他師兄看，導致如今他也因此丟了命。

活了一輩子，才知道，人不能太張揚。

他覺得自己腦子從沒有這麼清醒的時候，如今臨死了，反而清醒了，耳目也清明得很，能清楚地聽到遠處傳來的車馬聲，車輪滾滾聲，以及行路匆匆卻沉穩的腳步聲。

其中兩人的腳步聲他最熟悉，是花顏和夏緣的。

這兩個姑娘，從小到大，誠如花顏說，她是可著自己心意將夏緣培養的，不過她的壞，夏緣也只學了個五六，連七八也沒學會，那姑娘就跟小貓似的，偶爾伸出一下小爪子，撓人也不疼，善良的很，往往對於花顏所作所為，不大贊同時，就繃著一張小臉，無可奈何到跳腳也沒辦法時，只能依著她，著實讓人想欺負。

他想到這，忍不住冷哼一聲，那兄妹倆都是一丘之貉，不愧是一母同胞。也幸好，夏緣這姑娘命好，落在了他們手裡，他們自己欺負行，換做外人，那是說什麼也不行的，一定要護著的。

如今，夏緣成了花家的少夫人，一生能看得見的安穩，他覺得甚好，唯‧的不好，就是他估計沒能再看到以後了。

他想的太多，腦子轉的太快，以至於花顏和夏緣來到門前，叩了好半晌的門，喊了他半天，他也沒聽見，花顏以為他受不住完蛋了，心急之下，一掌震碎了門。

木板門「砰」地一聲，發出巨大的響聲，在夜裡，如在院中打了個驚雷。

天不絕驚醒，立即看向門口。

花顏一腳邁進來，便看到黑漆一團的屋子裡，一個黑乎乎的人影坐在桌前，她立即又喊了一聲：「天不絕？你死了嗎？」

天不絕看清進來的人是花顏，騰地站起來，揮手攔住她，怒道：「混帳東西，說什麼不討喜的話呢？你盼著我死是不是？不是讓人告訴你我染了瘟疫了，別過來找我嗎？你進來做什麼？別過來，趕緊出去！」

「師父，你既然沒大事兒，為何我們敲門你不應聲？」夏緣說著，一手拿出火石，「啪」地擦出火，快走兩步，來到桌前，點上了燈。

屋中亮了起來，花顏和夏緣這時看清了天不絕臉上長的白皰，顯然剛染上瘟疫，看起來還沒發作的厲害，還不十分嚇人。

天不絕這時已退到了牆角，看著二人怒道：「我說了什麼？你們耳聾嗎？聽不到？趕緊出去！你們也想死嗎？」

花顏看著天不絕的模樣，「撲哧」一下子樂了，慢悠悠地說，「死什麼？誰想死了？你說你研究了一輩子醫術，怎麼就沒想到離枯草能代替盤龍參呢？真是笨死了。」

「什麼？」天不絕一愣。

夏緣也笑著說：「師父，離枯草！你想想，是不是離枯草與盤龍參有同等的藥效，能夠代替盤龍參？」

天不絕聞言愣了好一會兒，眼睛一點點地迸發出亮光，片刻後，一拍大腿：「是啊！我怎麼就沒想起離枯草！它就是與盤龍參同等的藥效啊！」話落，他也不躲了，上前兩步，盯著夏緣，「你想出來離枯草的？」

夏緣搖頭：「我做了一個夢，夢到了小時候，就想到離枯草了。」

天不絕聞言哈哈大笑：「好好好，我的好徒弟，我老頭子不用死了。」

夏緣聽天不絕這樣一說，本有些緊張的心頓時放進了肚子裡，她想著她小時候學醫的初衷是為了能救活她娘，漸漸地長大後她知道人死不能復生，但她對醫術的熱忱並沒有減退。師父說的對，她是天生學醫術的好苗子。如今，因為離枯草能化解這一場白皰瘟疫，能夠救數千甚至更多人的性命，她覺得她也終於做好了一件事兒，幫到了花顏。

得到了天不絕的認同，花顏立即吩咐人以離枯草加入原來藥方替換盤龍參熬藥。

她一聲命令下去，刻不容緩，所有人都行動了起來。

天不絕首先喝了一大碗，花顏與夏緣陪在他身邊，等著藥起效。

以盤龍參入藥的藥方，一個時辰就起效，可是大家等了一個時辰後，天不絕的白皰瘟疫依舊沒有消退的跡象。

夏緣頓時紅了眼睛：「難道是我弄錯了？離枯草不管用嗎？」

天不絕倒是鎮定，老神在在地說：「急什麼？離枯草畢竟不及盤龍參，起效慢，再給我端一碗來。」

采青立即又端了一碗給天不絕，天不絕端起來一飲而盡。

花顏拍拍夏緣的手，緩解她的緊張：「白皰瘟疫一旦發作起來，十分快速，你看這都一個時辰了，瘟疫雖沒消退，但是也沒發作，可見是起了效用的，大約是效用太慢，我們再等等。」

夏緣點點頭。

兩個時辰後，天不絕大笑著說：「起效了，我身體的內熱退了。」

夏緣頓時大喜。

花顏也露出笑意，罩在頭上的陰霾終於退了，她站起身吩附安一：「給十六和十七傳消息，染了瘟疫的人，每人兩碗藥，沒染瘟疫的人，每人一碗藥。送出城的人暫且還留在當地，待我解決了北安城之事，再讓百姓們回城。」

安一應是，立即去了，腳步分外輕鬆。

花顏又吩咐人傳信給青浦縣的花家暗線，將盤龍參替換成離枯草的消息傳了去。

安排了一番後，花顏立即提筆給雲遲、蘇子斬、花灼分別去了一封信。找到了替換盤龍參的離枯草，也就解了青浦縣和北安城的瘟疫。她提筆都覺得輕快了。

天不絕發現不用死了後，倒頭便睡了過去。

程顧之、五皇子、程子笑、夏澤等人跟著行動起來，帶著人給百姓們煎藥服藥。

整個北安城，雖還是處於黑夜中，但所有人都已看到了天明的日光。

花顏也覺得這些日子十分疲憊，在解決了瘟疫後，她也倒頭就睡。

這一覺，她直睡到了第二日的日落時分。

再醒來時，天不絕已精神抖擻地坐在了畫堂裡與夏緣說教醫術，夏澤則陪在一旁聽著，見花顏從裡屋出來，三人齊齊向她看來。

第一百零一章　不斷追擊緊追不捨

花顏覺得雖睡了一大覺，但依舊渾身無力，她將手伸給夏緣：「嫂子，快幫我診診脈。」

夏緣見她伸來手，頓時緊張了，連忙給她把脈，同時問：「怎麼了？可是哪裡不舒服？」

花顏沒精神地說：「渾身無力。」

夏緣頓時靜心給她把了一會兒脈，然後說：「心血不足，脾腎氣虛，同時又染了風寒。」話落，她看向天不絕，「師父，您再給……」

天不絕截住她的話，不滿地繃起臉：「你開方子就是，你是我徒弟，再沒點兒自信別喊我師父。」

夏緣頓時住了嘴，小聲說：「這老頭一點兒都不可愛，若你不是我師父……」後面的話她頓住，沒往下說，起身前去給花顏開藥方。

天不絕瞪著夏緣，中氣十足地罵了一句：「臭丫頭！」

花顏大樂。

天不絕又瞪了花顏一眼：「我好好的徒弟，都是被你們兄妹倆帶壞了，竟敢當我的面編排我了。」

花顏聳聳肩，樂著說：「若非跟著我被一整個山寨追著躲進草垛，至今記憶猶新做夢夢到離枯草，你現在就踏進墳墓了。」

天不絕一噎，沒了氣：「也是，你這個臭丫頭命裡帶福，雖然總是闖禍，但關鍵時候，總會逢凶化吉，因禍得福。」

花顏笑著點頭，懶洋洋地往椅子上一靠，問夏澤：「外面怎麼樣？百姓們可都服了藥了？」

夏澤立即點頭：「回顏姐姐，城內的百姓們都已服了一輪藥了，程二哥與程七哥、五皇子盯著呢，他們照顧我身體不好，讓我先回來了。」

花顏頷首：「你姐姐可給你診過脈了？」

夏澤點頭：「診過了，已給我開了藥方，不久前熬了藥喝下了。」

花顏笑著說：「你的身體交給她，乖乖喝藥，按照她說的做，一定會給你調養好的。」

夏澤由衷感激地說：「姐姐醫術真厲害。」

天不絕鬍子翹了翹：「她還差著呢，還有得打磨。」

他話雖這麼說，彎著的嘴角還是出賣了他，顯然心中對自己這個徒弟十分得意和肯定。

不多時，夏緣開了一張藥方過來，遞給天不絕看。

天不絕口中說著不管，但還是將藥方接到了手裡，過目之後，指著藥方上的一味藥對她說：「把這味藥換了，這味藥雖對她的症狀，但性屬寒涼，她要想儘快要個孩子，就不能用它。」

夏緣驚訝地轉頭看向花顏：「儘快要孩子？」

花顏笑著點頭：「我正在嘗試，催動功力大成，想提前要個孩子，你一直在臨安，來了以後還沒顧上與你說起此事。」

夏緣蹙眉，擔心地說：「你的身體……」

「沒事。」花顏搖頭，「總要試試，要個孩子是第一步。」

夏緣意會，解魂咒就是第二步了。她看著花顏，仔仔細細將她打量了一遍說：「我怎麼覺得你似與以往有些不一樣了。」

天不絕哼了一聲：「這要感謝蘇子斬那小子罵醒了她。」

夏緣恍然：「怪不得我覺得如今見你，不再是凡事無所謂的模樣，眉目間籠罩著的青霧也淡了些，雖染了風寒，身體因操勞而虛弱至極，但看起來還是頗有生機。」

花顏訝異：「你看到了我的生機？」

夏緣頷首：「是啊！」否則她就不會說了，見花顏訝異，肯定地說，「十分明顯的，花灼若是見了你，也能看得出來。」

花顏聞言愣了好一會兒，低聲說：「我曾給自己卜卦，眼前一片黑濛濛的雲霧，看不見光，更看不見前路，暗無天日，何來生機？」

夏緣驚道：「那如今……」

花顏抬起頭，對著她輕輕地笑：「我救蘇子斬，是命定，大約，救了他，也是救了我自己。」

夏緣一愣。

天不絕接話：「這話頗有玄機。」

花顏笑著感歎：「是啊！」

無論是夏緣，還是天不絕，都經歷了花顏與蘇子斬的那一場糾葛，個中牽扯，看得分明。若說普天下誰能罵醒花顏為了生而活的心，怕是非他莫屬了。因為花顏，才有了蘇子斬的新生，那麼，也導致他成了那個最有資格罵她的人。

夏緣忽然有些激動：「待你身體好了，你再卜一卦吧！也許卦象不同了。」

花顏笑著點頭：「好。」

夏緣心中歡喜，生機意味著花顏的生命力，也許，魂咒有朝一日真能解了。

她從天不絕手中又拿回藥方，劃去了一味藥，換成了另外一味藥，又拿給天不絕看：「師父，您看，換成這味藥可行？」

天不絕看了一眼，點頭：「成！」

這時，采青走上前，對夏緣伸手：「少夫人，給奴婢吧！奴婢去煎藥。」

夏緣頷首，將藥方遞給了采青。

半個時辰後，花顏喝了藥，看了一眼天色，站起身，對夏緣說：「我出去走走。」

夏緣皺眉：「喝了藥要發汗的，你要去哪裡？有什麼重要的事兒讓安一公子去辦就是了。」

花顏笑著捏了捏她的臉：「安一已探好了路，我必須走一趟，最晚後日，大哥帶著五十萬兵馬就會來了，我要在他來之前，制定好收服那三十萬兵馬的計畫，免得越拖下去，夜長夢多。」

夏緣聞言也知道此事關係甚大，非花顏不可，她躲開花顏的手，嗔了她一眼，還是不放心，試探地說：「明日再去也來的及吧？」

花顏微笑：「明日時間緊促，不見得計畫周密，我多穿些，別擔心。」

夏緣點頭，當即決定：「我與你一起去。」

花顏歪著頭瞅了她一眼：「也好。」

於是，二人裹了厚厚的披風一起出了門。

采青看著二人離開歎了口氣，少夫人一來，她就失寵了，太子妃出門也不帶她了。她總算是體會了小忠子覺得在太子殿下面前失寵的感覺了。

夏澤也終於體會了花顏與夏緣的感情，不愧是自少一起長大！他由衷地覺得這個姐姐不錯，若是她早些年回家就好了，他父母也不至於磋磨了那麼些年，如今才打破相敬如冰的相處。

花顏與夏緣沒有騎馬，出了院落後，徑直走路出了西城去了西山。

大雪雖停了，城外漫山遍野還有未化的大雪，因北安城戒嚴，城內更沒有多少百姓，所以，大雪上只有些野兔、野雞、野豬的痕跡，沒有腳印。

花顏與夏緣也不敢留下腳印，小心地用輕功在雪上走著，花顏的武功能做到踏雪無痕，夏緣的武功雖不及花顏，但也能不落下明顯的痕跡。

二人一路沿著西山走了一圈，來到了那片灌木叢林，這片灌木林很大，方圓幾里，冬日寒風刮著，林木與枯葉沙沙作響，二人無聲息地進了叢林，行出半里地，花顏忽然停住了腳步。

夏緣頓時謹慎地無聲地問：「怎麼了？」

花顏靜聽了一會兒，皺眉，無聲地說：「我聽到士兵們整齊劃一的腳步聲，不像是在練兵，似在行軍，正向著我們這個方向來。」

夏緣頓時緊張起來：「怎麼回事兒？」

花顏又靜聽了一會兒，挽起夏緣手臂，足尖輕點後退了數丈，踩著樹尖，幾個起落，隱身在了一處半山腰的山石後。

二人在山石後等了一會兒，果然，聽到大批的腳步聲從灌木叢林深處走出，士兵們穿著鎧甲棉靴，配著長槍長劍，出了灌木叢林後，似急行軍一般地向著北安城的城門而去。

夏緣的臉頓時變了：「他們要幹什麼？攻城嗎？」

花顏臉色也有些難看，點頭，肯定地說：「顯然，是要攻城。」

「他們怎麼會突然要攻城？」夏緣不解。

花顏大腦飛快地轉著：「也許，我們查出了機關密道，調兵的消息走露了，這三十萬兵馬想要先發制人。」

「那怎麼辦？」夏緣頓時急了。

花顏挽著夏緣起身：「走！我們必須趕在他們之前儘快先趕回去。」

花顏的輕功輕易不用，用時，也鮮少用到極致，如今，她攜帶著夏緣，一路如風一般趕回北安城，將輕功用到了極致，漫天雪白中，只看到一抹煙影。

從西山的山體內衝出來的三十萬急行軍自然沒有發現，急急趕往北安城。

花顏一路上都在想著怎麼就走漏了消息，她給陸之凌去信調兵的消息，只有少數人知道，天不絕、程顧之、程子笑、五皇子、夏澤，還有花家暗線。

她將這些人都思索了一遍，覺得不可能，無論是這幾人，還是花家暗線，都是與她一路比肩與瘟疫抗爭的人，若是要反叛應該是在瘟疫發病最厲害時最艱難時才對，沒道理這時候反叛。

那麼，到底是哪裡出了問題？

西山駐紮的兵馬突然前來圍攻北安城，自然是得到了什麼風聲。

若不是她調兵的風聲，難道是因為察覺了北安城地下的機關密道已暴露？所以，敏銳地察覺到了危險，才決定先發制人？

那麼，這人得敏銳到什麼程度？

無論是雲暗掌控了瘟疫之源與那一批人，還是安一徹查西山駐紮多少兵馬，二人皆是小心謹慎之人，謹小慎微到幾乎不會落下什麼痕跡，除非，那人觀察入微，察覺到了不對勁之處。

這倒也能理解，能暗中掌控這北安城地下城的人，一定是非常人。

花顏瞇起眼睛，她更傾向於這一種。

這人是誰？她一定要查出來！但是當務之急，是如何應對。

武威軍與敬國軍被她派給了安十六護送北安城的百姓，如今城內只有原來守城的三萬兵馬。三萬兵馬對抗三十萬兵馬，無異於螳臂當車。

如今西山距離北安城不過五里地，三十萬兵馬很快就會來。陸之凌的五十萬大軍最快也要後日，而武威軍和敬國公那十萬兵馬雖距離不遠，百里地，但如今也是遠水救不了近火。

所以，這城守不得，為今之計，只能撤出北安城。

她甚至能想到只要她撤出北安城，這三十萬兵馬就會占領北安城，一旦北安城被三十萬兵馬占領，再想攻打回來，拿下北安城，就難得很了。

但即便難得很，如今也沒有別的選擇。

來時用了半個時辰，回去不過兩盞茶，進了城門後，花顏當即對守城的將領下令：「所有人聽我命令！現在馬上與我一起，撤離北安城。」

那守城將領一愣，看著花顏：「太子妃，發生了什麼事兒？」

花顏繃著臉說：「有人謀亂，三十萬兵馬前來攻城，馬上就到。」

那守城將領面色一變，當即聽令：「是，卑職立即傳令跟著您撤退。」

這時，安一現身，看著花顏：「少主，撤去哪裡？城內的百姓們怎麼辦？背後之人滅絕人性，若是咱們撤出，背後之人殺這幾千百姓逼少主出來的話……」

花顏臉色一寒，也不是沒有這種可能。若是用如此招數逼迫她，她可以不要名聲不出來，但是身為雲遲的太子妃，雲遲是要名聲的，所以，她不能任由百姓們被殺了祭旗。事情已經到了這一步，太子殿下的名聲不能功虧一簣。

她沉默片刻，果斷地道：「將百姓們全都帶走，為今之計，他們來奪北安城的地上城，我們只能將他們的地下城奪過來暫時作為容身之地了。」

安一點頭：「少主此舉不失為當前最妥當的法子。」

花顏當即下令：「傳信給雲暗以及花家所有暗衛，現在就將所有機關密道打通，半個時辰之內，將百姓們和三萬守城兵士都帶下密道。」

安一應是，立即去了。

夏緣在一旁說：「半個時辰怕是來不及，外面的人來的快。」

花顏道：「你再隨我出城，協助我，在城外布個陣法，先攔上一攔，爭取時間。」

夏緣道：「城外只有地上的雪與護城河，再無別的輔助事物，你如何布陣？」

花顏抿唇：「為今之計，只能以靈術布陣了。」

夏緣面色一變：「不行，你的身體吃不消。」

花顏拍了拍夏緣肩膀，鄭重地說：「沒辦法了，只能用它，走吧，別耽擱時間了！如今我們應該慶幸我有雲族傳承的靈術可用，否則，才是一點兒辦法沒有，只能以卵擊石與三十萬兵馬硬抗，那樣的話，這城內的三萬兵馬，不知道要死多少人。我一人受傷，總比我們辛苦救活的這些人都死在這兒的好。」

夏緣咬唇，也覺得除此一法沒別的法子了，只能無奈地點頭。

於是，二人又出了城。在城外半里地處，花顏利用地面的大雪與城外護城河結的冰層，催動她體內的靈術，不多時，護城河化了冰，地面上的雪化成了水，一盞茶後，圍繞在北安城方圓五里都起了濃濃大霧。

霧氣越聚越多，直至，白茫茫的一片，對面看不到人。

這是花顏前世今生第一次大動干戈地動用靈術，雲族的靈術輕易不能動，畢竟是違反自然之術，小動無礙，但大動傷身。尤其如今花顏還是在身體染了風寒，極度氣虛體弱的境況下啟動靈術，對她來說，更是雪上加霜。

夏緣看著花顏的臉越來越白，賽過了地面上的白雪，比過了空氣中漂浮的白霧，幾近成透明色，她心痛地說：「行了，快停手吧！」

花顏已經聽到了腳步聲臨近，此時，她已沒了力氣，緩緩地罷了手，剛一停手，整個人頓時癱軟到了地上，虛弱地說：「帶我走。」

夏緣立即扶起花顏，攜著她衝回城內，花顏早先說的讓她幫她，也就是在她以靈術布霧陣後，帶走她的作用了。

夏緣帶著花顏回了城，遠遠地還能聽到身後有士兵們驚呼：「怎麼北安城忽然起大霧了？」

夏緣心中氣憤，低聲咒罵：「這群王八羔子。」

花顏躺在她懷裡，聞言不由得笑了，附和說：「就是王八羔子。」

夏緣低頭瞪了花顏一眼，緊抿了嘴角，不再言語。

二人衝回城內，所有人都已得到了消息等在城門口，見夏緣抱著花顏回來，立即圍上前。

程顧之看著花顏，面色微變：「太子妃怎麼了？」

「顏姐姐！」夏澤也急聲詢問。

花顏虛弱地說：「你們怎麼都來了這裡？我沒事兒，受了些內傷養養就好，走吧！」

她一句話，截住了眾人的問話。

天不絕看了一眼罩在北安城四周的大霧，這大霧十分神奇，如防護罩一般，罩住了北安城的四周。他心下了然，伸手入懷，摸索了半天，從懷中一堆藥瓶的最底部掏出了一個玉瓶，倒出了三顆藥丸，遞給花顏，板著臉說：「趕緊吃了，不要命了！」

花顏乖乖張口，吞下了天不絕遞到她嘴邊的藥。

程子笑本就聰明，似明白了什麼，看了一眼城外驟然而起的大霧，試探地問：「這大霧是太子妃……」

花顏截住他的話：「障眼法罷了，走吧！這霧擋不了多少時候。」

程子笑頓時住了嘴。

夏緣帶著花顏，一行人快步向那處荒廢的院落機關密道的入口走去。

此時，百姓們已都撤離了，北安城守城的三萬士兵正在撤離。

花顏估摸著她以靈術起霧，若是那三十萬兵馬被迷霧陣所惑，不敢冒然攻城闖入的話，總能再抵擋半個時辰。半個時辰夠用了。

誠如她猜測，大霧起來後，北安城就在那三十萬兵馬的面前消失了，眼前是一片白茫茫的雲霧，這大霧似乎將整個北安城罩起來了，霧外，是澄明的天，霧內，對面看不到人。

士兵們看著驟然而起的大霧，都不敢再往前走，而是回頭去看，等著首領命令。

隨軍的將領是一名三十多歲的男子，未蓄鬍鬚，此時看著突然將北安城罩住的大霧，也驚奇不已，這大霧太突然，更是十分神奇，前一刻還能看清北安城的城牆，這一刻就什麼也看不到了，只剩下大霧，伸手不見五指。

他生怕有詐，也做不了主，對身旁人吩咐：「快去，請示統領。」

「是！」那人立即離了隊，向遠處的一處山頭奔去。

遠處的一處山頭上，立了兩個人，兩人皆黑衣蒙面，一人身形清瘦，那人立在前方，一人身形略粗壯，錯後半步站立。

二人皆看著北安城方向，那驟然而起的濃霧，實在是不同尋常。

身形略粗壯那人看了片刻，低聲說：「統領，這霧起的十分蹊蹺。」

身形清瘦那人點頭，面巾未遮掩的一雙眼底霧氣沉沉，盯著那濃霧看了片刻，吩咐道：「傳我命令，立即攻城。」

身形略粗壯那人猶豫：「統領，如此濃霧定會影響視線，此時攻城，恐防有詐。」

「能有什麼詐？即便有詐，無非是損傷些人罷了，我們有三十萬大軍，豈能怕了？」身形清瘦那人聲音陰冷沉鬱。

身形略粗壯那人頓時應是：「卑職這就去傳令。」

須臾，這一處山坡上只剩下了清瘦男子，山峰凜冽，吹起他黑衣袍角，獵獵而響，他周身陰鬱的氣息比山峰還冷。

隨軍的將領正等著統領下令，不多時，身形略粗壯那人下了山坡，來到了軍前。那將領見了他，連忙見禮：「閆軍師，這般大霧，前路不清，我們是不是等等霧散再攻城？」

閆軍師沉著目光看著前方濃霧，雖然他也覺得該等等，但統領既然已下令，他自然要聽令，立即說：「統領有令，即刻攻城。」

那將領一愣：「那這霧……」

閆軍師眼神淩厲：「霧而已，我們有三十萬兵馬呢，北安城只三萬兵馬，怕什麼？」

那將領不敢再多言，立即應是。

一聲令下，大軍衝向了城門。

士兵們到底因為心裡沒底，濃霧太大，一步步地探索前進，所以，腳程並不快。

半里地，堪堪磨蹭了小半個時辰。

半個時辰後，才來到了城門處，這時，霧已漸漸地稀薄了，正慢慢散去，可以清晰地看到城門關著，城牆頂上並沒有人鎮守。

閆軍師也跟著大軍來到城門下，見此，立即吩咐：「攻城木，撞開城門。」

咚咚咚，一陣響聲後，沒有任何阻擋的城門被撞開，士兵們蜂擁入了城。

街道十分安靜，百姓們家家戶戶的住宅裡都空空蕩蕩，整個北安城，空無一人。

士兵們衝進來後，沒見到人，提著長槍大刀都愣愣地停住了腳步，想著北安城的人都憑空消失了嗎？

閆軍師看了一圈，面色微變，立即吩咐：「將整個北安城都搜一遍！」

命令下去，士兵們分成小隊，沿著街道搜索。

閆軍師喊過一人吩咐：「快，給統領傳信，北安城空無一人。」

那人應是，立即風一般地去了。

統領立在山坡上，望著北安城的方向，眼底雲霧昭昭，如北安城的霧一般，但北安城的霧有散去的時候，他眼中的霧卻沒有，什麼時候看來，都霧氣沉沉。

有人快速地將北安城內的情況稟告給了統領，統領眼中的霧更重了，冷冷地說：「沒有人可以憑空消失，看來花顏是帶著人進了地下城。」話落，他下命令，「先占領北安城，再派人開啟地下城毀滅機關。我要看著，若花顏死在裡面，雲遲是不是也陪著她一起死。」

有人應是，命令立即傳達了下去。

閆軍師聽聞統領下令要毀地下城的機關，頓時坐不住了，又出了城，以最快的速度到了那面山坡上，他看著統領自他離開後，依舊站在那裡，如風枯了的山石樹木，連腳步都未挪一下。他心下膽寒，拱手，低聲勸：「統領，地下城是我們幾十年的心血建成，裡面有兵器庫，有糧倉，不能毀啊！」

「毀一座地下城，殺了花顏，值得了。」統領陰沉沉地說，「也許還能藉由花顏殺了雲遲，何樂而不為？」

閆軍師試探地說：「也許還有別的辦法殺了花顏……」

統領冷厲陰涼地說：「不會再有別的辦法，花顏這個女人，邪門的很，不用此法殺了她，即便是三十萬兵馬，都難以擒住她，更何況，她身邊有那麼多人保護著。」話落，他命令道，「別廢話了，聽我命令！」

「是！」閆軍師垂手。

於是，命令很快就傳達了下去。

夏緣帶著花顏，程顧之等最後一批人下了機關密道後，花顏總覺得心神不寧，眼皮直跳，總有一種不好的預感。

「你是不是難受得很？」夏緣發現了，立即問，「師父，你快過來給她把把脈。」

天不絕也發現了花顏不對勁，立即過來給她把脈。

「不是脈的事兒。」花顏搖頭，對夏緣說，「你放我下來。」

夏緣聞言將花顏放到地上，地是以石頭鋪成，十分陰涼，她立即說：「你這身體不能久坐。」

花顏點頭，掏出三枚銅錢，虛弱地說：「我卜一卦。」

夏緣面色微變：「不行！你的身體不能再妄動了。」

「的確是不能再妄動了！」天不絕也不贊同，「除非你想立馬死在這，如今你的身體，我不必把脈，都知道你無異於油盡燈枯。」

花顏攥著銅錢，掂了掂，最終還是在夏緣與天不絕堅決不同意的眼神下將銅錢收了回去，她閉上眼睛，讓自己冷靜地思量。

背後之人如此敏銳聰明，是不是一旦發現北安城成為了一座空城，就會算到她帶著人進入了地下城？那……他會怎麼做呢？

三十萬士兵下來擒拿她？

如此狹窄的洞口，下來一個殺一個，下來多少人，都會死在洞口處。

想兵不血刃地殺了她該怎麼做呢？

她腦中飛快地運轉著，背後之人滅失人性，不會在乎這地下城裡如今有多少人，為了殺她，發動瘟疫，將全城數萬百姓的性命都視若草芥，那麼，建造北安城地下城的心血是不是也可以狠心地付之一炬？

對於他來說，大約只殺了她就值了！其餘的人只當是給她陪葬了！

花顏腦中轟地一聲，大腦瞬間清明了，她當即扶著夏緣的手支撐著站起身，對安一吩咐：

「快！所有人，撤離地下城，從西山的出口立馬出去，走鐵索吊橋方向！」

安一也不問花顏原因，當即應是，立即將命令傳給了雲暗。

於是，二人前後配合下，帶著所有人，快速地沿著地下密道向出口外走。

有的百姓們年老體弱走不動，身強體壯的士兵們將之扛起。暗衛們開路，動作十分快。

五皇子見夏緣抱著花顏行了一段路後，臉色露出疲憊，立即說：「少夫人，我來抱四嫂。」

夏緣搖頭：「不必，五皇子，快走吧，我抱得動！」

五皇子立即說：「對於四嫂來說，我是弟弟，如今緊要關頭，何必講究那麼多？我有力氣，能走得快些。」

花顏聞言道：「行！辛苦五弟帶我了。」

夏緣見花顏同意，將她遞給了五皇子，五皇子立即接過，帶著花顏快步向前奔走。

夏緣喘息了一陣，這才問：「為何我們急急出去？」

花顏沉聲說：「若我所料不差，地下城定有主事人，雖不知到底是不是主謀，但能有如此敏銳和魄力，滅絕人性的心腸，狠毒的手段，想必會不惜毀了這座地下城也要殺了我。所以，在他開啟毀滅機關前，我們必須離開這裡。」

夏緣大驚：「那我們再快些。」

天不絕接過話：「早知如此，還折騰什麼？在得到攻城的消息時，我們就該立馬出城撤走。何必進這地下城？」

花顏搖頭：「當時我們發現的太晚，又帶著百姓們，即便出城，三十萬大軍追上來，我們根本走不遠，就會被圍困。到時候萬箭齊發，誰也活不了。如今這地下城總能周旋一二。」

天不絕想了想：「也是。」

五皇子不說話，只悶聲帶著花顏往前快步走。

程顧之與程子笑對看一眼，齊聲說：「誠如五皇子所說，當務之急，我們是儘快出去。五皇子若是累了，還有我們，習武之人，總都有些力氣。」

五皇子頷首應道：「好！」

花顏心中苦笑，想著她又成為大家的拖累了，在南疆時，就曾有那麼一兩個月是雲遲的拖累。事到臨頭，她每做的一步決定都只有唯一的一條路，沒有後悔之路可選。

北安城不小，相對應的北安城的地下城亦不小。

五皇子奔了一段路後，腳程也漸漸地慢了下來，程顧之見了，立即上前，將花顏接了過去。

程子笑也上前，跟在程顧之身後，問：「還有多久？」

安一在前方探路，聽到後回道：「三里地。」

「再快！」花顏忍耐著因為快速行路被顛簸的頭暈，「晚了來不及，那人聰明得很，一定會第一時間動手的。」

安一應是，開路的速度更快了些，同時傳信給雲暗，讓他護著百姓們速度再快些。

兩里地後，程顧之腳程慢了下來，程子笑上前，接過了花顏。

程子笑還有心情說笑：「我們都抱了太子妃，太子殿下有朝一日知道後，會不會醋勁大發，砍了我們的手？」

「貧吧你！再貧，我先砍了你的手。」花顏又氣笑地說了他一句，「先有命出去再說吧！」

程子笑哼哼了一聲：「但凡女子，都會害羞上一二，太子妃是不是生來就不知道害羞為何物？」

花顏雖沒力氣，但還是翻了個白眼。

夏澤在身後著急地說：「程七哥，快別開玩笑了，都什麼時候了，趕緊走吧！」

「我說話也不耽誤趕路，一路大家都死氣沉沉的，憋的我透不過氣來，緩和緩和。」程子笑一邊說著話，腳下卻不慢，快步向前奔走。

花顏想著害羞嗎？她是有過的，四百年前，初見懷玉時，今生面對雲遲時。她歎了口氣，沒想到背後之人如此厲害，她竟然陷入了這步田地。

這時，頭頂上方忽然傳來轟隆隆的聲音。

花顏面色一變：「是機關啟動了。」

夏緣驚道：「快，再快些！」

夏澤立即說：「我聽到有的地方塌了。」

安一在前方喊：「機關啟動了，不過看到亮光了，再快！」

程子笑此時再顧不上玩笑，幾乎運步飛起來。

一行人便在轟隆隆的響聲中，後方的轟塌聲中，頭頂地面劇烈的震動中，在土坯石頭砸下頭頂前，衝出了密道的出口。

夏緣拽著天不絕最後兩個衝出來後，洞口在轟隆聲中塌了下來，堵死了。

天不絕拍著心口後怕地說：「好險！」

眾人回頭去看，山體都塌了，都覺得好險。

花顏是最冷靜的一個，在眾人驚魂未定中，沉聲吩咐：「快，所有人，過鐵索吊橋。」

雲暗已帶著前面先出來的人在過吊橋了，士兵們攜帶著百姓，走在長長的鐵索吊橋上。因為人多，鐵索發出嘩啦啦的響聲。

花顏看看四周，對夏緣說：「我們這麼多人，過吊橋也會耽擱些時候，若是被人發現，一樣走不了。趁這裡地形特殊，用我昔日交給你的陣法，你來布陣，就布哥哥院子裡的那個陣法。」

夏緣點頭：「好。」

她雖然於醫術上最有天賦，但對於別的，自小跟在花顏和花灼身邊也是耳濡目染，所以，布陣雖不是十分精通，但也能照葫蘆畫瓢。

西山是三十萬兵馬的大本營，大概那人無論如何也沒想到花顏會如此大費周章地奪了地下城卻又片刻不停留，帶著人衝出了地下城，反而從西山這個出口出來。

時間緊迫下，花顏做了最周折迂迴的事兒，看起來最麻煩，卻反而最有效。

就在夏緣布陣時，在遠方，山的另一頭，望著北安城方向的統領一雙眼睛露出嗜血的笑容，問身旁的閆軍師：「機關此時已經開啟了吧？」

閆軍師垂手：「開啟了！若不出意外，花顏與她帶的那些人已經被埋在地下了。」

統領聞言暢快地說：「臨安花顏為了太子雲遲，可謂是嘔心瀝血，估計從來沒想過自己是這般死法。」話落，他諷笑說，「女人到底是女人，無論多麼聰明的女人，都逃脫不了情愛二字。她臨安花家奉著好好的日子不過，摻和皇權做什麼？四百年前袖手天下，四百年後也該如此。如今她死了，下一個我殺了雲遲就殺花灼。」

閆軍師道：「統領技高一籌。」

統領哼了一聲，不可一世地說：「不要說什麼我技高一籌，若我技高一籌，就不會再沒有奈何花顏的法子，無奈地毀了我們辛苦建立的地下城了。可惜了儲備的米糧與兵器！」

閆軍師也心痛地說：「是啊，真是可惜了！」

統領凜冽地道：「不過總體說來，殺了花顏，也算是值了，那些事物都是死的，總比讓花顏活著強。這個女人，真是不能讓她活著。有她幫雲遲，再加上一個厲害的花家，這個天下，南楚還能再做一百年。」

閆軍師點頭：「統領說得對。」

「給京城傳信，就說……」統領看向京城方向，剛要說什麼，忽然住了口，厲聲問，「什麼聲音？」

閆軍師一怔，豎耳細聽，立即說：「風聲？今年冬日天氣格外寒冷，這北地的寒風也格外地烈。」

「不是。」統領斷然地搖頭，閉上眼睛靜靜聽聲辨位，片刻後，睜開眼睛，眼底一片寒光，「是鐵索橋晃動的聲音。」說完，他一陣風掠過，向鐵索橋的方向而去。

鐵索橋橫穿兩座大山，橋下是百丈的山澗懸崖，橋長五百米，膽大的士兵帶著百姓，膽小的士兵經過了機關密道內的逃命也練得膽子大了，所有人過鐵索橋時，都不敢耽誤，匆匆而行。

無數的腳步聲將鐵索橋的鎖鏈晃動的嘩嘩作響，這響聲便隨著山間的回音，響徹雲霄。

花顏擔心的事情終於發生了，那統領不過七個起落就來到了西山的另一面山坡，順著山坡放眼望去，便看到了無數人在渡橋。

他面色霎時森然，咬牙切齒地看著遠處：「好一個花顏！好一個臨安花顏！好一個太子妃！果然詭計多端，怪不得敢闖蠱王宮，怪不得雲遲自從有了她，提前了五年收復西南境地。」

閆軍師隨後追著統領來到這一處山坡下，見到遠處的情形，也驚駭了：「這……他們什麼時候出了機關密道的？這……怎麼辦？」

「放煙霧彈，調梅花印衛！」統領暴怒地下令。

閆軍師當即掏出了煙霧彈，扔向了半空中，黑色的煙霧在半空中炸開。

須臾之間，有數百黑衣蒙面人如從地下鑽出來的鬼魅一般，從遠處的一座山頭上冒出了頭，不多時，便來到了統領面前。

統領震怒地伸手一指，殺氣騰騰：「給我將花顏殺了，那些人都殺了，一個不留。」

「是！」梅花印衛齊齊應聲，如一團團的黑煙，湧去了鐵索橋頭。

此時，夏緣已用最快的速度布了一個陣，她是第一次布陣，效果可想而知自然一般，但她沒有那麼多時間去琢磨更改，所以，在布完陣後，心裡沒底地說：「不知道能抵多少時候？」

「能抵一炷香就成。」花顏目光看向一處山頭方向，能清楚地看到有兩個黑影立在山頭上，正向這裡看來，緊接著，一群黑影如地獄裡爬出來的鬼魅，向這裡衝來，距離得極遠，但依舊能感受到濃烈的殺氣。

花顏眯了眯眼睛：「本以為肅清了北安城，沒想到還藏著這麼多魔鬼。」

安一也看到了：「少主，那兩個人，您看到了沒有？那兩個人定然就是幕後之人。」

「看到了，即便不是幕後之人，也定然是坐鎮這北安城的主事人。」花顏點頭，同樣寒聲說，「可惜，我如今周身無力，等同於廢人，否則，我倒真可以會會他，扒開他那身黑皮。」

安一立即說：「少主，我帶著人去會會他。」

花顏搖頭：「來的這批黑衣人氣息如魔鬼，定然不好對付，而我如今又是個拖累，還有百姓們要照顧，我們來日方長。」
安一也知道如今不是交手的好時機，敵我懸殊，一旦纏鬥起來，耽擱時間，對方正好調來三十萬兵馬，他們這些人，一個都跑不了。如今當務之急，是趕快過鐵索橋出去。
幾乎是轉瞬間，那數百梅花印衛就來到了鐵索橋頭，他們來到後，本來眼睜睜地看著橋頭上立了無數人，花顏等人近在眼前。可到了後，似感覺面前隔了一堵牆，樹影山石亂轉，一下子，看不到眼前那些人了。
夏緣設的陣起了效用，近在眼前地攔住了這批梅花印衛。
夏緣看著他們踏入了陣中，心一下子提到了嗓子尖，生怕她的陣抵擋不住這些人。鐵索橋仍在嘩啦啦地晃動，響聲不絕，還有上千名士兵正排著隊等著快速地過橋。
梅花印衛們在陣裡亂轉，領頭人進入陣後知曉入了陣，立即大喊：「尋找陣眼破陣，快！」
梅花印衛們皆四處尋找陣眼。
這批梅花印衛果然極其厲害，那統領很快就找到了陣眼，夏緣驚呼：「不好，怎麼辦？」
花顏當機立斷，對安一吩咐：「安一，你去陣眼處加持。」
「是。」安一領命，立即去了。
就在那頭目要破開陣眼時，安一的劍橫在了他的面前，一招直取他命門，那頭目只能暫且放棄陣眼，與安一打了起來。
安一的武功在花家安子輩的公子中，雖不是出類拔萃的，但也不弱，排行為一，自有他統率下面公子的可取之處，武功根基極穩，極扎實，劍術亦有前後兼顧大開大合之風。
這名頭目武功的路數陰狠毒辣，招式詭異，對上安一，一陽一陰，正好相剋。

花顏看了一會兒，見安一與那頭目打的不相上下，但那頭目武功路數陰狠，久了，安一不見得是他的對手，她對采青說：「給雲暗傳信，讓他折回來，代替安一。」

采青應是，立即給雲暗傳消息。

雲暗本來帶著太祖暗衛打頭，安一帶著花家暗衛斷後，如今，他已在橋頭，收到了采青傳信，當即飛身而起，踏著鐵索橋上的人的肩膀，不消片刻，輕而易舉地便來到了近前。

花顏當即命令：「安一退下，雲暗替上。」

安一得令，轉瞬間虛晃一招退了下來，雲暗同一時間替了上去。

雲暗的武功路數不同於安一，他替上後，那頭目頓時感受到了來自雲暗黑暗氣息的施壓，他眼中蹦出厲光，斷然喝道：「太祖暗衛？」

雲暗眼中也蹦出厲光：「梅花印衛何時活的如鬼祟了？」

那頭目陰森森地道：「太祖暗衛也比我們好不到哪裡去！如今還不是聽一個女人差遣？」

「那也比你聽一個鬼祟的差遣好，喪盡天良！」雲暗諷笑。

「太祖暗衛也不比我們有良知，四百年前絞殺梅花印衛的仇，今日就讓你們全死在這裡。」

「那就看你的本事了。」雲暗冷嗤。

二人你來我往說話間，數十招已過。

花顏沒想到來的是後樑的梅花印衛，這些人的武功路數和氣息，完全不像四百年前梅花印衛，她幾乎看不到昔日梅花印衛的影子，她才一時間沒認出來。

四百年，滄海桑田，梅花印衛雖存於世，但她也沒想到會變成了她完全識不出來的樣子。

安一退下來後看了片刻，從程子笑手中接過花顏：「少主，我帶您走！」

花顏點頭，吩咐：「雲暗不可戀戰，來日方長！」

雲暗應是。

安一帶著花顏足尖輕點，飛身上了鐵索橋，幾個起落，到了橋頭。

花顏看著所有士兵都過了橋，夏緣等人開始過橋，吩咐道：「放我下來，你們準備砍斷鐵索橋。」

安一點頭，放下了花顏，帶著人抽出刀劍，準備砍斷鐵索橋。

程子笑最後一個過橋，他瞅準時機，將手上的一枚玉扳指對著那頭目扔了過去，大喊：「雲暗，撤！」他喊完，撒丫子就跑，一邊跑一邊喊，「快，斷橋！」

他的那枚扳指正好打在了那頭目面前，那頭目用劍一擋，胳膊挨了雲暗一劍，受了傷。

雲暗得手，也不戀戰，聽從了花顏的吩咐，當即撤出陣外，飛身過橋。

安一帶著人在程子笑喊的那一瞬，齊齊揮劍，每個人用了十成功力，「啪」地一聲，鐵索橋斷了一半。

程子笑正跑到一半，聽到了鐵索橋斷聲，險些嚇的魂兒都沒了，他正驚魂未定，見安一等人再次揮起劍來，剛要喊慢一點兒，只覺得身後一陣風襲來，他的衣領子被雲暗提了起來，如拎小雞一般，轉瞬間便將他拎到了橋頭，隨著他腳落地，又是「啪」地一聲，鐵索橋徹底斷裂。

那頭目不顧身上的傷，破陣後剛要追上，便眼看著鐵索橋在他面前斷了，只能生生止住腳步，面對高達萬丈的天塹懸崖，氣憤地看著橋對面，罵了一句：「該死！」

程子笑被雲暗扔在地上，大口地喘氣，拍著心口，心悸地膽顫說：「差一點兒啊！險些就去找閻王爺報到！」

花顏好笑地看著他：「安一與雲暗配合默契佳，你也好極了，那枚扳指作用大！」

程子笑聽見花顏誇獎，放下拍胸口的手，哈哈大笑：「暢快！」

眾人看著沒了鐵索橋，那頭的人急得跳腳，劫後餘生，也都暢快地笑了。

花顏心中也高興，望著山的那一頭，冷笑：「他繞過山頭來追我們，最起碼要半個時辰，走！我們沿著這條路繞松蘭山，去找大哥會合，如今他的五十萬兵馬在身邊才最安全。」

「好險！」夏緣也拍拍胸口，笑著說，「去松蘭山的路我會走，我前頭帶路，我們快走！」

眾人齊齊點頭。

程顧之問：「這些百姓們……」

「帶上。」花顏果斷地說。

程顧之點頭，如今也只能帶著了。

於是，夏緣與花家暗衛帶路，三萬士兵，五千百姓走中間，太祖暗衛斷後，繞過松蘭山，前往陸之凌帶著五十萬兵馬來路方向走去。

閆軍師眼看著花顏等人過了橋斷了橋，暗中唏噓，去看統領的神色。

統領臉色黑如碳底，一雙眸子黑的已看不見顏色，聲音從牙縫裡擠出，如冬日天空落的不是雪而是冰碴：「好一個花顏！」

閆軍師試探地問：「統領，怎麼辦？」

「追，殺！」統領吐出兩個字，「梅花印衛，三十萬兵馬，都給我追上去！」

閆軍師應是，立即傳了命令下去。

除了四百年前她推開宮門看到懷玉已飲了毒酒，除了半年前在南疆蠱王宮遇到了暗人之王險些死在蠱王宮，花顏從來沒有這麼狼狽過。

她心中暢快後又氣憤地想著，這個場子早晚要找回來，那個站在山頭上的兩個人，有朝一日，她一定要將其腦袋砍下來當球踢。

「他們一定會追上來。」程子笑肯定地說，「今日，他們既栽了，一定不會善罷甘休！」

「我們再快些。」花顏計算著，因有百姓走不快，怕是用不了一夜就會追上，她思索片刻，果斷地說，「安一，給十六和十七傳信，讓他們安頓好那些百姓後，帶十萬兵馬，立即前來應援我們，沿著松蘭山的山脈設埋伏阻擊。」

「是。」安一應是，立即傳信給安十六和安十七。

松蘭山山脈奇特，奇峰怪石，山林茂密，山坡上的雪達一人深淺，羊腸小路彎彎繞繞，十分難走，幾乎寸步難行。

百姓們只能由人攙扶著，年老年幼的由人背著，他們也知道花顏是太子妃，是為了救他們受拖累，才會這麼被動被人追趕追殺，幾度死裡逃生。

所以，他們並無怨言，十分相信遵從花顏。

一行人攀山越嶺，花顏連行走都不能，只能由人背著，花家暗衛們行路輕巧，自然負責輪番帶著花顏，彼時沒了危險，再用不到其餘人。

五皇子心中感慨，如今，他才真正地明白治理江山何其艱難，四哥身為儲君的不易。誰能想到北安城進的來，險些埋葬屍骨出不去。

夜已深，北風列列呼嘯地翻滾過山頭，打在皮膚上，寒冷刺骨。

花顏身體極其虛弱，根本抵抗不住如此寒意，幸好天不絕藥多，每走一段路，都給她喂一顆藥丸。

安十六和安十七收到傳信後，大驚失色，當即安排好了五萬多百姓，帶著花家暗衛與蘇輕眠和蘇輕楓一起帶著十萬兵馬，從百里外繞路包抄松蘭山。

這十萬兵馬自從被蘇子斬收服，悉數拔除了軍中暗樁，交到了蘇輕楓手中，兩個月來他已基本掌控，每日練兵，急行軍趕路，體力較好，動作也極其迅速。

但即便十萬兵馬再快，也因為路還是有些遠，一時半刻沒那麼快趕到應援。

後半夜，追兵追了上來，雲暗稟報：「主子，追兵已不足三里，梅花印衛不足二里。」

花顏歎了口氣。

雲暗道：「我帶著人攔著，主子繼續前行。」

花顏搖頭：「我還捨不得讓你們都毀在這裡。」話落，她果斷地說，「嫂子，再布陣。這次，我來加持。」

夏緣立即問：「你怎麼加持？」

花顏咬牙：「我還有本源靈力可用，最少能攔半個時辰。」

「不行。我們寧可拼了也不能讓你再動手，你若出了事兒，我們這些人還不如一起死了。」

「沒錯。」程子笑立即附和。

程顧之也點頭。

安一道：「我與雲暗一起斷後，少主先走！」

花顏不語，雲暗的太祖暗衛，安一的花家暗衛，若是留下來攔，自然能攔得住梅花印衛，但是，後面三十萬追兵也會同時追上來，兩大暗衛也都會折在這裡。

她不願意！

她從來不願拿人命鋪路，無論是暗衛的命，還是尋常百姓的命，都是命。就連背後追擊的那三十萬兵馬，她也想收服多過絞殺，總歸，都是南楚米糧養著的士兵。

她沉默片刻，決然地開口：「聽我的命令，嫂子布陣，我來以靈力加持，古籍記載，靈力枯竭，不會要命，我不會拿自己的命開玩笑。」

夏緣最瞭解花顏的脾氣，在南疆闖蠱王宮時，她都沒帶多少人，更遑論如今，她更不想讓什麼人犧牲。她咬牙問：「布什麼陣？」

「九天修羅陣！」花顏道，「以松蘭山我們所在之地，方圓五里布陣，如今我夜觀天象，正是子夜，正好布此陣，哪怕你布陣不精妙，但有我輔助加持，也能事半功倍。」

「好！」夏緣咬牙應聲。

眾人見花顏下了死令，夏緣應了開始布陣，其餘人都沒了話，安一也快速地動手幫夏緣。

花顏坐在一塊大石上，看著夏緣布陣，耳邊山風呼嘯，她周身都快結冰了，冷得厲害。她看著夜空，不由地想著，上一輩子，她自逐花家，化名成為南陽王府的小姐，入東宮為太子妃，入皇宮為后，一生到死，都沒有碰過靈術，活出了個真正的太子妃和真正的皇后的模樣。不打破世間平衡，但下場也沒得好，反而在死後，迫於無奈，用了雲族禁術，禁錮了自己的靈魂。

這一輩子，她前十五年活的無所謂，糊裡糊塗，自雲遲選她為妃，她似才清醒了，以後，每走一步，她都知道自己要的是什麼，至今，活的都十分努力。

如今，她動用靈術，雖天道反噬，但，她相信，邪不勝正，她護的是正，總不至於因此而丟了命。天道也會給正義留一線生機的。

布九天修羅陣沒那麼容易，夏緣周身都漸漸地冒了汗，兩炷香後，追兵的腳步聲已相當近了，夏緣還剩最後一步。

花顏這時開始調動本源靈力，注入陣法中，轟地一聲，半空中一聲轟雷炸響，驟然地落在了花顏頭頂。

花顏身子晃了晃，猛地吐了一口血。

夏緣大驚，就要奔到花顏面前。

花顏抹了一下嘴角，喝止：「不要過來，繼續，不能功虧一簣！」

夏緣頓住了腳步，咬牙繼續。

安一扶起花顏：「少主，你怎麼樣？」

花顏搖頭：「沒事，上天有好生之德，沒劈死我。」

天不絕倒出半瓶丸藥，足有半把，遞給花顏。

花顏張口都吞進了肚子裡，她此時五內俱焚，如燎原大火燒灼了她每一處經脈，燒的灼熱火辣，似乎從內到外要將她焚毀。

她此時的臉分外煞白，嘴角的血紅觸目驚心。

夏澤湊上前，眼睛發紅：「顏姐姐，你沒事吧？」

「沒事，別怕。」花顏搖搖頭。

這時，一陣疾風利刃襲來，那頭目帶著梅花印衛已來到了近前，刀劍泛著黑光，透著刺眼的鋒芒。他看著坐在山石上的花顏，咯咯怪笑：「太子妃，別白費力氣了！這裡就是你的葬身之地！」

花顏慢悠悠地坐直了身子，從懷中掏出帕子，擦了擦嘴角的鮮血，淺笑著看著從頭到腳包裹著嚴實的梅花印衛，輕飄飄地說：「瞧瞧你們的樣子，哪裡有半分四百年前梅花印衛的影子？」

那頭目陰森森地說：「太子妃難道見過四百年前的梅花印衛不成？」

花顏笑了笑，不答反問：「你們的主子是誰？」

「你都要死了，還有心情問我們的主子？」那人抽出刀劍，劍指花顏，「這麼嬌俏的美人，死了真是可惜了，連我都捨不得。不過，統領有令，你必須死！」

「你們統領是誰？就算要我死，也該讓我做個明白鬼。」花顏淡淡看著他。

「你死了再告訴你！上！殺了她！」那頭目看著花顏臉上豪無懼意，也隱隱覺得她怕是有所倚仗，不再耽擱，立即下令出手。

梅花印衛得令，蜂擁而上，殺氣如狂風暴雨席捲而來。

雲暗帶著太祖暗衛與安一帶著花家暗衛頓時護住花顏。

「成了！撤！」夏緣大喝一聲。

隨著她喝聲落，安一帶著花顏跳出陣法，雲暗出手擋了那頭目一招，也跳出了陣法。

九天修羅陣霎時啟動，一瞬間風雲變幻，陣內，電閃雷鳴，冬雷轟轟，罩住了陣內的人。

花顏忍著難受，吩咐道：「走！」

所有人都繼續前行。

九天修羅陣有了花顏本源靈力的加持，效果十分劇烈，困住的人一個也沒追來。

夏緣鬆了一口氣，湊到花顏身邊，眼睛發紅：「是不是十分難受？」

花顏看著她，夏緣這要哭不哭的樣子最好看了，尤其是這雙水濛濛的眼睛，她哥哥迷的就是她這個模樣，看著心都會化了，所以，總喜歡弄哭她。

她十分不著調地想著，哥哥若是在就好了，她也不至於這麼慘，疼死了。她費力地睜著眼皮，搖頭：「沒事，吃了一把藥，不那麼難受，肯定死不了。」

夏緣吸了吸鼻子，又罵：「這群王八蛋！最好這回他們都死在陣裡。」

花顏雖想這是不可能的，頂多能折損些人，抵擋半個時辰，但還是附和夏緣，點頭：「嗯，最好都死在陣裡，就沒法追殺我們了。」

夏緣嗔睨了她一眼，見她還能說話，心裡到底鬆快了些。

那頭目帶著梅花印衛被困在陣裡，十分惱怒，同樣在罵花顏，同時尋找破陣之法。

半個時辰後，那頭目帶著梅花印衛破陣而出後，已不見花顏的影子，他啐了一口，怒道：「給統領傳信，花顏那女人邪門的很，怕是會妖術，否則近在眼前，怎麼屢次被她弄出了這麼玄的么蛾子耍我們。」

有人應是，立即給統領傳信。

第一百零二章　油盡燈枯

統領很快就收到了信，此時，他站在北安城的城樓上，整個城是一座空城，除了他身邊的閆軍師外，再無一個人跡。他一身黑衣黑袍，望著京城方向，眼眸如起了大霧的黑夜。

他收到頭目失手後傳回的消息，眸光在黑霧中破出森森的冷冰渣子：「花家分屬雲族一脈，對比南楚皇室，是真真正正地得了雲族靈術的傳承，花顏的邪門，用的是雲族靈術。她已經使用了兩次靈術，根本是自尋死路！」

閆軍師驚訝：「原來早先北安城的大霧是雲族的靈術，如此強大的本事，若是我們有人也會就好了。」

統領冷笑：「得天厚愛，亦得反噬，輕易不得動用，今日她動用了兩次，不死也是強弩之末了。」

閆軍師試探地問：「統領，如今追不上了，怎麼辦？」

統領眼底霧靄沉沉，聲音狠厲：「繼續追！我倒要看看花顏還能蹦躂多久才去死。」

閆軍師頷首，傳令命人繼續追殺。

半個時辰，足夠再度甩開追兵一段距離。

追兵十分頑強狠厲有窮追不捨的韌勁兒，第二日天明時分，又快追上了花顏等人。

此時，花顏等人已來到了松蘭山的山腳下。

一夜奔波，無論是士兵還是百姓們都累了，腳程皆慢了下來，走不動了。

花顏覺得自己發起了熱，眼前已冒起了金星，卻死撐著不敢暈過去，對安一問：「試試家傳的傳音術，問問十六和十七到哪裡了？」

安一點頭，立即詢問安十六，這等傳音術只有方圓三十里可傳音，但十分耗費功力。

安一剛催動傳音術，不遠處便傳來安十六的聲音：「可是少主到了？」

安一大喜，轉頭對花顏說：「少主，是十六，原來他們已經到了！就在前面那座山埋伏。」

花顏鬆了一口氣：「快！我們再忍忍，翻過那座山。」

安一應是，回了安十六的話：「是少主！」

安十六立即問：「少主可好？」

安一默了默，回道：「受了傷。」

安十六聲音隨風傳來頓時緊張不已：「少主竟然受傷了？怎麼傷的？傷勢是不是很重？誰傷的少主？」

夏緣這時開口：「後面那群王八蛋！一會兒你們打死他們。」

安一本來也想說王八蛋，聞言住了口。

安十六憤恨的聲音傳來，語氣重重的：「好，你們快過，交給我們！」

安十七的聲音也傳來，咬牙切齒：「等我們收拾這群欺負少主的王八蛋。」

花顏心中好笑，此時卻難受得無論如何也笑不出來，扯動一下嘴角，身體每一處都是疼的。她想著這一路吃了天不絕給的大把大把的藥，可是經脈處依舊如燒焦了的荒原，未曾滋養半分。

一行人加快行程翻過了大山，與埋伏在半山腰處的安十六、安十七等人會合。

安十六和安十七一起衝上前，看到花顏的模樣，齊齊都駭了一跳，不敢置信：「少主這……

怎麼傷成了這個樣子？」話落，看向安一，「大哥，怎麼似乎只有少主受傷了？」

安一無奈地歎了口氣：「一言難盡。」

花顏簡短地解釋：「我動用了靈術。」

二人恍然，雲族靈術傳承，輕易不可妄動，動用靈術傷身，大動干戈更會要命。二人看著花顏蒼白無一絲血色的臉心疼不已，心中如燒了熊熊烈火：「哪個王八蛋如此狠毒，連百姓們都不放過，竟然逼得少主必須帶著百姓們離開，受如此拖累重傷？」

「是坐鎮北安城的統領，不知是誰，心狠手黑，先別說了，後面的人快追來了。」夏緣開口，「有你們攔著，我們也能喘口氣。」

「你們去前面那座山頭的背風處歇著。」安十六立即道，「我已派人查了，陸世子的兵馬在五里地外，很快就會趕來。」

花顏鬆了一口氣：「大哥來了就好了。」

雲暗請示花顏：「主子，我帶著人留下相助十六公子與十七公子。」

「好。」花顏頷首。

雲暗於是帶著太祖暗衛留了下來。

安一帶著花顏繼續前行，他這一路被追的憋屈，其實也想留下來打一場，但是知道安十六和安十七此時摩拳擦掌，用不到他，另外花顏身邊不能離開人保護。

那頭目帶著梅花印衛追上這座山頭，還沒出手，便收到了一封飛鷹傳書，他頓住身形，打開書信一看，面色大變，當即一擺手，果斷地道：「統領有令，撤！」

梅花印衛們得到命令，先是愣了一下，但都十分遵從統領命令，頓時如潮水般地撤了回去。

隨著梅花印衛撤下，三十萬大軍的將領也收到了命令，齊齊撤了回去。

安十六、安十七、雲暗等人正摩拳擦掌等著他們上來痛快地殺個片甲不留，沒想到，他們已到近前，竟然生生停住，轉眼便撤走了。

雲暗也奇怪，飛身上了山頂的最高處。

安十六和安十七面面相覷，然後看向雲暗，問：「這是怎麼回事兒？」

安十六和安十七也尾隨雲暗身後，上了山頂的最高處。

三人眺目四望，只見梅花印衛果然撤走了，三十萬大軍也原路返回了。

安十六惱怒地說：「追上去，殺！」

安十七點頭：「好！」

雲暗看著遠方，又看看二人，沉靜的道：「先將此事稟告給主子，由主子定奪為好。」

安十六和安十七對看一眼，覺得有理，三人一起下了山頂，前去找花顏。

花顏此時由采青扶著，靠在她身上，坐在一處山石的避風處，天不絕正在給花顏號脈，眉頭擰出了好幾道褶子，能夠夾死一窩蒼蠅。

夏緣白著臉，眼睛通紅，盯著天不絕，生怕他說出什麼不好的話來。

安十六和安十七、雲暗三人輕鬆地趕上來後，引了眾人的注意。花顏立即問：「怎麼回事兒？沒交手？」

安十六道：「不知為何，那群王八羔子撤走了。」

花顏一愣：「梅花印衛和所有士兵都撤走了？」

「嗯，都撤走了。」安十六疑惑不解，「我們都準備好了，沒想到他們突然就撤走了，像是收到了什麼命令，撤退了。」

花顏了然：「他們一定是收到了大哥帶著五十萬兵馬來此的消息，敵我懸殊下，那人不是傻子，定然在第一時間就果斷地下了撤退的命令。」

安十六恍然：「這王八蛋可真聰明狡詐。」

「何止是聰明狡詐？」花顏想起看到的那兩個黑影，「有狠有謀，讓我這麼狼狽，是個人物。」

安十七立即問：「少主既然與那人打了照面，可識出是何人了？」

花顏搖頭：「沒有，那人聰明，不靠近我，只遠遠地指揮，被我看了兩眼。」說著，她一口氣不順，猛地咳嗽起來。

采青立即拿出帕子遞給花顏。

花顏伸手接過帕子，捂著嘴咳嗽了好一陣，才止息。她感覺到了口中的鐵鏽鹹味，不動聲色地攥緊了手中的帕子。

夏緣瞭解花顏，一把奪過了她手中的帕子，展開後，當看到上面的斑斑血跡，頓時身子發抖，臉色煞白，同樣血色盡失，一個字也說不出地看著她。

眾人見了，也都齊齊面色大變，一時間，都看著血色的帕子，沉默無聲。

冷風呼嘯，獵獵寂寂，一時間，無數人，無一人說話。

百姓中的一名老婆婆忽然哭了起來：「太子妃都是為了救我們啊！」

她這一哭，不少人齊齊應和，也都哭了起來。

頓時，這一片山坳中，響起無數哭聲，伴隨著風聲，分外慘烈。

花顏扯動嘴角想說什麼，卻一個字也發不出來，她用眼神示意安十六。

安十六意會，壓抑著問天不絕：「少主可有大礙？」

天不絕道：「我身上的好藥都被她吃光了，全無半點兒效用，如今非五百年以上的人參不能滋養了。」

安十六一聽，立即說：「當初少主將五百年以上的人參都送給子斬公子了。」

「公子那裡應該還有。」安一道，「我這就傳信給公子。」

安十六點頭：「快傳！」話落，問天不絕，「若沒有五百年人參，少主會如何？」

天不絕繃著臉道：「不好說，要擇一處地方，我給她行針試試，依如今看，這般下去的話，她性命堪憂，活不了幾日。」

「胡說！」花顏剛一張口，又咳嗽起來，她又從夏緣手中奪過帕子，一邊咳一邊說，「別聽他危言聳聽嚇唬人，我沒事兒，死不了。」

「你閉嘴吧！再說話你不等我行針就會沒命。」天不絕沒好氣地道。

花顏又咳嗽了一會兒，住了口。

「前方應該有獵戶人家，」夏緣站起身，對安十六說，「十六公子，快去找找，必須讓師父儘快給她行針。」

安十六應喏：「是，少夫人，我這就去找。」話落，他風一般地去了。

花顏見好多百姓們還在哭，對程顧之說：「安撫住他們，不要讓他們哭了，我身為雲遲的太子妃，保護南楚百姓，是應盡之責。」

程顧之默然地點了點頭，轉身去安撫百姓。

五皇子看著花顏強忍著難受的模樣，低聲說：「所有人都好好的，沒受傷，唯獨四嫂受了這麼重的傷，四哥若是知道，怕是……」後面的話頓住，有些微哽。

花顏虛弱的說：「不要讓他知道。」

安十六很快就找到了一戶獵戶人家，在五里外的山裡，他折回來後，立即與天不絕、夏緣、采青幾人帶著花顏去了那戶人家。

那戶人家只有老倆口和一個身材高大魁梧的兒子，以打獵為生。

安十六已提前打好招呼，借一間屋子來治病，安十六立即帶著花顏進了屋子。

屋子雖不大，燒了炭火，乾淨暖和。

花顏被放到熱炕上後，天不絕揮手趕安十六：「你們都出去。」

安十六知道天不絕要給花顏行針，立即退了下去，關上了房門。

天不絕隨身帶著針，待夏緣幫花顏解了外衣，只留了一層單衣後，他當即動手，全身上下都給花顏扎滿了針。

花顏身體燒灼的疼痛，若是暈過去還好，偏偏她神志清明，這煎熬十分也就成了百分。

夏緣握著花顏的手，紅著眼睛說：「若我能替你受了這罪，該多好。」

花顏忍著難受，虛弱地笑：「你自己捨得，我還捨不得呢。哥哥更捨不得。」

夏緣被她取笑，卻笑不出來：「我一會兒就給他寫信，讓他收拾那群王八蛋。就不信沒人能治得了他了。」

花顏輕聲說：「雲遲、蘇子斬、哥哥他們三人應該也快收到我上次的傳信了，知道瘟疫得解，就不必急著找盤龍參了。」

夏緣立即說：「北安城出了這麼大的事兒，那王八蛋竟敢明目張膽地追殺我們，他不止憑藉三十萬大軍和梅花印衛吧？必定還有什麼依仗。不必找盤龍參，他們一定要儘快擒了這人。」

花顏歎了口氣：「他就在眼前，可惜，我如今無能無力，連他的模樣也沒看到。」

「這種見不得人的東西，一定長的很醜。」夏緣憤恨道。

花顏笑著點頭：「嗯！一定很醜。」

天不絕瞪眼：「不准再說話了！仔細動了針。」

夏緣立即住了嘴。

花顏小聲說：「嫂子陪我說話，我就感覺沒那麼疼了。就你毛病多，不許這不許那的。這不是沒動針嗎？」

天不絕氣急：「你真是一點兒也不珍惜自己的命是不是？讓你閉嘴你就乖乖閉嘴，疼也忍著。你這種混帳東西，還怕什麼疼？」

夏緣聽不過去了，紅著眼睛說：「她已經夠難受了，師父就別罵她了，您罵我好了。」

天不絕恨鐵不成鋼地剜了夏緣一眼，又對花顏說：「扔下那些百姓，那人也不見得會殺了。非要弄到這步田地，心善是大禍。」

花顏肯定地說：「那人一定會拿北安城這些百姓們祭旗逼我出來！我雖沒見到他，但他寧可毀了地下城也要殺我，可見就是個滅絕人性的。對於這種人，不能想他手下留情心存良善，我的命是命，百姓們的命也是命。」

天不絕深深地歎了口氣：「你啊！叫我說你什麼好？說到底，還是為了雲遲。若你不是太子妃，何至於如此？」

花顏仔細地想了想，是啊，為了雲遲，為了他肩上的南楚江山，她早在南疆時就答應他，做她的太子妃，一定想他所想，思他所思，求他所求，如今，她在做承諾的事兒。

若她不是太子妃，她自然也不會捲入皇權風雨裡來，自然也不必理會誰的江山下苦苦傾軋的百姓們的性命受到誰的威脅，也輪不到她出手相護，身為花家人，過尋尋常常的日子就好。

但她如今就是太子妃，既定的事實，就該做她的身分該做的事兒。

雲遲的事兒，便是她的事兒，她的所作所為，會代表雲遲，半絲差錯都出不得。

半個時辰後，天不絕起了針，又給花顏把脈，片刻後，又為她行了一遍針。

花顏在天不絕對她行第二遍針時，身體微微地輕快了些，但還是鑽心扯肺的疼。

夏緣一直緊握著花顏的手，心中默默地祈禱，一定會沒事兒的。

天不絕片刻也不敢離，行一遍針已耗費了他大半力氣，行兩遍針後，他已沒了力氣，歪躺在了一旁，喘氣極粗重，幾乎重過了花顏。

寂靜中，外面響起了匆匆的腳步聲，有人前來敲籬笆門。

安十六向外看了一眼，見是陸之凌，眼睛亮了亮：「陸世子，你總算來了。」

「我妹妹呢？她怎麼樣？我聽說她受傷了？」陸之凌大踏步走了進來，急問著安十六。

安十六向屋內示意地看了一眼，說：「少主動用了雲族靈術，十分不好，天不絕正在給她行針，一直沒動靜。」

陸之凌跺腳，怒道：「北地這麼多人，怎麼就偏偏她一人頂著？她如此一人都頂了，要暗衛何用？要士兵何用？」

安十六能理解陸之凌的心情，就如他和安十七乍然聽聞花顏一人受傷時的心情一樣，可是前後瞭解了事情的經過後，便能理解花顏的作法了。

若是少主不以一人之力扛下，如今的這些人都會死。三萬士兵、五千百姓，以及安一帶的花家暗衛與雲暗帶的太祖暗衛，當真被糾纏較量起來，根本就不是梅花印衛加三十萬兵馬的對手，敵我懸殊太大了。

他拉過陸之凌進了外堂屋，將從安一那裡瞭解到的這兩日的情況與陸之凌細說了一遍。

陸之凌聽完後更氣，氣的不是花顏，而是背後那人，他也憤恨地罵：「真是個王八蛋，混帳東西，不是人，拿百姓性命作伐，與畜生何異？」

安十六早已經罵過一輪了，如今聽著陸之凌罵，牙疼的他又想罵了。

陸之凌罵了片刻，問：「沒查出那畜生是誰？」

安十六搖頭：「那人陰險狡詐，離的遠遠的，沒靠近少主面前。」

陸之凌冷靜下來，靜思片刻：「難道是認識的相熟之人？怕走到近前，會被花顏認出？」

安十六也做如此想，道：「說不準。」

陸之凌深吸一口氣，看向關著的屋門，都怪我，太聽太子殿下命令了，早該帶著五十萬大軍入北安城外守著。

安十六道：「豈能不遵從太子令？更何況讓你帶兵在北地境外守著，本也是為了以防萬一，誰成想北安城下竟然有地下城？還藏了三十萬兵馬？任誰也都沒想到。」

陸之凌總覺得心中有一股鬱氣要發洩，憋的他難受，他站起身來回地走：「進去多久了？不會有什麼事兒吧？」說著，他恨不得敲房門問問，但也知道不能打擾。

安十六也等的心急，但還是自我寬慰說：「有天不絕在，不會有事兒的。」

陸之凌只能強忍著耐心等著。

終於，時辰到了之後，天不絕起身拔了花顏身上的針，又給她把脈，長吁一口氣：「總算管些用，只希望人參儘快送來。」

夏緣一喜，對花顏說：「還是師父厲害，有本事。」

天不絕哼了一聲。

花顏虛弱地說：「我聽見大哥似乎來了，幫我穿上衣服，再讓他進來。」

夏緣點頭，俐落地幫花顏穿了外衣，然後起身去打開了房門。

房門剛打開，陸之凌就衝了進來，三步並作兩步衝到了炕沿，緊張地看著花顏問：「妹妹，你怎麼樣？」

花顏想對陸之凌笑一下，但沒扯出來，扯出來的不知怎地反而是有些委屈，她表情難看地要哭了，軟軟地虛弱地喊：「大哥。」

「唉！」陸之凌答應一聲，看著花顏蒼白無血色的模樣，也紅了眼眶，一個大男子漢，心疼的也要哭了，忍了忍，沒忍住，對花顏伸出了手。

花顏將手虛弱地搭在他手上，嬌氣地癟著嘴說：「疼死我了。」

陸之凌頓時又上前了一步，慢慢地托起她的身子抱在懷裡，拍著她說：「就知道你很疼很難受，這副樣子，不難受才怪。」話落，對天不絕問，「神醫，怎麼辦呢？有沒有止疼的藥？」

天不絕沒好氣地說：「沒有，如今什麼藥都沒有。」

陸之凌咬牙，對安十六說：「沒有就快去找！」

陸之凌看向安十六，安十六看向天不絕。

有什麼藥能止疼？天不絕翻了個白眼，哼道：「她身體如大火燒過，一片燎原荒郊，除了五百年以上的人參，還能有什麼藥？」

「那快找五百年的人參啊！」陸之凌又瞪著安十六。

安十六歎了口氣：「五百年的人參是有，但在臨安，遠水解不了近渴，已飛鷹傳書給公子了，公子收到信後，命人最快送來也要四五日。」

天不絕道：「四五日我老頭子還是有本事保著她的小命的。」

「但是她疼怎麼辦？」陸之凌問。

天不絕搖頭：「沒辦法，只能疼著，又疼不死人。」

陸之凌聞言又瞪向天不絕：「你不是天下最有名的神醫嗎？連疼都治不了，算什麼神醫！」

天不絕頓時氣了個夠嗆，伸手指著陸之凌：「我已經給她行針了，除了五百年以上的人參，再沒別的藥，我是神醫卻是巧婦難為無米之炊，我不行不算神醫，你行你來！」

陸之凌頓時沒了話。

「臭小子，怪不得被你老子打，果然不討人喜歡。」天不絕罵了句便轉身出去了。

陸之凌眼看著天不絕出去，顯然是沒法子了。他低頭看花顏，心疼的不行：「你怎麼就這麼傻呢？」他有一通惱怒的話，但偏偏指責不出來，憋了半天，只吐出了這一句話。

花顏被陸之凌半抱著，忽然不委屈了，陸之凌是真的將她當作親妹妹，她這個大哥做的像模像樣，不差花灼半分。

她露出笑意，語氣輕鬆地說：「跟大哥說著玩呢，就是為了讓你哄哄我，一點兒都不疼。」

陸之凌仔細看著她，臉色蒼白的幾乎透明色，就連嘴唇都乾的起了一層皮，沒半點兒水潤的紅色，顯然難受成什麼樣，如今不過是為了不讓他擔心故意說的。

他歎了口氣，滿腹的話都吞了回去，溫聲哄道：「接下來的事情都交給我，你放下心，好好睡一覺。」

花顏疼的睡不著，但還是乖覺地點了點頭：「好。」

陸之凌將她放下，蓋好被子，輕拍著她：「睡吧！」

花顏閉上眼睛，須臾又睜開：「大哥！你給太子殿下去一封信，讓人用花家暗線傳去京城，就說你已來了北地，將如今那背後之人占據北安城的情形與他說說，別提我受傷之事。」

陸之凌點頭：「好，不說你受傷之事，睡吧！」

花顏又閉上了眼睛。

陸之凌坐在炕沿，看著她，都成了這副樣子，連筆都拿不了了，還不想太子殿下知曉擔心她。這世上多少女子為求男人堪憐，柔弱無骨，恨不得真化成一朵嬌花被男人護在懷裡，可是她偏偏剛強的打落牙齒和血吞，不想讓人擔心。

陸之凌雖從來沒哄過人，但他想著他小時候娘如何拍著他哄他，便像模像樣地輕拍著花顏，一下一下，不輕不重，十分有節奏感。

花顏本來疼的沒法睡，但不知不覺被他拍的身體放鬆了，漸漸地當真睡著了。

陸之凌見花顏睡著，暗暗地鬆了一口氣，輕手輕腳地起身，出了房門。

安十六、安十七、程顧之、五皇子、程子笑、夏澤、采青等人在房門外等候著。

安十六見陸之凌出來，對他致以崇敬的眼神，拱手：「多謝陸世子，若是沒你，少主如今大約還疼的睡不著。」

陸之凌眉頭擰成一根麻花，掃了眾人一眼，問：「你說那人突然撤回了梅花印衛與三十萬兵馬？」

安十六點頭：「是，突然撤回的，少主說大約是收到了你帶兵來的消息。」

陸之凌臉色難看地說：「可派人去北安城查了？那統領是什麼人？」

安十六立即說：「因少主受了重傷，性命堪憂，我們還沒騰出手來去查那統領的身分。」

陸之凌果斷地道：「你們這就派人去查，妹妹交給我，我來看顧她，一定要查出那人是誰？他既已露面，總有跡可循。」話落，他恨聲說，「若非妹妹身體已到了這個地步，我如今就帶五十萬兵馬攻去北安城，現在只能讓他們在北安城蹦躂幾日了。」

安十六頷首：「既然陸世子你來了，少主就交給你了，我親自帶著人去查。」

「好，小心些。」陸之凌囑咐。

安十六點頭，立即帶了安十七與花家暗衛，前往北安城方向而去。

五皇子看著陸之凌，商量地問：「陸世子，四嫂如今的情況不太好，是不是趕緊給四哥傳信讓他知曉如今的情形？」

陸之凌擺手：「若是叫太子殿下知道，他還豈能在京城坐得住？妹妹的意思是瞞著他。」

五皇子擔心地說：「四嫂受傷這麼大的事兒，若是瞞著四哥，將來四哥知道了，我們都要吃掛落。」

「吃掛落就吃掛落，京城距離北地路遠，他來了又能如何？讓他知道無非是擔心自亂陣腳罷了。」陸之凌斷然道，「瞞著！誰也不准給他傳信。稍後我提筆寫一封信，將那統領與梅花印衛、三十萬大軍之事與他說說。」

五皇子見陸之凌半絲猶豫沒有，也點了點頭，看向關著的門，擔心地問：「四嫂暫時沒大礙吧？」

陸之凌狠狠地揉了揉眉心：「嗯，難受的很，幸好睡著了。」

五皇子也鬆了一口氣。

獵戶人家地方不大，歇不了太多人。所以，在花顏睡著後，夏緣、采青、天不絕三人留在了這一戶人家裡，其餘人如程顧之、程子笑等人都去了五十萬大軍在不遠處安紮的營寨裡。

陸之凌出了獵戶人家後，帶著人巡視了一圈營寨，又安排了士兵照顧隨軍的百姓們。安頓好了之後，他才提筆給雲遲寫了一封信，讓安一以花家暗線送去京城。

他在信中提了如今北地的情況，自然是分毫沒提花顏受傷之事。

此時的京城內，皇帝聽朝理政，太子這幾日一直在東宮養病。

皇帝每日上朝都面帶憂急之色，東宮如銅牆鐵壁密不透風，朝臣們都打探不出太子殿下的任何消息，紛紛都在猜測，太子殿下到底是被諸事繁多勞累給累垮了身子？還是得了什麼重病？

有消息靈通者在得知北地封鎖了所有城池，都敏銳地嗅到了也許與北地有關，揣思也許太子殿下根本就不是得了什麼病，而是已離了京。

總之，朝臣們無論背地裡如何揣測，面上都與皇帝一樣，掛著憂急憂愁。

皇帝聽朝這幾日，除了擔心雲遲外，覺得朝事兒十分輕鬆，滿朝文武似也不見背地裡那些蠅營狗苟，總之，十分平順和平。

京中也十分安靜消停，不見什麼作亂之事，平靜的讓皇帝都覺得太平靜了。他甚至在上朝的時候悄悄地注意每一個朝臣的表情，發現，每個人都看不出有不對勁。

他每日下了朝後，都暗自感歎，他坐了二十年皇帝，能看得清自己，偏偏看不清這些臣子們。若滿朝文武都這麼乖覺，北地又哪裡來的大亂？

無論如何，皇帝為了做樣子，每一日下朝後，都會去東宮一趟看望生病的雲遲，他如今已不相信任何人，就連他身邊的王公公也防著，所以，每日，他都如第一日雲遲離開時一樣，進雲遲的內室坐上半晌，然後再滿面憂愁地出東宮回宮。

蘇子斬前往神醫谷後，雲遲回京，並沒有進城回東宮，而是落腳在了距離京城十里外的一處農莊，將東宮的所有人派了出去徹查盤龍參，同時密切注意京城各個府邸和朝臣們的動態，尤其是來往北地的信箋信鴿飛鷹，但凡入京信函，一律攔截。

可是一連幾日，京城千里內都搜遍了，不止盤龍參沒有找到，京中一切都十分太平安順，不見半絲異常，就連來往信箋，也只不過是些許尋常家書。

他所徹查之事，也如石沉大海，沒有半絲蹤跡。

雲遲素來內斂沉穩，凡事都會在他的掌控中，意料之外的無非是花顏到南疆奪蠱王，但如今他也沒料到他傾東宮之力與蘇子斬在京城一帶的勢力，竟然什麼也查不出來。

顯然，若非背後之人不在京城，就是藏的根基太深，深到他挖不出來。

想到花顏在北地沒有盤龍參，情勢何等緊急？雲遲心急如焚，一時間卻又無可奈何，致使風寒在喝了藥後，不但沒好，反而又加重了。

雲影帶著東宮暗衛，恨不得掘地三尺將京城一帶的土都挖個底朝天，徹夜不休，死死地徹查盯著，可是，京城就如無風無浪的湖面一樣，水波都不動一點兒。

似乎，京城如今的情形，就跟擰成暴風的球一樣，外表看球是透明的，但實則混沌不堪，但即便明知道混沌，偏偏挖不出來那個角。

雲影對雲遲稟告時，臉上也帶著灰暗，他單膝跪地請罪：「屬下無能，至今沒查出來，請殿下治罪。」

雲遲負手立在窗前，外面夜色的黑暗透進了室內，室內沒掌燈，一片漆黑，就如雲遲此時不見光亮的內心。

他擺擺手，嗓音暗啞：「起來吧！你沒有罪，只怪本宮根基太淺，還不足以成氣候。」

雲影聞言默默地站起身。

雲遲涼聲道：「四十年前黑龍河決堤，那麼大的事兒，竟然瞞的滴水不漏。說明南楚幾十年來，從先皇開始皇權便脫離掌控了。本宮監國不過四年，根基太淺，挖不出來也無可厚非。」

雲影試探地問：「殿下，我們如今該怎麼辦？」

雲遲閉上眼睛，沉寂地說：「繼續查，同時等蘇子斬從神醫谷探查的消息。」

雲影應是。

雲影剛要退下，有人來報：「殿下，太子妃來信。」

雲遲霍然轉身：「呈上來！」

有人立即呈遞上了信函。

雲影上前一步，拿出火石，掌了燈。

信函是兩封一起來的，可見是前後時間相差無幾。

雲遲立即打開信箋，兩封都讀罷，他先是鬆了一口氣，夏緣找到了替換盤龍參的離枯草真是解決了一大燃眉之急，讓他總算撤掉了心口背負的那塊大石和心急如焚，同時訝異武威侯夫人竟然與天不絕有一段過往，這事他從未聽聞過。

他隨即又大怒，北安城竟然有一座機關密道打通的地下城，不止藏著瘟疫之源，藏著兵器庫，藏著糧倉，竟然還藏了三十萬兵馬。

他震怒的剛要抬手，便看到了花顏後面補充的話，讓他不准傷了自己，他深吸了一口氣，才沒將手裡剛痊癒不久的拳頭揮出去。

他沉默地折起了信箋，對雲影低聲說：「是本宮無能，她沒事兒就好。」

這一句話語氣沉沉，如千峰壓頂，沉的透不過起來。

雲影低聲說：「殿下，如今局勢尚在掌控中，陸世子已帶了五十萬大軍趕去北安城，只要沒有了瘟疫危害，太子妃定能收拾了北安城的地下城。」

雲遲頷首，狠狠吐了一口濁氣：「她本可以一世無憂，是本宮非要拖著她入南楚江山社稷這潭深水泥窩，若不能肅清整個天下，清除鬼魅邪祟，本宮便不配她如此相待，不配為儲君身分。」

雲影勸慰道：「殿下別急，會有肅清那一日的。」

雲遲點頭，讓翻滾震怒的心湖平靜下來，坐下身，提筆給花顏回信。

信中提了如今京中的情形，同時提了他的無能，暫時沒查出什麼，又囑咐她萬事小心。

這一封信，他落筆輕淺，字裡行間都透著一種沉沉冷寂。

對於如今北地一樁樁一件件的大案，懸而不明，徹查不透，讓他幾乎不禁懷疑自己的能力。

原來，四年來，他在朝中一言九鼎，本以為可以在大婚登基後熔爐百煉這個天下，心中一番凌雲壯志，可是，還沒真正的起步，便發現他把如今南楚天下背地裡的骯髒汙穢想的過於淺薄了。

如今真正查起來，如石沉大海，深埋淵底，束手無策。

他封好信箋，交給雲影：「立即送去北地。」

雲影應是，退了下去。

室內靜了下來，燈火的微光打在窗子上，可以清晰地看到一縷縷風拂過浣紗格子窗，帶著如刀鋒般的凌厲，割破窗紙，透進絲絲寒氣。

就如南楚的江山，表面看起來平靜，但已被懸在身邊的無數把刀鋒磨礪，若再不肅清修復，早晚有一日，總會刮破這層窗紙，透進刺骨的寒劍，山河破碎。

沒有小忠子在身邊絮叨，雲遲便這樣靜靜地坐了一整夜。

第二日天明，雲遲收到了蘇子斬的書信。

雲影冒著一身寒氣將信送進來，對雲遲稟告：「京城還沒動靜，子斬公子給殿下來信了。」

雲遲頷首，接過信打開，蘇子斬的信很簡短，只說了一件事兒，就是他去了神醫谷，發現神醫谷封谷了，待他破了神醫谷的機關進去後，發現神醫谷已被毀了。

也就是說如今的神醫谷已不復存在了，他正在追查原因。

雲遲臉色發沉，也就是說，有人先蘇子斬一步毀了神醫谷，讓他們查無可查。

他提筆給蘇子斬寫了回信，然後做了一個決定，對雲影吩咐：「回東宮。」

雲影應是。

於是，這一日，皇帝下了早朝後，例行前往東宮去看望雲遲，進了鳳凰東苑的內室後，發現雲遲在，皇帝懷疑自己眼花了，猛地睜大了眼睛，瞪著雲遲。

雲遲拱手見禮：「父皇。」

皇帝見雲遲好模好樣地站在面前，大喜，對他問：「你從北地回來了？北安城的瘟疫如何了？朕這幾日一封關於北地瘟疫的奏摺也未曾收到。」

雲遲搖頭：「兒臣沒去北地。」

皇帝一愣，看著他問：「你沒去北地？那你這幾日去了哪裡？」他也覺得雲遲若是去了北地，不應該這麼快回來才是。

雲遲也不瞞皇帝，將他前往北地，途經兆原縣，被蘇子斬攔截，又折回京城，暗中盯著京城徹查盤龍參與背後之人之事簡略地說了，自然又提了如今北地瘟疫得解，但發現了地下城之事。

皇帝聽到北安城的地下城之事，勃然震怒：「是什麼人所為？可查出來了？」

雲遲搖頭：「沒有！不過兒臣早就調了西南境地的五十萬兵馬前去北地邊境守著，一旦北地有變，便讓五十萬兵馬前去應援。陸之凌親自帶兵，此時應該收到消息，趕往北地了。」

皇帝氣的肝疼，只覺得胸腹裡有一腔怒火：「到底是什麼人？竟然在北安城如此施為，這可真是……」說著，他猛地咳嗽起來。

雲遲上前，伸手幫皇帝順背，就連他得知此事時，都震怒不已，怒火滔天，更何況皇帝。任何一個帝王，聽聞此事，都會怒極。

皇帝好一會兒才止了咳嗽，又用了好一會兒才平復了胸中的怒火：「建一座地下城，不是一日之功。」

「是！太子妃信中說那座地下城的存在怕是最少十幾二十年了。」雲遲道。

皇帝又怒極，也就是說，在他登基親政時，就已籌謀或者開始籌謀了，他在位二十年，竟然絲毫不知。他一直以為北地有程家在，從沒生出大亂子，但沒料想到，程家不過是背後之人用來鑄造防護罩的幌子，竟然藏了一座地下城。

皇帝深吸了好幾口氣，才說：「是朕的失敗，朕以為從先皇手中接過這江山十分順泰，朕不求功載千秋，只求順順利利地傳到你的手中，沒想到，早在那麼久之前，這南楚江山就已不太平了。」

雲遲沉聲道：「父皇身子骨不好，不怪父皇。兒臣今日回來是想問父皇一件事兒。」

「你說。」皇帝似沒了力氣，靠在椅子上，似頗受打擊。

雲遲看著皇帝，鬢角的白髮似比去年多了，他輕抿了一下嘴角，問：「當年，梅府兩位小姐，我母后與我姨母，當真是自願入宮和自願嫁入武威侯府的嗎？」

皇帝沒想到雲遲問這個問題，愣了一下。

雲遲看著皇帝，沉聲道：「父皇請務必告知兒臣。」

皇帝蹙眉，看著他：「你為何突然問這個？」

雲遲見他沒有立即答，而是反問他，挑眉：「果然！母后和姨母不是的？」

皇帝不語。

雲遲盯著他：「若非如今牽扯到四十年前的黑龍河決堤，牽扯了皇祖母，也牽扯了二十年前的神醫谷之事，兒臣斷然不敢不孝質疑父皇與母后。但為了南楚江山，還請父皇務必要實言。」

皇帝見雲遲這話說的重，他雖自小慣有主張，偶爾被他罵不孝子，但大多數時候在他面前，卻從不質疑他與皇后的感情，如今這般問出來，自然必有原由。

他蒼老的面容又沉默片刻，才緩緩開口：「本來你母后不願嫁入皇家，但是當年朕身為太子，為著她，卻親自陪著她與你姨母前往南疆求南疆王出手解寒蟲蠱，朕身體不好，能陪著她走那一趟，是想讓她看見朕待她之心，她因此欠了朕的恩情，待從南疆回來後，朕向她許婚，她雖不是十分甘願，但也是親口答應了的。」

也就是說，皇后還是自願的。

雲遲又問：「那姨母與武威侯呢？」

皇帝歎了口氣：「你姨母是真真正正不願意嫁入武威侯府的，她不喜歡武威侯，她心中那時已另有心儀之人。」

「那人是誰？」雲遲追問。

皇帝搖頭：「朕也不知，你母后知道，但她從不與朕提，只說是她對不起妹妹，若當年中寒蟲蠱的人是她，以她的身體，早就不存於世了，也不至於害了你姨母。」

「既然她不甘願嫁給武威侯，那後來又如何同意了？」雲遲又問。

皇帝道：「朕去南疆，雖身為太子，奈何顏面不夠，南疆王死活不給動用蠱王解寒蟲蠱，後來還是武威侯用了法子，讓南疆王答應了，也因此，你姨母也欠了武威侯的恩情。」

雲遲擰眉：「武威侯是用了什麼法子讓南疆王答應的？」

皇帝道：「是武威侯府的家傳之寶，能夠溫養人的一件古玉，古玉能溫養人，也能溫養蠱王，所以，他以此寶交換，南疆王才捨得拿出了蠱王為你姨母解毒。」

雲遲頷首：「怪不得。」

「是啊！」皇帝感慨，「欠什麼都不能欠恩情，武威侯早就相中了你姨母，喜歡她活潑的性子，陪她去南疆，也是為著心儀愛慕，捨得為了她拿出傳家寶，以至於，在從南疆回來後，他進宮請先皇賜婚，先皇詢問梅老爺子時，梅老爺子也無法拒絕。」

「那姨母呢？」雲遲問。

皇帝道：「梅府對於當年之事諱莫如深，朕也知之不多，只知曉你姨母說了一句，若是讓她以身還債，她不如死了算了。但後來不知怎地，她又同意了。」

雲遲看著皇帝：「父皇怎麼看武威侯這個人？」

皇帝一怔：「他？」

雲遲頷首：「就是武威侯。」

皇帝搖搖頭：「他看著聰明，實則糊塗的很，武威侯府看著門楣赫赫，內裡其實亂七八糟。當年他之所以在你姨母故去後那麼快娶柳芙香，是因為他思念你姨母太深，一次醉酒後，把柳芙香當作了你姨母，事後不久，柳芙香竟然有孕了。」

雲遲聞言道：「兒臣卻是不知，原來竟是如此嗎？」

「嗯。」皇帝道，「你母后喜歡蘇子斬那小子，朕畢竟也是看著他長大的，也喜歡他，實在不忍看他因你姨母的死和武威侯續娶柳芙香而廢了，所以，私下叫了武威侯，問了他此事。」

雲遲道：「武威侯娶柳芙香，不是因為柳芙香可疑，為了查我姨母的死嗎？」

「也有這個原因，但因此事他難以啟齒，所以，隱瞞了下來。」皇帝道。

雲遲頷首：「這件事兒他瞞的倒嚴實，只有父皇知曉。」

「蘇子斬離京，一人挑了黑水寨，那段時間，你的心神都被牽引著找他，自然對武威侯府的事情不知道。」皇帝又歎了口氣，「這麼多年，他一直在查你母后與你姨母的死，但是似都沒查出什麼來，他與朕說，是他私心自私，拴了你姨母一輩子，幸好你姨母是善良明理之人，他待她好，她亦待他好，放棄了年少慕艾的人，成全了他一番癡情。」

雲遲又問：「武威侯繼夫人至今沒有子嗣，五年前她有孕的那個孩子呢？」

皇帝搖頭：「被武威侯給暗中用藥打掉了。」

雲遲點點頭。

皇帝看著他，皺眉：「你為何突然問起這些？難道是武威侯有不妥之處？」

雲遲搖頭：「因牽扯了神醫谷，牽扯了母后和姨母當年，故而問問。」

皇帝頷首：「如今的朝臣們，朕也是不敢相信了。每一日待在宮裡，都頗有些草木皆兵。如今你回來了，你打算怎麼辦？」

雲遲道：「兒臣繼續裝病，朝事兒依舊交給父皇，既然如今什麼也查不出來，兒臣就換個方向來查。」

「什麼方向？怎麼查？」皇帝問。

雲遲道：「兒臣查南楚建朝有史以來的所有卷宗，從卷宗查起，找蛛絲馬跡。」

皇帝一怔：「四百年至今的卷宗，查起來可不是一兩日的功夫。」

雲遲抿唇：「兒臣根基淺，背後之人藏的深，但南楚建朝四百年，無論是後樑的梅花印衛，還是幾十年前的黑龍河決堤被瞞住，只要發生了的事情，總有痕跡，即便是卷宗想要瞞住，也要抹平些東西，但凡人為，總有痕跡。」

皇帝聞言覺得有理，慢慢頷首：「既然如此，你就查吧！祖宗的江山總不能毀在我們手裡。朕無能，只能指望你了。」

雲遲道：「父皇這幾日的戲做的便很好，接下來繼續吧！」

皇帝頷首：「便依你所說。」

父子二人商議妥當，皇帝又換了一副憂急愁容出了東宮。

王公公亦步亦趨地跟著皇帝離開，東宮的人滿面愁雲地相送，小忠子眼睛熬成了兔子眼，眼下兩個大黑眼圈，一看就是徹夜難眠心力交瘁的模樣。

雲遲在皇帝離開後，吩咐人暗中調先皇做太子時到至今的卷宗，他決定從後往前查，同時，又吩咐人暗中查神醫谷的人進入太醫院伊始至今的卷宗。

就在他換了個方向著手查時，這一日傍晚，忽然覺得心神不寧。

他心口在一瞬間似痛的不能呼吸，他猛地捂住心口，只覺得心田心脈處如大火燎原般地燒灼起來，乾涸感直通心肺。

小忠子這一日還沒從雲遲回宮的歡喜中回過神來，眼巴巴地侍候在一旁，當看到雲遲臉色霎時蒼白，伸手捂住胸口，十分難受的樣子，頓時上前驚呼：「殿下，您怎麼了？」

雲遲說不出話來，只覺得似下一刻就會被燒灼而死，他也不明白怎麼了。

小忠子嚇壞了，對外面大喊：「快，太醫！快叫太醫來。」

太醫院的兩名太醫自從在幾日前的半夜被接進東宮，就一直住在東宮，有人急匆匆的來傳，他們不敢耽擱，連忙提著藥箱趕往鳳凰東苑。

鳳凰東苑內，雲遲臉色白如紙色，額頭大滴大滴的汗滴落，捂著胸口的手一直沒拿開，小忠子立在雲遲身邊，急的直哭，但也不敢挪動他。

兩名太醫進了屋，見到雲遲的情形，駭了一跳，他們沒想到太子殿下真病了。

原先以為定然是朝堂又要出什麼大事兒了，太子殿下定是因為什麼緣故，才讓他們住在東宮不出，可是沒想到，如今看到了這樣的雲遲。

二人扔下藥箱，顧不得見禮，齊齊上前說：「趕緊將殿下扶去榻上。」

小忠子哭著說：「殿下不讓動。」

雲遲似渾身無力，疼的手指都動不了，如抽筋剝骨，他見到兩位太醫，咬牙對二人搖搖頭。

兩名太醫見此再也顧不得了，其中一人立即上前給雲遲把脈，這一把脈，臉色也跟著雲遲一樣倏地白了。

雲遲的脈象顯示他身體如被抽乾了所有的血液精氣。人是血肉之軀，身體靠的便是血液精氣供養，如今身體乾涸到了這個地步，就如一株枯樹被大火燒得焦黑焦黑。

那名太醫把到了這樣的脈，猛地退後了好幾步，「撲通」一聲就跪在了地上，「殿下恕罪！」

小忠子面色大變，質問：「你什麼意思？殿下怎麼了？」

那名太醫渾身顫抖，說不出話來。

小忠子怒極，又看向另外一名太醫。

另外一名太醫小心翼翼地伸出手給雲遲把脈，片刻後，也駭然得顏色盡失，同樣後退幾步，「撲通」一聲跪在了地上，「殿下恕罪。」

小忠子大罵：「恕罪你個錘子！你們給咱家說，殿下到底怎麼了？說不出來，將你們拉出去砍了。」

兩名太醫哆嗦地對看一眼，皆垂下了頭，齊聲道：「臣不敢說……」

雲遲每喘息一口氣，都疼的撕心裂肺，他也想知道自己怎麼了。他看著兩名太醫，咬牙開口，聲音沙啞虛弱：「說，本宮……恕你們無罪……」

一名太醫頓時紅了眼睛，膽戰心驚地說：「殿下您……您的脈象像是油盡燈枯之象。」

一名太醫也膽戰心驚地紅著眼睛說：「您身體似經脈乾涸，寸草不生，正是……油盡燈枯之象……」

雲遲感覺眼前發黑：「原因？」

那二人齊齊地搖搖頭。

小忠子跳腳：「你們確定你們把準殿下的脈了嗎？再仔細地把把脈，不准胡說八道。殿下好好的，怎麼可能是油盡燈枯之象？」

兩名太醫聞言又齊齊起身，連忙上前重新給雲遲把脈，生恐自己早先把錯了脈。

片刻後，兩名太醫全無血色地搖頭，又重新跪在地上：「殿下恕罪。」

小忠子急了：「殿下問你們原因？你們身為得殿下信任的太醫，說不出原因嗎？」

兩人又搖頭。

「庸醫！」小忠子氣憤地罵，對外大喊，「去將太醫院的所有人都喊來東宮，要快！」

福管家早已經得了消息，進了屋，見到雲遲的模樣，聽了兩名太醫的診治，此時也嚇的三魂丟了七魄，對外面喊：「快！快去，將所有太醫都請來，不得耽擱！」

有人得令，立即匆匆去了。

雲遲只覺得身體五內俱焚，如大火在燒，燒的他神魂似都被架在火上烤，難受至極，從小到大，他身體極好，即便偶爾有受傷不好時，也不會如這般，似下一刻就要死去。

他對那兩名太醫擺擺手：「你們出去！」

那兩名太醫得蒙大赦，站起身，抖著身子後退著顫顫巍巍地退出了內室，但沒敢離開，躬身立在了堂屋外。

小忠子眼淚橫流：「殿下，您這幾日到底做了什麼？您早先不是還好好的嗎？風寒也不至於讓您如此啊？」

雲遲搖頭，虛弱地說：「先扶我去榻上。」

小忠子哭著小心翼翼地伸手去扶雲遲，但雲遲全身一點兒力氣也沒有，他的小身板扶不動，他立即對福管家喊：「快，福伯，來幫忙！」

福管家駭然得腿腳早就軟了，一把年紀，最不禁嚇，他也從來沒見過雲遲這個樣子，連忙顫顫巍巍地上前。

第一百零三章 情深而感同身受

這時，雲影現身，拂開小忠子，輕而易舉地將雲遲輕巧地從椅子上扶了起來，扶去了榻上。他是雲遲的近身第一暗衛，從不離開雲遲，他也不明白雲遲為何突然如此了。

小忠子急中生智：「殿下是不是中毒了？」

雲影擰眉，細想著雲遲這幾日入口的食物，他與十二雲衛也都一起吃了。京郊十里外的別院從沒對外洩露過，裡面侍候的幾個人也都是千挑萬選從東宮出去的。除了他，沒人近雲遲的身，可能是中毒嗎？

雲影看著雲遲：「殿下，您如今是如何感覺？」

雲遲啞聲說：「說不出來，似身體被大火漫過燒灼，難受得很。」

雲影想著什麼毒會讓人如此？若是天不絕在就好了，他一定能看出殿下到底是怎麼回事兒。

東宮的人忽然衝進太醫院，傳令所有人都前往東宮給太子殿下看診，太醫院的眾人齊齊一驚，見東宮來的人十分急迫，恨不得拎了人就走，沒人敢耽擱，都連忙匆匆趕去東宮，直接被請去了太子殿下住的鳳凰東苑。

小忠子見太醫們都來了，立即招手催促：「快！趕緊的都進來！給殿下看診。」

太醫們氣喘吁吁，剛瞅了立在廊下的兩名太醫一眼，便被小忠子催著，一窩蜂地進了內殿。

雲遲躺在榻上，閉著眼睛，感受著體內如火焚般的燒灼感，渾身七經八脈痛的喘不過氣來，似生命力一點點在流失，他覺得這種感覺很奇怪，不像是中毒，像是他正在被人無形地抽乾所有的精魂力氣。

太醫們進來後，看到榻上氣息微弱的雲遲，臉上都齊齊地現出震驚之色。

「都愣著做什麼？快啊！趕緊給殿下看診。」小忠子急的催促。

太醫們回過神，連忙挨個上前，每個人一把脈，都如前兩位太醫一樣，嚇的三魂丟了七魄，面露土色。

所有的太醫們都把完了脈，齊齊臉色煞白，鴉雀無聲。

「你們倒是說話啊？殿下到底怎麼了？」小忠子恨不得將這些人都拖出去喂狗，診完了脈不說話，太醫院養這些人有什麼用？一個個無能庸醫。

太醫們齊齊看著雲遲，又互相對看，發現一個比一個臉白膽寒。

雲遲睜開眼睛，克制著疼痛問：「本宮如何？但說無妨。」

其中一人膽大地開口：「殿下……您……您怎麼會是油盡燈枯之象？您……」他想問您做了什麼？怎麼會成了這個脈象？但又想想身為太醫，連病症原因都診不出來，實在太無能，遂住了口。

小忠子震怒：「你們……你們廢物！」

太醫們齊齊都後退了一步，無聲地跪了一地：「殿下恕罪。」

雲遲重新閉上眼睛，不再說話。

小忠子死死看著跪了一地的太醫：「你們倒是說出個所以然來啊？既然殿下是這個脈象，該吃什麼藥？該怎麼治？你們總要說出個章程和法子來，難道就任由殿下這樣？」

太醫們心中又驚又駭又苦，油盡燈枯之象，能有什麼法子？一般這種脈象，都是人之將亡之兆……

小忠子見太醫們著實都無用，急的恨不得跺碎了地面的玉石磚，看向福管家。

福管家也急得亂轉，想著除了太醫院的太醫，還有什麼醫術高絕的大夫可以請來給太子殿下診治，他如今只能想到一個妙手鬼醫天不絕，但天不絕跟著太子妃在北地，他立即對雲遲道：「殿下，派人請天不絕進京吧？」

雲遲不說話。

小忠子也急著點頭附和，「殿下，派人請天不絕來京吧！」

雲影也忍不住開口：「殿下！」

雲遲打破沉默，沙啞微弱地說：「去請……武威侯府的大夫來一趟東宮。」

小忠子眼睛一亮：「對啊！還有武威侯府一直為子斬公子治寒症的孫大夫。」話落，他立即說，「奴才去請。」說完，一溜煙地衝出了內室。

小忠子離開後，雲遲擺手：「你們都下去吧！」

太醫們都抬起頭，看著雲遲，實在難以相信好好的殿下已病成了這副樣子。油盡燈枯之象，還有什麼人能治好？即便是天不絕在，也回天無力吧？武威侯府的孫大夫雖然醫術不錯，但也不及天不絕。

太醫們都叩頭默默地退了出去。

小忠子衝去了武威侯府，正逢武威侯要出府門，他一把拽住武威侯，臉色煞白地說：「侯爺救命！」

武威侯一愣，看清是小忠子，納悶地問：「小忠子公公？你怎麼了？」

小忠子立即哭著說：「不是奴才怎麼了？是太子殿下，殿下不好了，太醫院的所有太醫都看不了診，奴才只能來找府內的孫大夫了。」

武威侯面色一變：「太子殿下已病得這般嚴重的地步了嗎？」

小忠子連連點頭：「侯爺，快別問了，趕緊讓孫大夫跟我去東宮吧！」

武威侯頷首，立即對身邊的長隨急聲吩咐：「快去！將孫大夫立馬找來，告訴他趕緊帶著藥箱去東宮給太子殿下看診。」

武威侯的長隨聞言撒丫子就跑去找孫大夫，動作十分迅速。

孫大夫很快就提著藥箱氣喘吁吁地來到了武威侯府門口，武威侯見了他，立即說：「你騎本侯的快馬，立馬去東宮給太子殿下看診。」

孫大夫應是，有人牽來武威侯的快馬，孫大夫急忙上馬，打馬匆匆前往東宮。

小忠子見孫大夫走的快，也跟在其後上了馬，急急返回東宮。

武威侯本來有事要外出，也不出去了，跟在小忠子之後，也騎了馬趕去了東宮。

無論是東宮派人喊了太醫院的所有太醫，還是小忠子縱馬到武威侯府喊孫大夫，動靜都不小，不止驚動了朝臣們，也驚動了宮內的皇上、太后。

朝臣們聽聞太子殿下似不好了，都急急趕往東宮。

宮裡的皇帝心生納悶，他今早下朝後見到雲遲還好好的，他暗中在徹查卷宗，是打算沒查出來前一直裝病下去的，怎麼突然就大張旗鼓地叫太醫院的太醫了？

他本想打發王公公前去東宮看看怎麼回事兒，但是一想到南楚如今諸多亂事兒，東宮的事兒，他是連王公公都瞞著的，還是自己親自去東宮看一眼吧。於是，他立即吩咐擺駕前往東宮。

太后前幾天聽了皇帝的話，沒前往東宮探望，今日聽聞東宮派人請了太醫院的所有太醫前去都看診不了，又請了武威侯府的孫大夫，她終於坐不住了，也吩咐人擺駕，前往東宮。

孫大夫到東宮時，守在門口的福管家立即將他請了進去。

孫大夫一眼就看到了躬身立在門外的一眾太醫，每個人都臉色發白，一副戰戰兢兢，大難臨頭的模樣。他心中暗暗揣測著，進了內室。

雲遲躺在床上，手一直放在心口處，靜靜地閉著眼睛，若非他睫毛偶爾微顫，只看他如今的模樣，似已不見生命力。

孫大夫也是驚了一跳，連忙放下藥箱，給雲遲見禮。

福管家立即拽起他：「孫大夫，快不要多禮了，趕緊給殿下診脈。」

孫大夫立即直起身給雲遲診脈，這一診，他也駭然不敢置信地看著雲遲，他沒如太醫們一樣，把出了油盡燈枯之脈後立即跪地請罪，而是換了一隻手，仔仔細細地給雲遲把了一遍脈。

越是細緻地把脈，他越心驚，雲遲是真真正正的油盡燈枯之脈。

他把了足足有一盞茶，才驚疑不定地撤回手，看著雲遲：「太子殿下，您做了什麼？」

雲遲睜開眼睛，武威侯府的孫大夫還是比太醫院的一幫子太醫強多了，至少把完脈後沒戰戰兢兢地與他說話，他搖頭，虛弱地說：「本宮沒做什麼？」

「不可能！」孫大夫斷然地說，「殿下一定做了什麼？否則不該是這樣的油盡燈枯之脈。」

雲遲看著他，換了個說法：「本宮應該做了什麼？才會導致如此？」

孫大夫一怔，驚覺地說：「殿下真沒做什麼？」

雲遲不再言語。

孫大夫連忙拱手，後退了一步，垂手道：「殿下這脈象，如草木無水枯竭，不見一絲逢春之像。這樣的脈象，不像是受了重傷，也不像是中了毒，倒像是……」

他的話語頓住，似有猶豫。

「像是什麼？只管說。」雲遲盯著他。

孫大夫謹慎地道：「像是被什麼吸乾了精血……」

福管家大駭：「孫大夫，你說明白些？殿下……殿下這是怎麼了？」

孫大夫又後退了一步：「像是市井上志怪小說妄談的那般，被鬼怪吸食了精血。」

小忠子這時已趕到，聞言大怒：「孫大夫，子不語怪力亂神，殿下一直好好地待在東宮，哪裡來的什麼鬼怪吸食精血之說！」

孫大夫看著小忠子，又看向雲遲，見他皺眉，臉色白如紙色，他搖頭道：「太子殿下恕罪，在下醫術不精，除此之外，實在診不出殿下這等脈象的原因。」

小忠子跺腳：「你就先說怎麼治？」

孫大夫琢磨半晌，歎了口氣：「若是有五百年人參，也許可以挽救一二。」

「五百年的人參……」小忠子猛地看向福管家。

福管家臉更白了，慘澹地說：「東宮哪裡還有什麼五百年的人參？這些年，但凡有好藥，都送去武威侯府給子斬公子了。」

小忠子立即衝出了門，一把拽住在他身後到的武威侯：「侯爺，侯府可有五百年的人參？」

武威侯想了想，搖頭：「似乎沒有，這些年，但凡搜尋到好藥，都給子斬用了。」話落，他對身邊的長隨吩咐，「快回府去藥庫查查，可有五百年以上的人參，若是有，立即送來東宮。」

那長隨應是，立即去了。

小忠子又一陣風地跑回去問孫大夫：「除了五百年的人參，還有別的藥可用嗎？」

孫大夫搖頭：「唯五百年以上的人參能滋養一二，也許能將殿下乾涸的身體養回來兩分，別的藥無此效用。」

小忠子頓時又哭了，急的團團轉：「怎麼辦呢？」

福管家也不知道怎麼辦，也紅了眼睛。

「皇上駕到！」

「太后駕到！」

東宮府門口傳來兩聲高喊，福管家聞聲囑咐小忠子照看雲遲，連忙出去接駕。

隨著高喊聲落，不多說，皇帝與太后都來到了鳳凰東苑。

東宮的人在鳳凰東苑的門口跪了一地。

皇帝大步流星而來，太后年老體邁跟不上，但也急急在後面追著。

皇帝和太后來到後，便看到東宮聚集了無數人，有太醫院的所有太醫，聞訊趕來的武威侯、敬國公、趙宰輔、安陽王等一眾朝臣。

皇帝停住腳步，氣喘吁吁地沉聲問：「你們怎麼都來了？」

武威侯上前答話：「回皇上，小忠子公公前往我府邸請孫大夫，臣不放心，過來看看。」

趙宰輔上前道：「皇上，臣等聽聞東宮請了所有太醫，亦不放心殿下身體。」

敬國公與安陽王等人也連連點頭。

皇帝頷首：「朕進去看看。」話落，大踏步快走進了內室。

他踏進內室後，一眼就看到了躺在床上的雲遲，面容蒼白，氣息虛弱，似生命垂危。
他面色大變，立即衝到床前：「這是怎麼回事兒？」
立在床前的孫大夫、小忠子齊齊讓開了路，跪在了地上。
雲遲此時連自己起身也不能，渾身的疼痛感讓他半絲力氣也無：「父皇。」
「你……你這是……」皇帝不敢相信的看著他，他想問什麼，但是又住了口。
雲遲轉頭，吩咐小忠子：「你們都出去。」
孫大夫告退，小忠子紅著眼睛也退了出去。
房門關上，皇帝看著雲遲，終於問出口：「怎麼回事兒？你不是……」
雲遲知道他要問的是什麼，搖搖頭：「父皇，不知道兒臣怎麼突然間身體就油盡燈枯了。」
皇帝腿一軟，伸手扶住了床榻，一下子臉色也煞白，震驚地看著他：「雲遲，你說什麼？你別嚇唬朕。」
雲遲抿唇：「太醫院的所有太醫與孫大夫給兒臣診脈，都是油盡燈枯之脈象。孫大夫說唯五百年以上的人參可救一二。可是兒臣知道，這些年但凡好藥，都送去了武威侯府給子斬，無論是東宮，還是御藥房，亦或者京城方圓千里，怕是整個天下，都難尋五百年以上的人參了。」
皇帝臉色一灰：「今早不還好好的嗎？怎麼突然就這般了？你到底做了什麼？」
雲遲搖頭：「兒臣除了在查卷宗，什麼也沒做。孫大夫說像是被鬼怪吸了精血，雖荒謬，但兒臣卻有這個感覺。」
皇帝面色一沉：「東宮有什麼鬼怪？難道是有人對你施了巫蠱之術？」
雲遲閉了閉眼：「暫且未知。」

皇帝越想越覺得身子站不住，眼睛也紅了，看著雲遲：「你別亂動，好生躺著。」話落，他猛地衝了出去，打開門，對外面吩咐，「來人，快去半壁山清水寺請德遠大師與方丈。」說完，又下令，「傳朕命令，張貼皇榜，尋五百年以上人參，但有敬獻者，賞黃金萬兩。」

皇帝口諭一出，立即有人去了半壁山清水寺，立即有人去張貼皇榜。

太后此時也已趕到，聽聞了皇帝的話，立即焦急地問：「皇上，太子怎麼了？」竟然需要到了張貼皇榜求人參的地步。

皇帝歎了口氣，揮手一指，臉色灰暗地說：「你們來說。」

太醫院的一眾太醫們對看一眼，其中一人開口將雲遲油盡燈枯的脈象戰戰兢兢地說了。孫大夫補充了一句，他覺得五百年的人參可以試試。

太后身子晃了晃，眼前發黑，承受不住，頓時厥了過去。

周嬤嬤和宮女們齊齊驚呼一聲，連忙扶住太后。

皇帝也上前了一步，大聲道：「快給太后診脈。」

太醫們自覺醫術不及孫大夫，都看向孫大夫。

孫大夫立即上前給太后把脈，片刻後開口道：「太后是急火攻心暫時昏迷，並無大礙。」

皇帝鬆了一口氣，雲遲如此情形，太后若是再出什麼事兒，他真不知道怎麼辦了。幸好太后無事，他立即吩咐：「快！先將太后扶去暖閣歇著。」

周嬤嬤等人連忙應是，扶著太后去了暖閣。

皇帝在太后被扶下去後，看了眾人一眼，腳步虛弱地又進了雲遲的內室。

朝臣們對看一眼，都從各自的臉上看到了不妙的神色，趙宰輔上前，對孫大夫詢問：「孫大夫，殿下身體當真……已是油盡燈枯的脈象？」

孫大夫拱手：「殿下身體的確顯示此脈象。」

趙宰輔臉色也不好看，回身對長隨急聲道：「快去，吩咐府中人趕緊找五百年以上的人參。」

趙府的長隨應是，立即去了。

敬國公、安陽王等一眾人也連忙叫過自己的長隨，同樣吩咐了下去。

武威侯府的長隨匆匆來道，對武威侯搖頭稟告：「侯爺，府中藥庫沒有五百年以上的人參，奴才特意去了子斬公子院落，牧禾說子斬公子那裡也沒有了。」

武威侯立即揮手：「讓侯府的人也趕緊出去找。」

那長隨應是，立即去了。

眾人吩咐完，你看我，我看你，面面相覷。太子殿下自出生起就被立為儲君，是南楚江山的希望，如今太子殿下突然倒下，讓他們心裡都跟著沒底起來。

雲影早在聽聞孫大夫說鬼怪之說時，就立即傳信讓人去半壁山清水寺請德遠大師和方丈了。

於是，皇帝進屋坐在雲遲床邊不久後，便聽人稟告：「皇上，德遠大師與方丈大師來了。」

皇帝大喜：「快請！」

東宮的人匆匆將德遠大師與方丈大師請進了鳳凰東苑。

德遠大師與方丈大師大踏步而來，額頭皆有汗水滴落，僧袍落了一層寒風刮染的冰霜。

小忠子雖不信太子殿下被鬼怪近身了，但見了這二人還是像見了救星：「快！大師、方丈，快裡面請。」

福管家也趕緊親自挑開了門簾。

德遠大師和方丈大師匆匆邁進了門檻，皇帝騰地站了起來，讓開了床前，不等二人見禮，立即說：「大師、方丈不必多禮，快給太子看看。」

德遠大師雙手合十打個佛偈，來到床前，先是看雲遲面相，這一看，悚然一驚，然後，細細端詳片刻，又給雲遲把脈，之後，他震驚地說：「怎麼會這樣！」

皇帝大急：「大師，太子怎樣？」

德遠大師撤回手，立在床前，道了聲「阿彌陀佛」，才驚駭地開口，「太子殿下這像是……」他想說什麼，又住了口，轉身讓開床前，對方丈道，「方丈，你來給太子診診脈。」

方丈聞言上前，給雲遲把脈，碰觸到雲遲的脈象，方丈也是震驚不已。

片刻後，方丈放下手，看看雲遲面相，又看看德遠大師，二人對視，似都有些凝重。

「大師、方丈，你們倒是說啊！」皇帝急著催促二人。

德遠大師對皇帝拱手：「皇上，鬼怪之說不可妄談，亦不可妄信，依老衲給太子把脈來看，太子殿下似中了迷障。」

「迷障？」皇帝不解，「請大師賜教，何為迷障？」

德遠大師回身看了一眼，內室的門開著，外面隱隱約約立著無數人影。

皇帝意會，吩咐：「小忠子，傳朕旨意，所有人，都退出東苑。」

小忠子應是，立即退了出去，關上了房門，同時傳達了皇帝的旨意。

立在門口的群臣們太醫們聞言都躬身出了鳳凰東苑。

室內除了雲遲、皇帝，只餘德遠大師與住持方丈，德遠大師又道了聲「阿彌陀佛」，才壓低聲音開口，「老衲探太子殿下脈象，雖像是油盡燈枯之脈，但似也有些不對勁，很像是入了迷障，迷障之說，所謂情迷則障。太子殿下用情至深，怕是因情而幻動，使得自身著相了。」

皇帝依舊不解，聞言看向雲遲。

雲遲也愣了一下：「請大師賜教。」

「還是讓住持方丈來說吧！他昔年曾有幸見識過與太子殿下一樣的脈象！」德遠大師道。

皇帝和雲遲聞言看向方丈。

方丈也道了聲「阿彌陀佛」，緩緩開口，「老衲聽聞雲族靈術，得傳承之大者，有通天地之廣，兼萬物之靈，得四海千幻萬變，少時，卻不信，故而走訪臨安，恰巧遇到了臨安上一代家主夫人得了重病，那病就是人好好的，突然渾身無力疼痛不能動，如四海之水乾涸，正是油盡燈枯之脈。」

皇帝聞言豎起耳朵。

雲遲也凝神靜聽。

方丈繼續道：「那病得的十分稀奇，遍尋良醫，都說是無治，幸而臨安好藥無數，每日以人參潤養吊命，這樣過了三個月，外出遊歷的臨安上一代家主回來了，她見了人，突然好了。後來方知，原來是臨安上一代家主為救人，動用了自身傳承的本源靈術，導致身體枯竭，而他與夫人情意深重，她因丈夫受傷煎熬，而自己深有所感，中了迷障。」

「什麼？」皇帝驚得睜大了眼睛，「竟有如此奇事兒？」

方丈頷首：「老衲承蒙花家厚待，在臨安住了一年，所以對此事十分清楚。回來與德遠師兄談起，他也嘖嘖稱奇，老衲當初也是把過那位夫人脈象，與如今殿下脈象一般無二，所以，雖過了三四十年，依舊記憶猶新。」

雲遲聞言忽地坐起身，因起得太猛，一陣鑽心的疼痛，讓他又疼得無力地重新躺回了榻上。

「你躺著別動。」皇帝立即喝了一句。

雲遲嘴唇輕抖：「依大師和方丈所言，本宮是因為太子妃？太子妃動用了傳承的本源靈力，受傷至此？本宮感同身受？」

方丈聞言道：「十有八九。」

雲遲一手捂著心口，一手撐著床：「她輕易不動用雲族靈術，想必遇到了十分難為之事，才會讓自己不得不施為。本宮一個男子都受不了，她該是何等疼痛？」話落，他對皇帝道，「父皇，我要去北地。」

皇帝斷然道：「不行，你這副樣子，焉能去北地？」話落，他又驚又駭，沒想到雲遲待花顏如此情深義重，竟然為她感同身受，他的兒子身為太子，一國儲君，焉能用情至深？

雲遲搖頭：「她受了如此重傷，兒臣都已如此煎熬難受，更遑論她？」話落，他說服皇帝，「父皇，方丈大師已說了，只要我見到她，就會好了，不必用藥，如今五百年以上的人參難找，不如兒臣去一趟北地。」

皇帝聞言覺得有理，一時有些猶豫：「可是你走了這京城……」

「兒臣今夜悄悄離京，京城就交給父皇了，兒臣會安排好一切。」雲遲道，「今日之事大張旗鼓，背後之人也會斟酌觀望。」話落，補充，「就請德遠大師與方丈大師待在東宮，對外放言為本宮作法醫治，兒臣一定要去北地。」

皇帝不語。

德遠大師與方丈大師對看一眼，皆沒說話。

雲遲虛弱地說：「太子妃是兒臣的命，重若天下，她為我南楚江山辛勞至此，兒臣既已知她受如此重傷，焉能待得住？更何況，兒臣一早就想去北地，京城雖重，但北地之事亦重，兒臣也想去看看，求父皇允許。」

說著，他忽然咳嗽起來。

皇帝立即拿了一塊帕子遞給他。

雲遲伸手接住，捂住嘴角，感覺喉嚨一陣陣腥甜，更是揪緊了心，須臾，他止了咳，攤開手，手帕上斑斑血跡。

皇帝見了再也坐不住了，咬牙說：「既如此，朕答應你，你去吧！朕雖識人不明，但還不過於窩囊，你放心京城。」

皇帝吐口答應，雲遲鬆了一口氣，叫出了雲影，吩咐安排了下去。

十二雲衛都清楚太子殿下和太子妃情深意厚，殿下將太子妃看得重過江山性命，但也沒想到會發生如此感同身受的著相迷障之事。既覺得驚駭驚奇，又擔心憂急不已，期盼著太子妃一定無事兒，否則殿下也會出事兒。

東宮的幕僚們齊齊被叫進了內室，聽從雲遲吩咐。

雲遲只說了一句：「東宮一切事務，在本宮不行事體期間，皆請父皇做主。」至於前往北地，與他的病事，並未詳說，以防走漏消息。

東宮的幕僚們滿面愁容地齊齊應是，看著雲遲躺在榻上的模樣，沒敢多問。

東宮的幕僚們退下後，皇帝看著雲遲道：「你何時回京？」

雲遲抿唇：「說不準，若太子妃無事兒，兒臣見了她後，便儘快回京。」

皇帝點點頭，對於他這個兒子，他是驕傲的，但是卻沒想到他重情至斯，他深深地歎了口氣：

「南楚江山有花顏為太子妃，朕如今真不知是福是禍。」

「自然是福。」雲遲斷然道。

皇帝看著雲遲，無奈地說：「罷了，你都這副樣子，還讓朕半分話都說不得。此去北地，一定小心。」

雲遲頷首：「父皇在京城，也萬事小心謹慎。」

「嗯，朕知道。」皇帝點頭，如今南楚江山面臨這樣的情形，雲遲不說，他身為皇帝，也不敢大意。

於是，就在皇帝張貼皇榜，滿朝文武重臣派出無數人滿天下為太子殿下尋求五百年以上的人參，朝野上下因太子重病危在旦夕沸沸揚揚時，當日夜，雲遲在十二雲衛的護送下，悄無聲息地出了東宮，出了京城，繞半壁山清水寺，前往北地。

當日夜，京城萬家燈火明，各大府邸都在議論太子殿下重病之事。

趙清溪看著滿面憂愁的趙宰輔，心也跟著提了起來：「父親，太子殿下當真如此不好了？」

趙宰輔頷首。

趙清溪又問：「父親可見到太子殿下了？」

趙宰輔又頷首：「我等在德遠大師與方丈大師準備為太子殿下作法前，被召進內殿見了太子殿下一面。殿下實在是……不大好。」

趙夫人立即說：「不是說有五百年以上的人參就能得救嗎？」

趙宰輔深深地歎了口氣：「孫大夫也只是說五百年以上的人參可以滋養回兩分殿下的身體，至於以後，不好說。」

趙清溪臉色發白：「用不了多久，就到太子殿下的大婚之期了。」

趙宰輔抬眼看趙清溪，見她不避諱地說出太子殿下的大婚之期，可見是真正地放下了，如今無非是為太子殿下身體憂急，他歎了口氣：「太子殿下如今的情形，怕是大婚之期要拖延了。」

他後面沒說的話是，太子殿下若身體真是油盡燈枯，這南楚江山怕是危矣。

趙清溪聰明，看到趙宰輔的神色，便猜出了幾分，臉色又變了幾變。

太后在東宮的暖閣裡醒來時已是深夜，她忽地一下子坐起，驚問：「太子呢？太子如何了？」說著，就要下床。

周嬤嬤一直陪在太后身邊，連忙扶住她：「太后莫急，皇上從半壁山清水寺請來了德遠大師與住持方丈，正在為太子殿下作法袪除邪祟，太子殿下目前無礙。」

太后鬆了一口氣：「哀家真是老了，不中用了，怎麼就昏過去了？快，扶哀家去見雲遲。」

周嬤嬤搖頭：「您過去了，也見不到太子殿下，德遠大師和方丈大師封了鳳凰東苑，任何人不得打擾，就連皇上都被請了出來。」

太后聞言慢下動作：「說要作法多久？」

周嬤嬤搖頭：「德遠大師與住持方丈沒說，奴婢也不知。」

太后問：「皇上呢？」

周嬤嬤道：「皇上暫時住在了東宮，擔心太子殿下，未曾回宮。」

太后立即說：「哀家這就去見皇上。」

周嬤嬤點頭，扶著太后去見皇帝。

雲遲已離開了東宮，皇帝留在東宮也無非是為了做樣子，未來很長一段時間，恐怕他都要留在東宮幫雲遲打掩護了。畢竟若是雲遲真有事兒，他這個君父是最痛心疾首，最不希望他有事兒的人，雲遲如此情形，他留在東宮才是對的，回宮反而會讓人疑惑懷疑內情。

皇帝身體本就不好，勞累擔驚受怕一日，他已受不住，太醫開了個藥方子，他喝了藥，剛要歇下，便聽聞太后來了，命人將太后請進來。

太后邁進門檻，便看到了皇帝疲憊至極頗顯老態的蒼白臉色，她緊張地抖著身子問：「皇上，德遠大師與方丈住持怎麼說？」

皇帝擺擺手，讓所有人都退下，扶太后落坐，沒提雲遲前往北地之事，也沒提他因花顏感同身受受了迷障之事，只歎了口氣說：「德遠大師與住持方丈說太子沾染了不乾淨的東西，佛光普照，方能化解，母后寬心，一定會平安無事兒的。」

太后聞言立即問：「沾染了什麼不乾淨的東西？」

皇帝搖頭：「德遠大師說佛說不可說。」

太后聞言更緊張了。

皇帝勸慰太后：「母后您年紀大了，一定要保重身體，別回頭太子無事兒了，您病倒了。」

話落，皇帝一時嗓子發癢，咳嗽了兩聲。

太后看著皇帝，雖憂急如焚，但還是點點頭：「哀家一把年紀了，死生也活夠了，太子可千萬別出事兒，否則別說是要了哀家的命，可是會要了南楚江山的命啊！」

皇帝思索著該給太后找個活幹，立即說：「母后乃是向佛之人，每日為他誦經一遍祈福吧！期盼他早日好起來。」

太后頷首，答應的痛快：「你不說哀家也是要誦經的。」話落，紅著眼眶道，「這孩子從小就身子骨好，不讓人擔心，怎麼如今越發大了，卻出了這等事兒？」

皇帝心想那是小時候他沒遇到花顏，若是早遇到花顏，怕是難說。想起花顏，他又深深地歎了口氣，也祈盼她一定不要出事兒，如今他算是看出來了，花顏好，他的太子才會好，他的太子好，南楚江山才有希望。

太后又與皇帝說了兩句話，見皇帝神色疲憊眼皮打架，生怕他身體也垮了，立即打住話頭：「皇上歇著吧！如今太子身體有恙，你可不能倒下。」

皇帝頷首：「母后放心。」

太后出了皇帝住處，到底還是想去鳳凰東苑看一眼，便吩咐人提著罩燈，前往鳳凰東苑。東宮十分安靜，但各處燈火通明，可見東宮的人都擔心的無人入睡。

太后來到鳳凰東苑，便看到重重侍衛鎮守，重兵守住了鳳凰東苑。裡面傳出隱隱的誦經聲。

太后停住腳步，站著看了一會兒，對周嬤嬤說：「走吧！去東宮設的佛堂，哀家要為太子祈福誦經。」

周嬤嬤立即說：「太后，您暈倒後，米食未進，還是先讓人弄些飯菜，您吃過後再去佛堂吧！否則您身子怎麼受得住？即便為了太子殿下，您也要愛惜自己身體。」

太后想想也對，年歲大了，即便擔心雲遲，也不敢任性了，點點頭：「好，聽你的。」

周嬤嬤鬆了一口氣。

上一次雲遲離京沒帶小忠子，小忠子擔心的日夜難安，這一次聽聞雲遲要祕密前往北地，他說什麼也不讓雲遲再丟下他了，雲遲倒也乾脆，帶上了他。

因冬日天寒，雲遲身體不好，雲影等人帶著雲遲悄悄出了皇城到了半壁山清水寺後，換乘了馬車，馬車中遮了厚厚的擋風簾幕，又鋪了厚厚的被褥，放了好幾個暖爐，即便外面天寒地凍，車內也暖融融的。

但即便如此，雲遲的周身還是感覺透骨的寒意，他想著，花顏現在一定很冷，他要儘快到她身邊，可以抱著她，她想必會暖和些。

於是，他吩咐：「馬車再快些。」

雲遲離京，雖只有皇帝、德遠大師、住持方丈以及東宮少數幾人知道外，連東宮的幕僚都隱瞞了，但卻通知了花家暗線，一切所用，皆由花家暗線安排打點。

如今，他連東宮的勢力都不大相信，畢竟他根基淺薄。

他讓雲影給蘇子斬寫了一封信，由花家暗線傳去給他，讓他自收到信後，再有往來信函，皆送往北地。

蘇子斬這一日也覺得莫名地不安，總是覺得有什麼大事兒要發生，心口處隱隱抽疼，他坐立難安地吩咐：「青魂，派人傳信給北地的花家暗線，讓人快去查問，可是太子妃發生了什麼事兒？務必不准隱瞞地告知我。」

青魂應是，看著蘇子斬發白的臉：「公子，您還好吧？」

蘇子斬捂住心口：「不太好。」

青魂心下一緊。

蘇子斬感受了片刻，只覺得心慌難受的厲害，伸手入懷，拿出了天不絕給的養心藥，倒出了三顆，扔進了嘴裡。

養心藥入腹，方才覺得好受了些。

青魂緊張地看著他：「公子，屬下這就去找個大夫來給您看診。」

蘇子斬搖頭：「不用，我沒事兒，我只是感覺怕是花顏出事兒了。」

青魂面色微變，他們跟在公子身邊的人都知道，太子妃若是出事兒，是會要了公子的命的。他不敢耽擱，立即吩咐了下去，有人應是，立即傳信給北地的花家暗線。

青魂吩咐完，不敢離開蘇子斬。

蘇子斬平復了片刻氣息，擺手：「下去吧！我自己坐一會兒。」

青魂見蘇子斬似乎真無事兒，頷首，退了下去。

轉日，皇帝下旨張貼皇榜為太子殿下求五百年以上人參的告示一夜之間貼滿了方圓千里的各州郡縣，青魂得知後，立即稟告蘇子斬。

蘇子斬驚愣：「怎麼會是雲遲？」

青魂也十分驚奇：「據說太醫院的所有太醫與咱們侯府的孫大夫都給太子殿下診過脈了，是油盡燈枯脈象，如今半壁山清水寺的德遠大師與住持方丈正在作法祛除邪祟。」

蘇子斬面色微變：「雲遲怎麼會是油盡燈枯？他不是一直好好的嗎？」

青魂頷首：「太醫院的太醫們都診治不出病因，還是孫大夫說怕是鬼怪作怪，於是皇上請了德遠大師與住持方丈。」

「德遠大師不是外出雲遊了？」蘇子斬問。

「據說近日回來了。」青魂道。

蘇子斬擰眉，臉色奇差地說：「我手裡可還有五百年以上的人參？」

青魂搖頭：「咱們府中早就沒有了，這些年，咱們侯府與東宮四處搜集稀世好藥，都給公子您用了。太子妃曾派十六公子給您送的那些藥，都帶去了桃花谷，在您解寒症時，也給用了。」

蘇子斬抿唇，思索片刻，立即說：「備馬，先不徹查了，回京。」

「是。」青魂應聲，太子殿下重病，公子自然坐不住了。

蘇子斬騎快馬，帶著十三星魂，趕回京城，但是到了半路，收到了花家暗線傳來的雲遲的信箋。他立即打開信箋，一看之下，臉色倏地一白，栽落馬下。

還是青魂眼疾手快地接住了他：「公子！」

蘇子斬握著信箋手抖的厲害，在寒風中，落下馬後被青魂接住，幾乎站不穩身子：「是花顏，我就覺得不對勁，果真是她出事兒了。」

青魂探身，也看到了信上的內容，悚然一驚，原來真是太子妃出事兒了，不過他更驚的是太子殿下對太子妃感同身受之說！原來昨日公子莫名有感，感覺是太子妃出事兒了，果然是對的。

他看著蘇子斬：「公子，怎麼辦？我們可還回京？」

蘇子斬斷然地道：「去北地。」

青魂猶豫：「可是太子殿下在信箋中說京中一帶安危交給您了……」

蘇子斬不理，重新翻身上馬，打馬轉向奔往北地。

青魂立即隨後跟上。

蘇子斬縱馬奔馳了一段路後，漸漸地找回了理智，勒住馬韁繩，止步。

青魂也勒住馬韁繩，看著蘇子斬。

蘇子斬駐足望著北地看了片刻，猛地咬牙，吩咐：「回京。」

青魂鬆了一口氣，應是。

蘇子斬調轉馬韁繩，想著雲遲既已去北地，花顏身邊便用不著他了，但幕後之人至今沒找出，也未查出蹤跡，實在是埋得太深，一日不被查出，一日有著大危險。

他又想到北地一定出了大事兒了，否則花顏不可能在夏緣找到了替換的離枯草解除了瘟疫後還受了重傷，能讓她傷及性命之事，一定是極危險棘手。

北地已如此棘手了，雲遲離京，他更不能再去北地，否則萬一京城出事兒，想要再收拾，就難了。

蘇子斬心中恨恨，雖恨不得飛去北地，但還是折返回了京城。

臨安花家，花灼也在前一日感受到了心慌不安，甚至心口陣陣鑽心疼痛，他也第一時間想到花顏出事兒了。畢竟臨安花家這一代的傳承只他與花顏二人，同根所生的一母同胞兄妹，天生便帶有血脈相連的感應。

這麼多年，他還是第一次有這麼強的感應到花顏出事兒了，他壓下心口的難受，盤膝而坐，拿出三枚銅錢，為花顏卜卦。

可是這一卦，什麼也沒卜出來，他不由得憂急重重，出門觀天象。

但是他所見的天象亦灰濛濛，看不到一顆星辰，烏雲蔽日。

他臉色難看，立即做了與蘇子斬所做的一樣決定：「傳令花家北地的暗線，詢問妹妹到底出了何事兒？」

有人應是，立即去了。

花灼吩咐完，又想了片刻，對人吩咐：「將庫房裡所有有年份的好藥都選出來，立即備馬，我要趕往北地。」

有人應是，不敢耽擱，連忙去了。

於是，半個時辰後，花灼起程，縱馬趕往北地，帶上了花離。

他知道，若非北地出了大事兒，以花顏的武功與修為，絕對不會受大難到他都有所感應的地步。既然背後之人藏的太深，連花家的暗線都查不出來，如此可怕，那麼花顏受了重創，情況一定十分危急。

花灼縱馬奔馳了一夜又一日後，在半途中，收到了安十六傳來的密信。

花灼當即打開，一看之下，臉色驟變，果然是花顏出事兒了，這才得知她為了救北安城的百姓，動用了本源靈力，背後之人喪心病狂心狠手辣，竟然讓她連從不動用的靈力都動用了，方才能帶著百姓們保住性命逃脫。

他看了，不知該氣她顧著百姓性命大義，還是該罵她不顧自己。不過幸好有天不絕在，保住了她性命。也有陸之凌在，讓他鬆了一口氣，至少，如今她沒有性命危險，還是安穩的。

他立即問身邊跟著的花離：「收拾的藥材中，可有五百年以上的人參？」

花離自從知道花顏出事兒後，眼睛一直紅紅的，見花灼問，立即回道：「回公子，有一株，僅此一株。」

花灼鬆了一口氣：「有一株也好！傳我命令，花家所有人，搜尋五百年以上人參。」

花離點頭，立即喊過人吩咐了下去。

花灼不再耽擱，帶著人繼續趕路。

途經一座小鎮時，恰好看到有人在張貼皇榜，圍著的百姓們議論紛紛言談太子病重之事，他勒住馬韁繩，對花離道：「去看看，太子殿下出了何事兒？」

花離立即下馬去了。

不多時，花離回來，臉色驚異地將看到皇榜尋求五百年人參給太子治病之事說了。

花灼聞言也愣了，對花離說：「你沒看錯？」

花離搖頭：「沒有，絕對沒看錯。」

花灼皺眉，揣思片刻，驚奇地說：「難道因為妹妹，太子殿下如四十年前的祖母一般因為祖父妄動靈術受了重創而感同身受？」

花離不知道四十年前的事兒，不解地看著花灼：「公子，四十年前出了何事？」

花灼顧不得與花離細說，擺手道：「走吧！先去北地再說。」

花離點頭，知道花顏需要五百年人參，事情緊急，不再多問，連忙上了馬。

花顏被陸之凌拍著睡了後，沒睡多久，又被疼醒了。

她睜開眼睛，此時，天色已晚，屋中黑漆漆的，她的床前坐著一個人影，模模糊糊似是夏緣，她虛弱地喊了一聲：「嫂子？」

夏緣騰地起身：「醒了？」

花顏「嗯」了一聲，「怎麼沒掌燈？」

夏緣立即說：「我忘了，這便掌燈。」話落，她走到桌前，拿出火石，掌了燈，獵戶人家的燈油是那種下等的燈油，燈芯被點燃後，發出劈里啪啦的響聲。

夏緣掌燈後，對花顏問：「可要喝水？」雖是問話，但她已自動倒了一杯水。

花顏點點頭：「要。」

夏緣端著水來到床前，小心翼翼地扶起花顏，將水喂到她唇邊。

花顏內腹如被火燒的乾涸，嘴唇已起了一層乾皮，她慢慢地由夏緣喂著喝了一杯水。

夏緣問：「可還要？」

花顏搖搖頭。

夏緣將她放下身子躺下，對她道：「我借用獵戶人家的鍋灶，給你熬了稀粥，現在我就去端來可好？從昨日到今日，你滴米未進，也該餓了。」

「好。」花顏點頭。

夏緣立即轉身出了屋。

她剛走到門口，采青已經端了粥走了進來，對夏緣說：「少夫人，我剛剛聽到太子妃醒了，已將粥端了來。」

「你端來正好，我一時暈了頭，倒把你給忘了。」夏緣話落，接過托盤，折回了房。

采青跟著進了屋，來到炕沿前，扶起花顏，拿了靠枕讓她靠在身後。

夏緣攪拌著稀粥使之降溫了，餵花顏喝粥。

采青在一旁無奈地說：「少夫人來了，奴婢就跟個擺設一般，少夫人將奴婢侍候的活都給搶了。」

夏緣看了她一眼，笑著說：「以後你侍候她時日長著呢，看你眼睛都哭紅了，快上炕歇著吧！男人們不方便在夜晚陪著，你我輪班來，今晚我陪著她，你趕緊睡，明日你來陪著。」

花顏好笑地看著采青：「聽嫂子的，上來歇著吧！」

采青聽夏緣說輪班來，想想也對，點點頭，脫了鞋，爬上了炕。

獵戶人家房舍簡陋，這大炕倒是大，能躺下三四個人，采青上炕後，靠著一邊躺下了身。

夏緣餵花顏喝了一碗粥，對她問：「可還要再來一碗？」

花顏沒胃口地搖搖頭。

夏緣歎了口氣：「只希望花灼收到消息後能趕緊趕來。我記得他的藥庫裡似乎是有一株五百年前的人參。」

花顏道：「放心吧！哥哥若是知道我出事兒，定然會親自來。」

夏緣掏出帕子，幫花顏擦了擦額頭的汗，問：「還疼的厲害嗎？」

花顏其實疼的很厲害，渾身每一處都疼的很，疼痛似透進了骨頭裡，撕裂的疼，但是不想讓夏緣心疼難受，便搖頭：「不那麼疼了。」

夏緣撤掉了靠枕，輕輕讓她躺下，問：「是繼續睡，還是說一會兒話？」

花顏疼的睡不著，說：「說一會兒話吧！外面情形如何了？」

夏緣自小跟花顏一起長大，自然清楚她這是疼的很，才無法入睡，也不點破，對她說：「陸世子帶著五十萬兵馬安營紮寨了，將那些百姓們也安排在了營裡，十六公子和十七公子去北安城徹查那統領了，還沒回來。」

花顏點點頭，問：「大哥可給太子殿下去信了？」

「陸世子給太子殿下去信了，五皇子怕若是不告訴太子殿下，等將來知道他一定會大怒。但陸世子說不怕，給攔下了，吩咐任何人不得告訴太子殿下，他去信時只說了北安城發生的事兒和當前的情況，一句沒提你受傷之事。」夏緣道。

花顏頷首，微微扯了扯嘴角：「他知道我不想讓太子殿下擔心，是順了我的意思。」

夏緣點頭：「陸世子對你真是好的沒的說。」

花顏「嗯」了一聲。

夏緣又道：「陸世子吩咐了，說你醒來讓我喊他，若你再睡不著，他說過來給你說書，他在京城時帶著一幫子紈褲子弟隔三差五就去茶樓聽書，會講許多書。」

花顏微笑：「讓他歇著吧！帶著五十萬兵馬急行軍來這裡，定然也是日夜不休，我聽過的書不比他聽過的少。」

「是呢。」夏緣道，「要不然我給你說書？」

「嗯，好，你來說書。」花顏點頭。

夏緣想了想，尋了曾經與花顏聽過的一個說書先生說的讓花顏捧腹大笑的書說了起來。她自小跟隨花顏浸淫了許多三教九流的地方，說起書來，也維妙維肖。

花顏聽到逗趣處，忍不住想要大笑，但稍有笑意，便疼的厲害，只能忍著，但彎著的嘴角和滿含笑意的眉梢眼角還是能洩露她愉悅的心情。

采青並沒睡著，而是偷偷地睜開眼睛，看到花顏愉悅的表情，暗想著還是少夫人會哄太子妃，她要學著些。

夏緣一個故事未講完，外面傳來腳步聲，須臾，陸之凌壓低的聲音在院中響起：「少夫人，我妹妹可醒了？」

夏緣聲音頓住，連忙看向花顏。

花顏對夏緣點頭：「外面風寒，讓他進來吧！」

夏緣頷首，立即站起身，走了出去開門：「陸世子進來吧！她已醒了有一會兒了。」

「可還好？」陸之凌覺得他深夜過來不太合禮數規矩，但他實在不放心，仗著二人八拜結交，他拿花顏當親妹妹，便也不講究那些了，邁步進了屋。

他進來後，先是站在門口拂了拂身上的涼氣，待涼氣散了，才進了屋。

采青已一骨碌的爬下了坑，拿著茶壺去沏茶。

第一百零四章 天道的懲罰

陸之凌一眼看到花顏躺在炕上，嘴角彎著，眉梢眼角都染著笑意，臉色雖依然蒼白的無血色，但到底是比他白日見她時有了兩分人氣。

他鬆了一口氣，來到床沿坐下，笑著說：「說什麼呢？這麼高興？」

花顏笑著說：「聽嫂子說書呢。」

「哦？」陸之凌意外，看向夏緣，「少夫人說書很厲害嗎？我也沾光聽聽？」

夏緣臉一紅：「我是逗她開心呢，可不敢在陸世子面前班門弄斧。」

陸之凌笑道：「能讓妹妹開心成這個樣子，想必極有意思，你就說來聽聽。」

夏緣看向花顏。

花顏笑著道：「既然大哥想聽，你就重新給他說說，這書咱們還是在南境時聽的，他沒去過南境，不見得聽過。」

夏緣見花顏都這樣說了，而陸之凌又是一副十分好奇想聽的樣子，也就不再推辭，點點頭，將說了一半的書又打翻重新說過。

花顏那些年與夏緣遊歷天下，一為花灼找藥，二便是找樂子，她在花顏帶著耳濡目染下，有些東西學的雖不是爐火純青，但也有七八分模樣。

這書說起來，陸之凌倒是對她刮目相看了，不多時，便將他逗的捧腹大笑。

陸之凌也的確累了，從見了花顏後，心一直繃著提著，如今聽著夏緣的書倒是一下子就放鬆了筋骨，她一場書說完，他也覺得聽的通體舒暢。
他聽罷，大笑著道：「這書果然是極好，我還真沒聽過，這說書先生在南境？」
花顏笑著點頭：「在南境，是南境十里八鄉方圓百里十分有名的說書先生。」
「叫什麼？」陸之凌問，「這等人才，該天下揚名才是。」
花顏笑道，「還真是天下揚名的，你該聽過他的名號，叫百歲老人。」
陸之凌恍然：「原來是他，他還有一個別號，叫不倒山翁，據說曾是南楚三百一十年最年輕的狀元，被譽為天才學子，不過他在考了狀元後，拒絕為官，遊戲風塵，為青樓姑娘們寫曲詞，心情好了，便跑去茶樓說書，聽他一席書，紋銀百兩。」
花顏頷首：「沒錯！我花了千兩銀子，聽他說了十場，本還想多花些給他，後來他死活不給我說了。」
陸之凌大笑：「也是一個奇人。」
「的確是一個奇人，雖已百歲，但依舊身體硬朗，氣若洪鐘。」花顏笑道，「他的一生也是一個傳奇，見到他後，我曾想過，若想長命百歲，大約還真該不理一切塵世煩憂。」
陸之凌聞言看著花顏，暗暗地深深地歎了口氣，想著她本可以不理塵世煩憂，但偏偏遇到了太子雲遲，若不是雲遲誓要選她為太子妃，她如今自然也依舊遊歷天下樂得逍遙。
可以說，因為雲遲，她才擔起了不該她擔的負累。
花顏看著陸之凌神色心疼感慨歎息，她微笑著輕聲說：「大哥不必為我叫屈，我以前一直活的混沌不清，得過且過，自從應允嫁給雲遲，我才活的明白了些。」
陸之凌不說話。

花顏又道：「人生一世，得過且過固然是一種活法，但生有所值，才更不枉一世。為一人之活，是小活，為眾生百姓而活，是天下大義。」

陸之凌沒忍住摸了摸花顏的頭，長歎一聲：「好，我的妹妹大仁大義，以蒼生為念，為兄也不該拖你後腿，以後當以你為榜樣。」

花顏失笑，這一笑，沒克制，又抽疼得讓她立即皺了眉白了臉。

陸之凌立即伸手拍她，緊張地問：「怎麼？又疼得厲害？」

花顏額頭冒了汗，想搖頭，實在沒力氣。

陸之凌伸手輕輕地拍她：「閉上眼睛，我哄你入睡，睡著了就不疼了。」

花顏點點頭。

陸之凌輕輕拍著花顏，一下一下，不輕不重。

花顏的精神勁兒本就不足，聽了一場半的說書，自然又累乏了，眼皮從閉上後，雖疼的厲害，但由陸之凌拍著，不多時，依舊又睡著了。

見她睡著，陸之凌鬆了一口氣，夏緣也鬆了一口氣，采青亦鬆了一口氣。

陸之凌待花顏睡熟後，慢慢地撤回手，給她蓋好被子，站起身，對夏緣壓低聲音說：「我走了，她若是再醒了，疼的睡不著，只管去喊我。」

夏緣點點頭：「真是奇怪，陸世子一拍，她就睡著了。」

陸之凌笑著說：「大約我是得了我娘的精髓了，小時候她便是這般拍我，十分容易入睡。」

夏緣立即說：「陸世子辛苦了，快去歇著吧！」

陸之凌頷首，拿起披風披了，出了房門，離開了獵戶人家。

夏緣在陸之凌離開後，招呼采青上炕讓她趕緊睡，自己則陪著花顏，時刻看著她，偶爾不時為她把脈，生恐她出一絲半點的狀況。

花顏這一覺睡到了第二日天明，再睜開眼睛，她身體未見鬆快，依舊沉重得很。

夏緣熬了一夜，眼睛裡滿是血絲，見她醒來，立馬給她把脈，覺得脈象不如昨日，立即跑去喊天不絕。

天不絕很快就來了，給花顏把脈，眉頭也皺起，道：「這脈重的很，虛的很。趕緊拿我的針來，準備施針。」

夏緣點頭，連忙取來了天不絕的一套銀針。

很快地，花顏從頭到腳便被天不絕扎滿了銀針，如昨日一般，行了兩遍針。

兩遍針行完後，花顏覺得身體略微地鬆快了些，天不絕給她號脈，也鬆了一口氣：「你這條命，如今只能我老頭子行針給你吊著，但願五百年以上的人參早些拿來，否則，吊不了幾日。」

花顏笑著說：「你放心，我命不該絕呢，總歸死不了。」

天不絕哼了一聲：「還有心情開玩笑，可見你還是不太疼。」

「嗯，不太疼。」花顏點頭。

天不絕知道她故意這麼說，繃著臉道：「女孩子這麼剛強做什麼？女孩子就要男人疼的哄的，你倒好，什麼都自己一個人扛了，當心你在這裡受苦受難，太子殿下在京城看上了別的美人，也許如今正左擁右抱呢。」

花顏好笑，忍著疼搖頭：「雲遲不會的。」

天不絕翻了個白眼，轉身出了房門。

見天不絕走了，夏緣小聲說：「別聽師父胡說，我也覺得太子殿下不會，他心裡只有你。」

花顏「嗯」了一聲，「我自然不會聽他胡說。」話落，她輕聲道，「不知雲遲現在正在做什麼？這個時候，應該是在早朝吧？」

夏緣看了一眼天色點頭：「嗯，應該在早朝。」

花顏歎了口氣：「還有一個月大婚，不知我這副身體，還能不能如期大婚。」

夏緣立即說：「能的。一定能的。」

「但願吧！」花顏對如今的自己沒有多少期望，她身體實在枯竭的厲害，越是如此，越是忍不住更是嚮往起來。

這時，外面傳來無數腳步聲，十分凌亂。

采青立即出門向外探頭看了一眼，對花顏和夏緣道：「是五皇子他們來了。估計聽聞太子妃醒了，過來看望。」

夏緣道：「你先讓他們在外堂坐片刻，我先給她梳洗換換衣服，衣服都被汗打得濕透了。」

采青點頭，迎了出去。

夏緣為花顏換了乾淨的衣服，又給她漱了口，用帕子淨了面，才放了人進屋。

幾人進來後，面上都掛著緊張和關心，程子笑素來在花顏面前愛開玩笑，如今臉上也沒了笑意，一臉擔心地看著她。

花顏對幾人扯動嘴角，笑著說：「我沒事兒，別都做這副神情。」

程顧之歎了口氣：「太子妃這副樣子，讓我們怎麼能不擔心？今日一早，那些百姓們都在問你的身體，百姓們知恩得很，太子妃遭這回大難，倒也不白遭。」

程子笑接過話：「百姓們都被陸世子安置得很好，餓不著冷不著，你就放心吧！」

五皇子點頭，附和道：「四嫂且寬心，別想太多，北安城那統領與三十萬兵馬，陸世子正在想對策，待你好些了，咱們便向北安城進軍。」

夏澤紅著眼睛說：「顏姐姐快快好起來，你有事兒，我們所有人都難受得很。」

花顏想伸手摸摸夏澤的腦袋，但連抬手的力氣都沒有，只能作罷，笑著點頭：「我如今這副樣子，自然沒力氣想那麼多了。」話落，問，「十六和十七什麼時候走的？至今還沒消息傳回嗎？」

程子笑立即道：「昨日你睡著後就走了，已經半日一夜了，應該也快有消息傳回來了。」

花顏問：「他們帶了多少人？」

程子笑搖頭：「不知。」

花顏看向夏緣。

夏緣想了想說：「除了安一公子留在這裡外，大部分人都被兩位公子帶走了。應該不會出什麼事兒，畢竟他們二人比猴子還精明。」

花顏一笑：「還真是，誰想要他們兩個吃虧都不容易。」

安十六曾帶著人應對過東宮和甯和宮的人，要的人團團轉，安十七曾跟著她闖過蠱王宮，大場面都是見過的，如今那統領與梅花印衛雖厲害，但也不至於讓他們折了回不來。

幾人又陪著花顏說了一會兒話，看她臉色蒼白氣息虛弱，都沒敢久待，怕打擾她休息，都出了獵戶人家。

幾人走後，花顏並無睏意，看著夏緣滿眼血絲，讓她去休息，讓采青給她讀書。

采青自然不會說書，但她記性好，曾給花顏讀過的話本子還依稀記得，便照著記憶給她念起了話本子。

才子佳人的話本子雖然俗套，但聊勝於無，花顏聽著，減少了幾分疼痛難受。

采青說了半本話本子，陸之凌來了，與他一起來的還有查探消息回來的安十六與安十七，三人臉色都不太好。

采青打住了話，給三人見禮。

花顏立即問：「怎麼了？出了什麼事兒？」

安十六與安十七對看一眼，雖不想讓花顏擔心，但知道隱瞞她更是無益，畢竟她會察言觀色，實在太聰明了。於是，安十六如實以告：「我們去時，發現北安城已是一座空城，不止不見那統領和梅花印衛的蹤跡，連那三十萬兵馬的蹤跡也不見了。」

花顏一怔：「去了哪裡？」

安十七道：「我們徹查之下，發現有兵馬的腳印蹤跡順著松蘭山南山的方向離開了。不過只追查到原木嶺，便失去了蹤跡。」

「原木嶺？」花顏皺眉，「綿延數百里的原木嶺？」

安十六點頭：「正是。」

花顏問：「是怎麼失去蹤跡的？按理說，原木嶺如今滿山嶺也都是積雪才是。」

安十七怒道：「滿山嶺都是馬蹄子印，蹤跡太多，根本一時間分辨不出來。」

花顏聞言沉默下來，思考著那統領竟然轉移陣地了?!

是了，他既得知陸之凌帶著五十萬兵馬來了北安城，那麼，他手裡三十萬兵馬根本不是對手，乾脆趁著陸之凌沒謀劃奪城前，悄無聲息地轉移兵力，才是上上策。

在原木嶺轉移兵力，更是上上策，原木嶺方圓數百里山林，故意攪亂太多痕跡，自然不是一時半刻能查出來的。尤其也許他將三十萬兵馬分批沿著各個方向轉移。

俗話說狡兔三窟，那統領在北地經營多年，怕是不止北安城一個地下城。

花顏費力地抬手，揉揉眉心，對安十六虛弱地說：「傳令給北地所有花家暗線，繼續暗中徹查，但凡哪裡有動靜，都會有蛛絲馬跡異常之處。」

安十六應是。

安十七咬牙說：「好狡詐的東西，就這般遁走了。」

安十六沉重地道：「若不是狠辣狡詐有謀算，少主何至於傷到這個地步？」話落，歎了口氣，「公子差不多該收到消息了吧？」

安十七看著花顏：「希望五百年的人參儘快拿來，少主也能儘快好起來。」

天不絕這時進了屋，哼了一聲：「即便拿來五百年的人參，也只能是保住她性命無虞不會如現在這般快死人的樣子，至於好起來，以她現在的身子，不知道要何年何月去了。」

安十七住了口。

安十六對花顏問：「少主，我曾聽聞祖父老人家四十年前也曾動用了本源靈力，曾導致身體一度枯竭？那後來他是如何將養好的？」

花顏搖頭：「祖父至今也未好。」

安十六面色一變。

安十七也白了臉：「少主，你明知道怎麼還妄動本源靈術？」

花顏輕聲說：「天下有多少事兒，明知不可為而為之。以我一身靈術，能救五千百姓三萬兵馬的性命，總歸是值的。」

陸之凌一直沒開口，此時道：「妹妹身為太子妃，棄城棄百姓而走，實不可為，不止她會遭天下罵名，也會連帶太子殿下遭罵名。賢名難得，罵名卻容易，如今被救的百姓們對她感恩戴德，雖遭受如此大罪，但總算沒白費一番心血，也算值得。」

花顏點點頭：「我是太子妃，擔著這個身分，就要做這個身分該做的事兒。哪怕一個百姓，都是南楚的子民，哪怕一人，都不能棄，哪怕我受傷至此，也不能做出棄逃之事。」

安十七沒了話，深深地歎了口氣：「少主做的是對的。」

面對當日的情形，再沒有辦法做出更好的選擇，花顏以一人之力，保住了所有人，大家除了心疼痛心她受傷至此外，還真說不出她做的不對來。

雖然，所有人都不想她動用本源靈力受傷至此。

「多說無益，我們還是商量一下接下來怎麼辦吧！」陸之凌面色凝重地道，「我今日一早做的攻城計畫用不到了，真沒想到那統領竟然這麼迅速地做出了移兵之舉。五十萬兵馬不能一直駐紮在這裡，糧草每日消耗十分巨大，我這次帶兵前來也沒帶多少糧草，頂多再堅持個十日八日。先要解決五十萬兵馬的糧草難題。據說北地最緊缺的就是糧草？」

花顏點頭：「那統領雖命人毀了地下城，但地下城中埋著的糧倉、兵器庫他沒辦法這麼短時間挖出帶走。」話落，對安十六和安十七道，「明日十六和十七帶著人去將地下城埋著的東西挖出來，雖北安城地下城的機關被毀，挖出那些東西困難點兒，但有個十日八日的時間應該也能做到，五十萬兵馬的糧草之需就能解決了。」

安十六和安十七頷首，立即道：「我們現在就帶著人前去。」

花顏見二人神色透著深深的疲憊，道：「你們也累得很了，先去休息，北安城地下城的事情一時也急不來，明日再去吧！」

二人點點頭：「聽少主的。」

陸之凌道：「待幾日後五百年以上的人參到了，妹妹服下，身子骨稍好一些後，我們就起程前往北安城。」

花顏頷首：「聽大哥的。」

幾人商議了一番後，安十六和安十七前去休息，花顏耗費了心神，疲累不堪的躺回了床上。

陸之凌又坐到花顏床邊，伸手輕輕拍她，溫聲道：「你如今不要多費心思，那統領與三十萬兵馬就算轉移陣地，藏著貓著，也沒有通天之能藏到天上去，總有收拾的一日。」

花顏「嗯」了一聲，閉上了眼睛，如今她就算有心多思多想也無能為力。

陸之凌依舊如早先一般輕輕地拍她，沒難受太久，花顏就漸漸地睡著了。

陸之凌見花顏睡著，為她掖好被子，起身出了房門。

夏緣送陸之凌出房門，對他壓低聲音說：「陸世子，多謝你了！花灼若是在，身為嫡親哥哥的他，都不見得有你的耐心哄睡她。」

陸之凌笑了笑：「少夫人不必道謝，待花灼兄來了，他定看我不順眼搶他妹妹，怕是會找我打一架。」

夏緣抿著嘴樂：「你打不過他的。」

陸之凌認真地看了夏緣一眼：「他打架很厲害？」

夏緣笑著點頭：「自然是極厲害的。」

陸之淩挑眉：「對比太子殿下如何？」

夏緣肯定地說：「與太子殿下打個平手。」

陸之淩哈哈一笑：「那我倒也想與他打一架試試身手了，即便打不過，與高手過招，想必也受益良多。」

夏緣笑著不再多說。

轉日，安十六與安十七帶著人前往北安城挖掘被毀去的地下城，同時，花家暗線傳回消息，未查出那三十萬兵馬的下落，就像是在原木嶺橫空消失了一般。

花顏吩咐：「沒有人能憑空消失，即便我動用靈術也做不到，將原木嶺掘地三尺查個遍，原木嶺大約也有機關密道，那些痕跡太多的，定然是為了掩飾密道。」

安一得了吩咐，帶著人親自去查。

次日，天不絕行針對花顏已不起效用，花顏從晨起便疼痛難忍，疼到最難受時，豆大的汗珠子從額頭滾落，她從小到大，從不輕易哭，但此時疼到眼睛都紅了。

天不絕也是束手無策，在房中來回踱步的思考。

夏緣更是急的落淚，不停地對天不絕問：「怎麼辦呢師父？除了五百年的人參，還有沒有能用的藥？她這般疼下去，會生生疼死的。」

天不絕煩躁地說：「若是有別的藥，我能不給她用嗎？身體枯竭，非五百年以上的人參不可滋養。」話落，瞪著夏緣，轉了話音，「替換盤龍參的離枯草都是被你給想到的，你再想想，也許是我人老了糊塗了，一時想不到也說不定。」

夏緣聞言立即絞盡腦汁地想什麼能代替五百年以上的人參。

她也想的腦瓜子疼，也想不出來能代替的藥。本源靈力枯竭不同瘟疫，花顏的身體顯然非稀世罕見的名貴之藥不能滋養，五百年的人參已是萬金難求，這世上萬金難求的藥只那麼些，攤開雙手都能數得過來，還有什麼藥能代替五百年以上的人參？

天不絕想不出來，夏緣也想不出來。

花顏在床上疼的死去活來，疼的狠了，她恨不得一掌拍死自己，嘴角被她咬出了血，夏緣怕她咬壞了，連忙塞了一塊乾淨的帕子給她，實在沒辦法之餘，她無能為力地攥著花顏的手哭：「花灼這個混蛋，怎麼還沒派人送來五百年以上的人參。」

花顏覺得身體每一寸，哪怕呼出的空氣都是疼的，她能清晰地感受到生命在流失……她漸漸地從心底最深處生出無力來，那無力如枝蔓一般漸漸地散開散出體外。

花顏不敢閉眼，她的眼睛睜得大大的，她想過死，從很久以前就想過，但從沒想過在自己還有留戀還有很多未做之事沒做完時離去。

她想與雲遲大婚，想給他生個聰明伶俐與他模樣一般無二的孩子，她還想看著他坐擁天下熔爐百煉天下……

她想做的事情還有太多太多……

若是哪怕給她五年的時間，她也許也不會有這麼多未盡之事，她會用五年的時間盡力地都做完，不會給自己留下太多的遺憾。

但是如今，她若是就這麼死了，她會有太多的未了心願和無限的捨不得。

就在這時候，她離死亡那樣的近，但心底卻都是不想死的生念。

她如傾軋在大海泥沼中，往前一步是黃泉路彼岸花，是她四百年前一直想跟隨懷玉踏進去的路，但是如今，她一步也不想往前走，她只想往後退，只想看到雲遲，只想與他相守一世。

似緊緊地抓住生命中最後的一點兒力氣，她嘶啞地出聲：「雲遲。」

夏緣心慌地攥緊花顏的手，哭的淚眼朦朧：「花顏，你一定不要有事兒啊！你要挺住，你想想太子殿下，你再想想花灼，他很快就會送來五百年的人參，只要你再堅持一日，就一日，他一定會到了，他如今定然急急趕來這裡。」

花顏很怕她堅持不住，她心裡湧出的是無盡的撕扯和怕意，她從小到大，從沒有過這種怕，哪怕是在南疆蠱王宮奪蠱王時，面對暗人之王，她也沒有怕。

她不畏懼死，被雲遲所救後，她只有慶幸和感慨姻緣天定。

四百年前，她有過怕，懷玉先她一步喝毒酒而死，她怕她追不上他，怕他不等她，後來雲舒為她聚魂起死回生，她怕真被他復生，在怕到極致時，竟然陡生一股孤勇，對自己下了魂咒，決然的沒給自己留後路。

如今，她發現這怕更猛烈，更洶湧，幾乎要將她淹沒，她絕望地覺得，大約她的存在就是不合天理，哪怕她為救百姓做了很多善事兒，哪怕她擔了太子妃的身分為愛太子之愛而心懷天下心繫萬民百姓。

天理難容那四個字在這時她終於深刻地理解和體會了。

如今，她如被閻王爺扼制住了咽喉，死死地掐著她拖著她收魂，來自天道的懲罰，似在這一刻，悉數都砸到了她身上。

天不絕曾說她有一顆強大的靈魂，但如今，那雙死神之手就掐住了她靈魂的咽喉，她拼命地喘氣，拼命地想生，但似乎都奈何不了死神之手誓必要拖她進黃泉。

她心中陡然生出一股悲憤。

她不是故意不去黃泉，四百年前，她一心想去的地方就是黃泉，但太祖雲舒以及命運之神不給她一絲一毫的機會，她想去的地方沒能去成，無可奈何啟動魂咒，鎖了自己的靈魂。

她以為，重獲新生，是上天給她的一次機會，她與雲遲的姻緣是命運註定。她努力地學會如何愛人，如何對人好，努力地不步上一世的後塵，為了幫助雲遲，以他志向立志，她不止自己攪進了南楚江山社稷，還拉著花家蹚進了渾水中。

可事到如今，卻要讓她去死，她怎麼甘心？憑什麼？她註定不能以自己的心願而活？

兩世，她想死不能？想生亦不能？

這股悲憤，如江河滔滔，奔湧而來，淹沒她，似將乾涸的心田一下子填滿，陡然地衝開了那一雙緊攥著她的手，她張開緊咬的嘴唇，「哇」地噴出了一大口鮮血。

夏緣駭然地驚起，驚駭至極地大喊：「花顏！」

天不絕也驚變地大喊：「花顏！」

陸之凌一下子衝到近前，一把抱住花顏，驚駭得都變了聲：「妹妹！」

花顏噴出一大口鮮血後，心底一鬆，眼前一黑，終於承受不住，閉上了眼睛。

夏緣身子哆嗦如抖篩，顫著音喊天不絕：「師……父……快，快……」快什麼，她已經說不出來了。

天不絕也哆嗦地給花顏把脈，這一把脈，他臉色頓時一灰，一雙老眼也紅了，手哆嗦地離開，去探花顏的鼻息。

夏緣見他如此舉動，眼前一黑，直挺挺地倒了下去。

采青手軟腿軟地伸手去接夏緣，不但沒接到，也跟著夏緣一起倒在了地上。

陸之凌急的吼出來：「天不絕，你快想法子，妹妹，妹妹你醒醒，你與太子殿下還沒大婚呢。我在西南境地時，你寫信給我，不是說早早就想與太子殿下要一個孩子嗎？你心懷大義，若你出事兒，你想想，太子殿下會如何？南楚的江山會如何？你若是沒了命，我們這些在乎你的人還有幾人能活？」

陸之凌說著，眼睛通紅，也湧出了淚花。

天不絕拿出他的那套銀針，看著已沒了氣息的花顏，枉他是神醫，一生救死扶傷，哪怕面對花灼的天生怪病，哪怕面對蘇子斬與生俱來的寒症，他從來都沒有束手無策過，可是如今，面對花顏，他竟然抖著手不知道該從哪裡下針。

陸之凌盯著天不絕：「動手啊！」

天不絕哆嗦半晌，又氣又恨又無奈地將手中的金針一扔，一屁股坐到了地上，老淚縱橫：「你當我不知道該動手嗎？可是她如今已絕了氣息，我該從哪裡入手？亂扎嗎？」

陸之凌聽天不絕說花顏絕了氣息，臉色霎時一灰，無聲地轉過頭，看著懷裡的花顏。

這個妹妹……

未見時，讓他覺得有趣至極，見到後，讓他覺得她危險；看她為了退婚不擇手段，讓他恨不得躲她遠點兒，別被她牽扯，後來去了南疆，她敢闖蠱王宮救蘇子斬讓他敬佩，後來，她應允雲遲許婚，答應嫁入東宮，為了補救牽扯他的歉意，提出與他義結金蘭。

他沒有妹妹，在八拜結交那一刻，他是真正地將花顏當作親生妹妹。

他想對這個妹妹好，可是沒想到，這才沒多久，他就要親眼為她送行。

他從小到大被敬國公棍棒打了無數次，從沒喊過一聲疼，落過淚，但是如今，他一個男子漢，也終於繃不住落下淚來。

他的淚打在花顏的臉上，一聲聲嘶啞地喊：「妹妹，妹妹……」

屋內，暈死過去如夏緣、采青，哭成一團如天不絕、陸之凌，一聲聲的哭聲，傳了出去。

雲暗無聲地從暗處現身，立在門口，在外堂看著內室，他本以為像花顏這樣的女子，是不會死的，她有著強大的靈魂，有著得天獨厚的才華本事，哪怕被魂咒禁錮，早晚有一日，她也是能解除魂咒，好好地活著的。可是沒想到，她竟然就這樣突然地猝不及防地溘然長逝了。

她死了，已認主了的太祖暗衛之首自然是要以身奉主，他也是要橫劍自刎追隨她的。

於是，他慢慢地抽出了腰間的軟劍，劍身一橫，就要自刎於前。

千鈞一髮之際，外面一道黑影衝了進來，伴隨著一道劍光閃過，一柄軟劍彈開了他的寶劍。

他驀然一驚，轉頭看去，便看到眼前立了一個人。

黑色錦袍，玉帶束腰，姿容華貴，容色天傾，與花顏有三分相似。

他幾乎是一眼就認出了來人，冷木著聲音開口：「花灼公子來晚了！五百年以上的人參怕是用不到了。主子已然……」

他想說去了，但實在說不出口，住了嘴。

花灼冒著冷風而來，一身疲憊，因他姿容太好，絕灩的容顏掩了疲憊之色，讓他整個人透著一股風雪中的清涼與清冷。

無論什麼時候，這個人都是集萬千風華於一身的翩翩公子。

花灼臉若清霜的向屋內看了一眼，屋內彌漫著一股天塌了的死氣。他緊抿薄唇，一字一句地說：「有我在她死不了，就算她死了，我也要與天爭她的命，讓她活過來！」

話落，他轉身，抬步，進了屋。

雲暗聞言一愣，看著花灼走進了內室，他收了劍，也跟著一起進了內室。

內室裡，陸之凌哭的傷心欲絕，一聲聲的妹妹喊的讓人聽著都撕心裂肺。

天不絕更是哭的眼淚鼻涕一把，像是一下子白髮人送黑髮人，老了十歲不止。他與陸之凌哭的不能自制眼淚糊了眼，根本就沒發現有人進來，更沒聽到外面的動靜，不知道花灼已經來了。

花灼進來後看了眼屋內，再看倒在地上昏迷不醒的夏緣與采青，涼聲開口：「都別哭了！」

天不絕一愣，騰地站起身：「你終於來了！」

陸之凌一驚，轉頭向花灼看來，淚眼模糊中只看到了一個人影，風姿獨具，他沒見過花灼，一時也顧不得仔細端詳他的面相，只抽出一隻手用手抹了一下眼淚，對花灼問：「你是誰？」

花灼卻認出了陸之凌，臨安花家要想識得一個人，不出一日，那個人的畫像就會出現在臨安花家，當初花顏與陸之凌八拜結交，他還曾為此不滿，臭罵了花顏一頓，吃醋了許久，如今見陸之凌這副樣子，一個大男子漢，抱著花顏哭成了這個德行，他聚在心裡老早就想找他算帳的那點兒小不快頓時煙消雲散了。

他對陸之凌拱了拱手：「臨安花灼。」

陸之凌猛地睜大了眼睛看著花顏，須臾，他放開花顏，騰地起身，一把拽住他的胳膊，紅著眼睛急聲問：「五百年的人參呢？拿來了沒有？」

花灼點頭：「拿來了。」

「快，快給她餵下。」陸之凌大喜，連聲催促。

花灼點頭，從袖中拿出一個長匣子，轉身遞給天不絕：「你來。」

天不絕抖著手接過，雖然早先一刻已給花顏把了絕脈，但如今有了五百年人參在手，他還是想試一試，不能藥在眼前，就這麼放棄。

於是，他立即打開了長匣子，拿出一把匕首，切了一片人參片，塞向花顏的嘴裡。

可是花顏緊閉著嘴角，人參片塞不進去。

花灼伸手去掰花顏的嘴，可是半晌，也沒有效果，他傾身上前，抱住花顏，輕輕地拍著她，溫柔地喊：「花顏張嘴，乖，哥哥來了，帶來了五百年的人參。」

他的聲音很輕很溫柔，誠如那些年他身體怪病，每一次掙扎在生死邊緣前，花顏都會坐在他的床前，握著他的手，輕輕地哄他：「哥哥吃藥，乖，只要你吃了藥，病就會好了。」

每逢這個時候，他都咬緊牙關，不忍丟下她，不忍將花家所有的重擔都交給她，他必須活著，與她一起護著花家。

於是，一年又一年，沒想到，他的怪病竟然在她無數好藥的餵養下，在天不絕每日行針日復一日給他診治中治好了。

所以，如今，輪到他，他不准許花顏死，他也不相信她能給自己下了魂咒，生生世世禁錮住自己靈魂的人會這般輕易地丟了命。

花顏不是一個輕易放棄生死的人。

「妹妹乖，張嘴，哥哥來了，你張嘴。」花灼輕聲哄著，拿著人參片放在她唇瓣，輕輕地碰著沾了沾，似要給她吃，等著她自己主動張嘴。

陸之凌眼睛一瞬不瞬地盯著花灼和花顏，心提到了嗓子眼。

天不絕也睜大眼睛看著，大氣不敢喘一口。

外面聽到動靜得到消息的五皇子等人都來到了堂屋外，見此情形，沒敢進屋打擾。

花顏沒動靜，閉著眼睛，氣息不存。

花灼一字一句地說：「就這樣死了，你甘心嗎？你若是死了，你可知道有多少人會陪著你死，遠的不說蘇子斬，他的命是你救的，你生他生，你死他死，近的說雲暗，剛剛我若是晚來一刻，他就揮劍抹脖子了。」

花灼說著，頓了頓：「不說其餘人就說雲遲，你不是愛他嗎？恨不得將他肩上的所有重擔都擔到你的肩上，為了他的聲名，為了他的賢名，為了他的江山天下黎民百姓，你豁的出去自己，恨不得把心都掏給他，對他好，那你做了這麼多，若是就這麼死了，他呢？你想想他該怎麼辦？會怎麼辦？」

花灼盯著花顏的臉，又頓了頓，似給她思考時間：「你不敢想吧？那我幫你想想，你若是死，雲遲十有八九會安排個接替他身分的人，再橫劍自刎追隨你去。你說你崇敬他的志向高遠，敬佩他熔爐百煉天下的心志，想看他創南楚太平盛世，想讓他受後世敬仰流芳千古創千載不世功勳。可是，也許，因為你的死，他此生也就在此戛然而止了。」

花灼說到這裡，又停了一會兒：「雲遲很有才華是不是？他身為太子，監國四年，根基雖淺，但已初現帝王風骨，南楚若是有他在，如今雖滿路荊棘，但是早晚有一日，他能夠肅清，成就太平天下對不對？可是，一旦他就這麼隨你死了，你便是千古罪人。」

最後一句話，他說的極重，擲地有聲。

花顏睫毛猛地顫了一下，嘴角細微地動了動，似乎想說話，但醒不來，也說不出。

陸之凌大喜：「快！快給他人參。」

天不絕也大喜：「對，趕緊的。」

花灼快速地將人參片趁著花顏鬆開牙關時塞進了她嘴裡，之後，他吩咐：「你們都出去。把人參熬湯，熬好端來。」

天不絕看著花灼：「那你……」

花灼沉聲道：「我與她一母同胞，一脈相承，以靈術助她一回。」

天不絕立即說：「你可不能再如她一樣胡來，若是救活她，你出了事兒，她怕是恨不得死了算了。」

花灼道：「我知道，你放心。」話落，看了一眼地上昏迷的夏緣，對外道，「花離，將少夫人扶下去。」

花離跟著花灼一起來，見花顏出了事都嚇傻了，如今聽到花灼的喊聲，「嗖」地竄進了屋裡，扶起地上昏迷的夏緣，帶了下去。

花灼又看了立在屋中的雲暗一眼：「將采青也帶下去，這裡沒事兒了，你也去吧！」

雲暗頷首，二話不說，帶了地上昏迷的采青，退了下去。

天不絕也拿著人參和陸之凌走了出去，房門關上，屋中只剩下了花灼與花顏。

花灼將花顏扶起來，使她背坐向他，將靈力通過她後背的穴道輸送進她身體。

他本以為花顏身體靈力枯竭，他的靈力與她一脈傳承血脈相連，他的靈力送入她身體本該暢通無阻，她的身體應對他的靈力極盡渴求才是，卻沒想到並非如此，他的靈力剛送入她身體，就被她身體內的一層防護罩給擋了回來。

他一愣之下又試了兩次，發現依然如故，他不解，將花顏的身子轉過來，去看她。她的身子軟軟的，若不是他扶著，根本就支撐不住，臉色蒼白如紙色，唇瓣白得也沒有多少血色，似是個任人擺布的人偶。

他看著她想了一會兒，換了個方式，通過她眉心送入，這一次，他凝聚了三分之一靈力，但剛送到她眉心處，卻依舊被生生地阻擋了，他又加注靈力，一多半甚至幾乎全部的靈力都試過後，卻依舊沖不開她身體的防護罩。

他眉頭越皺越緊，額頭因動用靈力也冒了汗珠，不解地問：「你這身體是怎麼回事兒？」

花顏自然無法回答他。

花灼又尋思片刻，無奈地將花顏放下，讓她躺在床上，他伸手給她把脈。

所謂久病成醫，花灼的醫術雖不及天不絕和夏緣，但也比尋常大夫要強許多，脈象如何，他還是能把出來的。

花顏的脈象顯示她身體如乾涸的大海，生命力枯竭，這般的脈象，為何送不進去靈力？

他撤回手，對外喊：「讓天不絕進來。」

外面守著的程顧之聞言立即去喊已去了廚房的天不絕。

天不絕剛到廚房，聽聞花灼喊他，立即對程顧之問：「二公子，你可會熬人參湯？」

程顧之想點頭，但想著五百年人參彌足珍貴，萬一熬壞了可就沒有了。他又搖搖頭。

天不絕跺腳，探出腦袋向外喊：「夏澤，去把夏緣喊醒，喊不醒潑醒，讓她來廚房盯著人參湯。」

夏澤應了一聲，立即去喊夏緣。

夏緣與花顏自小一起長大，感情深厚，眼看花顏氣絕，夏緣受不住厥了過去。

畢竟是大冬天，夏澤自然不會用水潑醒自己的姐姐，費了好半天的勁兒，才喊醒了夏緣。

夏緣醒來一把抓住夏澤：「花顏呢？她是不是真的……真的……」她說著，又哭了起來，「她死了，我也不活了。」

夏澤立即說：「姐姐，你別哭，顏姐姐沒死，姐夫帶著五百年的人參來了，如今正在救顏姐姐。」

夏緣一聽，立即下了炕，抹了一把眼淚，驚喜地往外衝。

夏澤還沒來得及說話，夏緣就衝去了花顏所住的房間，她一把推開房門，看到了眉頭緊鎖的花灼與躺在床上依舊無聲無息的花顏，她看著花顏，有些不敢上前，對花灼輕聲問：「花顏她……真的沒事兒了？」

花灼見她似乎也如一陣風就要吹倒的模樣，緊鎖的眉頭更是皺緊，聲音卻溫和：「她並沒有氣絕，早先你們把脈出現的氣絕也許是她身體顯露出的假象，你醒來正好，你來給她把把脈，我給她輸送靈力，她身體氣穴處似有防護罩阻擋。不知是怎麼回事兒。」

夏緣聞言立即上前，伸手給花顏把脈。

須臾，她驚喜地抬頭對花灼說：「她果然沒死，果然沒死……」話落，她高興地又落下了淚，哭著說，「嚇死我了！她死了，我也要跟著去。」

花灼無奈地看了她一眼：「想陪她死的人多著去了，你就別想了。」話落，問，「她的脈象如何？」

夏緣立即認真地給花顏把脈，片刻後，對他說：「還是如早先一般，沉弱得很，奄奄一息之脈。」話落，她又立即改口，「似有些不太對勁呢。」

「怎麼個不對勁法？」花灼立即問。

夏緣搖頭：「我也說不出，我去喊我師父來。」話落，她轉身跑了出去，對守在門口的人問，「我師父呢？在哪裡？」

夏澤這時才有空告訴她：「神醫在廚房……」

夏緣一陣風地向廚房跑去。

她到了廚房，天不絕見了她跳腳：「你這個死丫頭，怎麼才醒來？你照看著熬人參，花灼喊我去。」

夏緣一聽，也不再多說，點頭，催促：「那師父你快去！」

天不絕連忙出了廚房。

花灼見天不絕來了，簡單地將他給花顏輸送靈力卻被她體內似有防護罩阻擋之事說了。

天不絕一聽，立即伸手給花顏把脈，片刻後，他「咦？」了一聲，又換了個手，細細地給花顏兩隻手都把了脈，然後，他奇異地對花灼道，「她的脈象確實不再是死脈了，雖奄奄一息，但內腹氣海深處似浮動的厲害，這脈象有些怪。」

花灼問：「你有沒有什麼辦法讓我能給她輸送進靈力？行針可行？」

天不絕想了半晌，搖頭，對花灼道：「若不是親眼所見你喚醒她，早先我都以為她真是氣絕了，她如今身體脈象怪的很，我覺得先不要強行給她輸送靈力了，以免適得其反。」

花灼看著花顏問：「你的意思是，也許她身體是在進行自我調息修復？」

天不絕點頭：「保不准，畢竟她對於雲族的靈術比你要精通，四百年前能給自己下魂咒的人，也許她自有自己的法子。」

花灼聞言覺得有理，頷首：「那便等著吧！」

天不絕道：「一會兒參湯熬好了，喂她喝下，參湯對她十分有助益。」

花灼點頭。

天不絕不放心五百年的人參，轉身去了廚房。

夏緣見到天不絕，立即問：「師父，怎樣？」

天不絕捋了捋鬍鬚，道：「死不了，命大的很，好好照看著參湯吧！」

夏緣鬆了一口氣。

花灼伸手給花顏蓋上了被子，然後靠著炕沿歪躺在一側，疲憊地閉上了眼睛。他縱馬日夜兼程趕來，冒著寒風，身體也有些受不住，初來聽聞花顏氣絕，也驚了個夠嗆，如今花顏沒丟了命，還有氣息，讓他也短暫地放鬆了下來。

陸之凌悄悄地進屋，看了花顏一眼，又看了花灼一眼，見花灼滿臉疲憊地似是睡著了，他不敢打擾，坐於不遠處的椅子上。

他剛坐下，花灼忽然睜開眼睛，對陸之凌道：「陸兄，多謝了。」

陸之凌一愣，擺手：「她是我義妹，何須言謝？」

花灼點點頭，彎了一下嘴角：「陸兄很愛哭嗎？」

陸之凌又一愣，隨即想到了方才他抱著花顏哭的德行，頓時臉上有些掛不住，對比花灼，他遇事兒真是太不夠冷靜了，只會抱著人哭，什麼也做不了，他這個義兄對比人家的親兄長，段數本事差了不止一個臺階。

但他素來不喜歡難為自己，更不喜歡打腫臉充胖子，所以，他尷尬了一瞬，便坦然地哈哈笑著說：「從小到大沒哭過，今日讓花兄見笑了。」

花灼挑了挑眉，心中頓時高看了陸之凌一眼，這天下間，有多少人能坦然處之拿得起放得下隨性灑脫，怪不得這麼多年，花顏識人無數，偏偏認了陸之凌做義兄，果然他大有可取之處。

他話音一轉：「我一路趕來這裡，路上吹了四日冷風吃著乾糧，陸兄可否陪我喝一杯？」

陸之凌聞言立即痛快地說：「我這兩日也食不下嚥寢食難安，花兄來了正好，你若是不累的話，我也正有此意。」

「不累。」花灼當即對外道，「外屋的幾位仁兄都進來坐吧！」話落，吩咐，「花離，你去告訴少夫人，讓她燒幾個拿手菜，做兩樣可口的點心，再溫兩壺酒來，我們就在這屋子裡小酌幾杯。妹妹的鼻子最靈了，饞也把她饞醒了。」

「哈哈，好。」陸之凌聞言大笑著點頭，對外面喊，「五皇子、程二兄、程七兄、夏澤，都進來。」

屋子本就不大，幾人見花顏沒事兒了都坐在外屋，如今聽陸之凌開口讓他們進去，都站起身，走進了裡屋。

程顧之等人一一與花灼見禮。

花灼一一還禮，幾人笑著落坐，獵戶人家小小的屋子裡一瞬間就被擠滿了人。

花離去了廚房給夏緣傳話後，夏緣聽聞花灼幾日都沒好吃好睡，頓時心疼不已，痛快地點頭，立即洗手摘菜做飯。

夏緣除了對醫術上有天賦外，對廚藝上的天賦也不差，很快就炒了幾個菜，端進了屋。隨著菜被端進屋，滿室菜香。

夏澤嗅著飯菜香味誇獎道：「姐姐手藝真好，姐夫有福了。」

花灼偏頭瞅了夏澤一眼，眉目含笑，似被他見面就識趣地稱呼姐夫很滿意，溫聲說：「她手藝自然是好極了，今日境況特殊，身邊沒有廚娘，以後我不會讓她輕易下廚給別人做飯的，包括你這個弟弟。」

言外之意，你如今好好品嘗吧，下次不知何年何月了。

夏澤睜大眼睛看著花灼，他雖年紀小，但聰明絕頂，花灼這話明顯是炫耀和宣示夏緣是他的人的所有權，連他這個弟弟也欺負，不過想到這個姐夫似乎極其厲害，又是顏姐姐的哥哥，他與姐姐剛相認，雖然姐姐對他不錯，但到底不是一母同胞，又自小未見，所以，他看了花灼一會兒，無奈地癟了癟嘴，沒說話。

夏緣這時正端了一盤菜進來，正好撞見這一幕，瞪了花灼一眼：「你又欺負人。」

花灼眸光含笑，一副我就是欺負人了，不欺負人我心情不愉快的表情。

夏緣氣笑著搖搖頭，將菜放下，摸摸夏澤的腦袋說：「別聽他的，他慣會欺負人。」說完，走到床邊去看花顏，小聲問，「花顏，我做的都是你愛吃的菜，你要不要吃？」

花顏一動不動。

夏緣歎了口氣，嘟囔：「你快醒來啊！否則你愛吃的菜都被他們給吃了。」說完，她轉身走了出去，想著也許自己的手藝退步了，要多做幾道菜，也許就能把花顏給饞醒了。

她沒發現，她剛邁出門檻，花顏的睫毛顫動了兩下。

花灼卻見了，愉悅地彎了嘴角，親自執起酒壺，給每個人倒了一杯酒。

夏緣足足炒了十多個菜，幾乎將獵戶人家能用的食材與軍營裡從山下採買的食材都變著樣的做了，她的手藝確實好，色香味俱全，菜品端進屋，滿室飄香。

花灼說的沒錯，花顏果真被饞醒了，但她雖意識醒了，人卻怎麼也醒不來。

她心中又氣又恨，惱恨地罵花灼什麼破哥哥，有這樣當哥哥的嗎？她不醒來，他就不會餵她？偏偏好酒好菜地故意饞她。

她暗暗地想著，等醒來一定要收拾他，打不過他也要哭給他看。

又想著，以後一定不能讓陸之凌與他哥哥多待，她好不容易結拜了個可心可意對她好的義兄，可不能讓這個破哥哥給帶壞了，不疼妹妹了。

她心中翻湧的心思都在吃上，想著她似乎也有好幾日沒好好吃一頓香噴噴的飯菜了，臭夏緣怎麼沒早下廚？果然是女兒家胳膊肘往外拐，成了他哥哥的人，就對她不好了。

她想著，臉上表情一會兒氣惱，一會兒又懊惱自己醒不來，一會兒又委屈不已。總之，變幻得很精彩。

大約是她臉上的表情太豐富，所以，不止花灼發現了，陸之凌也發現了，連五皇子、程子笑等人也驚奇地發現了。

花顏本來是一個不輕易表露情緒的人，喜怒情緒很多時候都隱藏著，大多時候看到的都是她笑吟吟的一張臉，很少會從她的臉上看到這麼多的表情。

一群人本來對於夏緣再好的飯菜手藝，聞著飯菜香味，奈何花顏半死不活地躺在床上也有些食不知味，可是如今瞧著她臉上的表情，竟然漸漸地吃出了香味。

酒菜過半時，外面忽然傳出極大的動靜，似來了大批人。

陸之凌立即問：「怎麼來了這麼多人？出了什麼事兒了？」

花灼筷子一頓，揚眉：「花離，何人來了？」

花離探頭向外瞅了一眼，頓時驚奇不已地驚呼：「公子，是姐夫來了。」

陸之凌與眾人還沒回過味姐夫是誰，花灼頓時笑了：「哦？太子殿下來了？」

幾人聞言也頓時露出驚訝之色，太子殿下來了？竟然這時候來了？他怎麼突然來了？尤其是陸之凌，他吩咐了所有人瞞死了花顏受傷的消息，雲遲是怎麼知道的？難道太子殿下有通天之能？

一行人立即放下筷子，出了房門。

第一百零五章 對愛的領悟

只見外面來了一輛馬車，十幾匹馬，雲遲正由人扶著下了馬車，隨扈的是十二雲衛。

雲遲十分清瘦，裹著極厚的白狐裘披風，臉色蒼白比白狐毛還要白幾分，冬日的寒風裡，他似弱不禁風，下了馬車後有人扶著步履虛浮似難以站立。

花灼蹙眉，上前迎了幾步，虛虛見禮：「你怎麼了？」

陸之凌等人也上前，同時見禮：「拜見太子殿下！」

夏澤看著雲遲，原來這就是太子殿下，怎麼似乎與傳聞不太一樣？太子殿下的身體不好嗎？

雲遲不答花灼的問話，微弱地問：「花顏呢？」

花灼讓開路：「在裡屋。」

雲遲立即示意小忠子扶著他向屋裡走去。

短短的一段路，他走得似乎有些費勁，小忠子一個勁兒地說殿下您慢點兒，雲遲卻是不聽，他急於想見到花顏。在邁進門時，險些栽倒，他扶住門框，喘息了片刻，進了屋。

一眼便看到花顏躺在床上，這一瞬間，他身體似乎不疼了，所有力氣一下子都回來了，他揮手拂開小忠子，三步並作兩步進了屋，衝到了花顏面前。

小忠子一屁股坐在了地上，愣愣地看著雲遲進了屋，驚奇不已地想著德遠大師與住持方丈所言果然是真的？殿下見了太子妃果然不用藥不用五百年人參就好了?!

這也太……神奇了！

他拍拍屁股站起來，立即跟進了屋。

花灼落後雲遲兩步，看到雲遲的樣子，似乎想到了什麼，這一刻，他對雲遲的所有不滿都化於無形拋諸於九霄雲外了，他的確是對妹妹情深似海，一如祖母昔年對祖父，情深意厚，才會如此感同身受。

他也懶得再進屋繼續吃，轉頭對陸之凌問：「軍營裡可有空閒的營帳休息？」

「有，我帶你去。」陸之凌點頭。

花灼頷首。

陸之凌看向其他人，眾人也都點點頭，將裡屋留給了雲遲，跟著陸之凌走了。

夏緣得知雲遲來了，站在廚房門口又哭又笑：「太子殿下來了，花顏見了他一定很高興，說不定馬上就好了。」

「做夢吧！」天不絕潑冷水，「她這副身子，什麼時候好還真說不準，別太樂觀。」

夏緣回頭瞪天不絕：「你這老頭怎麼這麼不討喜。」

天不絕吹了吹鬍子：「不討喜也是你師父，一日為師終身為父。」

夏緣沒了話。

夏澤來到廚房門口，悄悄地拉了拉夏緣衣袖：「姐姐，太子殿下身體是不是不好啊？」

夏緣搖頭，她自小跟著花顏、花灼，自然也知曉花家諸事兒，道：「太子殿下身體好的很，大約是因為花顏才如此模樣，不過他如今見了花顏，很快就會好了。」

夏澤疑惑不解。

夏緣抹了抹眼淚，拍了拍他的頭說：「情深似海不是一句空話，但世間又能有幾人兩情相悅情深似海，以山海之盟締結連理？太子殿下與花顏便是那少數的人。因為情深，所以感同身受，哪怕陸世子刻意隱瞞，也沒瞞得過他。」

夏澤恍然，唏噓不已。

夏緣微笑：「我願我的弟弟以後也能找到兩情相悅之人。」

夏澤臉一紅，小聲說：「姐姐與姐夫也是如太子殿下與顏姐姐一般嗎？」

夏緣笑了笑，眼見花灼隨著陸之凌出了獵戶人家，已走遠，但那一身清華的背影，即便走遠了，依舊在人群中一眼就能讓她看到。

她笑著輕聲說：「感情有很多種，有轟轟烈烈，自然就有細水長流，我們與太子殿下和花顏不同，他們求的是海枯石爛，上窮碧落下黃泉，生死相許。而你姐夫太好，我不敢求太多，怕折了福氣，只求這一世就好。這一世能得他眷顧疼愛，我就知足。」

夏澤看著夏緣說起花灼明亮的眼眸，水汪汪的，極其漂亮，他認真地說：「姐姐，你很好，你會的東西也很多，在懷王府裡我見過很多女子，沒一人如姐姐這樣。我雖還沒有走出去看更多，但我想，應該也沒有幾人能比你好，所以，你不要妄自菲薄，會慣壞姐夫的。」話落，他癟起嘴角，「他確實很會欺負人。」

夏緣大樂，伸手捏了捏他的臉，也許是花顏保住了性命讓她心情好了，也許是花灼雲遲來了讓她寬了心，她笑著說：「是呢，真不能慣著他，弟弟說得對，以後我要時不時地欺負回去。」

夏澤無奈地躲開夏緣的魔爪，後退了兩步：「不與姐姐說了，我也去軍營了。」

夏緣擺擺手。

夏澤轉身去了軍營。

屋中，雲遲來到炕前，看著花顏，很想抱起她，但看著她脆弱的模樣又不敢動她，他小心翼翼地去摸她的臉，指腹輕觸，覺得肌膚嬌嫩至極，吹彈可破，此時的她，就如瓷娃娃一般，似他一碰就要碎掉。

他明明自見了她後，身體奇跡般地好了，但是心卻更疼的厲害了，他幾乎半跪在炕前，手剛碰到她的臉，便縮了回來，伸手握住了她的手，她的手骨冰涼柔軟，他攤開她的手掌心，將臉埋在了她的手心裡。

他自出生起，被立為太子儲君，從小到大，金尊玉貴，錦衣玉食，身分是一人之下萬人之上，甚至不止，他的父皇自他監國後，很多事情都聽他的，可以說，他從沒為什麼人什麼事兒如此難受煎熬過，除了花顏。

普天下也只有一個花顏讓他如此。

自從川河谷大水後，不見其人便被他放在了心裡的姑娘，他傾之慕之，想妥善存之，安穩放之。可是沒想到，為了他，為了南楚江山社稷，她為他做的太多，以至於，受了重傷。若他沒有感知到感同身受，她根本就不打算告訴他。

身為儲君，未來帝王，他自幼所學，是社稷是江山大業，任何時候都不能輕忽自己。

可是，這一路上，他冒著風雪而來，想的最多的是，她要是死了，上窮碧落下黃泉，他都要陪著，哪怕她生氣，哪怕他不孝不該，哪怕他背負千載罵名被後世口誅筆伐，他也要陪著。

他想著，四百年前，懷玉帝對花靜一定不是深愛，若是深愛到骨血裡恨不得將她吞進腹中藏著收著，他一定不會丟下她獨自一人赴九泉。若是他，花顏死，他陪著，他死，也必定要拉上花顏一起陪著他。

他不知道這世間別人都是如何對待情愛一事，他所瞭解到的關於他父皇和母后，關於他姨母與武威侯，關於朝中文武百官們，關於天下富商百姓們，大多數人都妻妾成群。

他父皇說深愛她母后，為了綿延皇室子嗣，三千後宮都住滿了。

武威侯說深愛姨母，但武威侯府的妾室同樣有好幾房，住滿了侯府內院的所有院子，庶出子嗣有好幾個，雖不受他疼愛，雖及不上蘇子斬嫡系公子的地位，但都是他的子女。

朝中的文武百官只有少數那麼兩個人沒有妻妾成群，是因為一個家有悍婦，一個不喜女色有龍陽之好。

天下的富商們因為有很多銀子，以多納妾顯示自己的本事，大多數喜好炫耀。

平民百姓家裡，是因為窮苦，娶不起，才會一個丈夫一個妻子地過日子。

他唯一僅見的只臨安花家與這世人都不同，臨安花家所有人皆是一個丈夫一個妻子，世世代代，家族和睦，夫妻和美，未聽聞一絲半點的齟齬。

他以前不知臨安花家到底如何夫妻深情，但住持方丈說四十年前臨安花家便有他這樣感同身受之事出現過，他想，大抵他也不算是天下獨一個，恨不得將心愛之人吞食入腹，連自己都覺得可怕的人。

他真的很愛花顏，愛慘了花顏，愛到骨血相連，恨不得成為一體。

愛到他連自己幾乎都不認識自己了。

如今，他能感同身受她的疼和痛，也算是身與心都是一體了吧？

他千思萬想著，臉埋在花顏手心裡，許久許久都沒動。

屋中極靜，落針可聞，沒有一人進來打擾，就連小忠子進來瞄了一眼花顏後，看到這樣的雲遲，都悄悄地關上了房門退了出去。

直到花顏的聲音響起，才打破了房中的寧靜。

花顏的聲音細若蚊吟的沙啞：「堂堂太子呢，這般沒出息，你見到我，不是應該抱著我哄著我趕快醒來嗎？怎麼蹲在炕沿邊哭起來了？我的手裡可存不住尊貴的淚。」

雲遲猛地抬頭，眼前一片迷濛，他這才發現，竟然不知何時落淚了。他卻顧不得伸手擦淚，睜著眼睛，便這樣看著花顏。

花顏費力地抬手，雖極慢，但還是觸碰到了雲遲的臉，指腹輕輕從他眼簾處擦過，指尖一片濕潤，讓她心疼不已地癟起了嘴角：「好心疼啊！雲遲，你怎麼能讓人這麼心疼呢？」

雲遲猛地伸手握住她的手，將她的手貼在了他的臉上，眼眸緊緊地鎖住她，一刻也不想放開，動了動嘴角，沒能發出聲音。

花顏輕聲虛弱地說：「抓著我的手不管用，我很想你呢，快抱抱我。」

雲遲聞言立即鬆開了她的手起身，大約是蹲的太久，腿麻了，趔趄了一下，但仍舊忍著麻穩穩地站住，小心地伸手托起了她的身子，將她抱了起來，抱在了懷裡，順勢坐在了床上。

花顏動了動腦袋，將臉埋在了他心口處，深深地吸了一口氣，小聲嘟囔：「唔，鳳凰木的香味，我這幾日想瘋了，就恨不得你立馬出現抱抱我……」

雲遲抱著花顏，覺得輕若羽毛，他說不出任何責怪的話，沙啞地說：「既然想我，為何不讓我來北地？為何受了如此重傷非要瞞我？」

花顏輕歎，軟軟地說：「人就是這麼奇怪？我既想你顧著江山天下社稷朝綱責任，又想你不顧一切疼我愛我寵我眼裡心裡全是我。理智與感情，傾軋拔河，但終究，我還是……」

雲遲接過她的話：「終究還是願我重天下重過你嗎？」

花顏抬眼，看著雲遲的眼睛，雲遲也看著她的，清泉般的眸光一片深情濃郁。

花顏盯著雲遲的眼睛看了一會兒，慢慢地搖搖頭，改口說：「女人慣會口是心非，我不想一個人孤孤單單，心裡還是想你陪著我。」頓了頓，一字一句地擲地有聲地補充，「不是走黃泉路，而是活著走這世間路。」

雲遲眸光一剎那露出璀璨的明亮的光澤，他眸中似落了日月星辰，緊緊地看著花顏，暗啞的聲音問：「當真？」

花顏肯定地點頭：「嗯，當真。」

雲遲看著她，慢慢地緩緩地笑了，伸手輕輕點她鼻尖，眼底的星辰落滿了春風的溫柔：「這可是你說的，不准食言。」

「嗯，不食言。」花顏伸手費力地摟住他的脖子，深深地嗅著他身上清冽的鳳凰木香，喃喃道，「就算閻王爺掐著我喉嚨拖我入地獄，給我扒下一層皮，只剩累累白骨，我也要爬著出鬼門關，與你相守一世。」

雲遲心中觸動，眼睛又一瞬間的濕熱。

她大約就是這樣的女子，為愛不惜飛蛾撲火，四百年前，懷玉帝終究不懂她的愛。幸好，四百年後，他懂。

他不止懂，對她的深情同樣如山如海。

他抱著花顏，恨不得與她融為一體，只關情，無關慾。

花顏不再說話，安靜地任雲遲抱了好一會兒，才滿足地輕歎：「上天待我終究算得上仁厚，又給了我一條生路。」

雲遲低頭看著她：「上天有好生之德，你這麼好，連上天也捨不得的。」

花顏輕笑：「上天估計是憐憫我，或者我是沾了你這個上天所定的真命天子的光，不想我禍害你陪我去死，為了眾生百姓，放了我。」話落，又伸手摸著他的臉，「你說你怎麼這麼傻？竟然與我一樣遭這個罪。」

雲遲搖搖頭：「我恨不得以身代你受罪，只是可惜，不能代替你。」

花顏笑看著他：「不但不能代替我，還多了一個你遭罪。」話落，她指尖劃過他眉目輪廓，溫柔地問，「如今見了我，還疼嗎？」

雲遲搖頭：「不疼了，已好了。」話落，眸光滿是心疼，「我知你如今依舊渾身疼痛，我倒希望，繼續陪著你一起疼痛。」

「傻。」花顏又笑，「你這般被折騰的模樣已夠我心疼了，哪裡還有你這樣繼續想找罪受的人？你如今來了，多抱抱我，我就不疼了。」話落，她輕歎，「小時候聽祖父祖母說起當年他們情深如海感同身受時，我常覺得羡慕，如今，輪到自己，我一點兒都不覺得羡慕了。」

雲遲輕抱著她，也輕輕地摸著她眉目臉龐，他明白她話裡隱藏的意思，那是跨越了四百年的遺憾與辛酸，在情愛上，她是被辜負的那一個。如今，他與她感同身受，她太明白自己遭的罪有多疼痛多煎熬，所以，是反過來心疼他捨不得他了。

得了她的厚愛，真真正正是這世間最大的福氣，他不明白怎麼有人捨得讓她傷心難過痛楚？

他低下頭，蜻蜓點水般輕輕吻她唇邊，輕而重地說：「花顏，死生相隨，永不相負。」

花顏摟著雲遲脖子的手緊了緊，重重地點頭，以前，她壓制著克制著感情，理智地鋪好所有那些她自己認為對雲遲好的路，但是如今，一腳踏入了鬼門關，她算是真真正正地醒悟了。

她捨不得他，早已經與他身心骨血相連，上窮碧落下黃泉，只要他甘願，她都與他一起。今生，她拼盡所有的力氣，也要陪著他生，陪著他坐攬南楚江山，陪著他熔爐百煉天下。

雲遲這麼好，她捨不得讓他傷心絕望，深愛一個人，大概就是給他所需的，若他生命裡必不可少她，那麼，她就把自己的命交給他，除了他，誰也不能奪走。

花顏因為雲遲的到來而醒來，掙扎著與他說了半晌話後，終於受不住，眼簾漸漸地闔上，在他的懷裡昏睡了過去。

雲遲正說著話，聽著花顏沒了聲，均勻的呼吸聲傳出，這才知道她睡著了。他又是一陣心揪的疼，他如今見了她，身體已好了，可是她定然還極其煎熬難受。

他怕她睡的不舒服，輕輕地將她放回了炕上，給她蓋上了被子。

小忠子聽到屋中沒了說話聲，悄悄探頭瞅了一眼，見花顏睡著了，小聲問：「殿下，您兩日滴米未進，用些飯菜吧！」

雲遲倚在花顏身邊，眼睛捨不得從她臉上離開，手握著她的手捨不得鬆開，聞言頭也不抬地說：「沒有胃口，吃不下。」

小忠子臉一垮，太子殿下都見到太子妃了，太子妃雖身子不好，但總歸是沒有性命危險，怎麼還沒有胃口吃不下啊？他覺得他勸不了雲遲，看向一旁的采青。

采青早先也被花顏絕了脈息一事嚇壞了，如今醒來，依舊驚魂未定，得知花顏沒事兒，鬆了一口氣，見到雲遲來了，更是心底一鬆，她見小忠子看她，她也搖搖頭，這個時候，殿下心裡眼裡都是太子妃，哪裡還有胃口？

小忠子見采青搖頭，焦急地問：「那怎麼辦？殿下不能餓著？這樣下去，身子會垮掉的。」
采青想了想，無聲地說：「請少夫人來勸太子殿下吧！」
小忠子還不知道少夫人說的是夏緣，看著采青問：「誰是少夫人？」
「夏緣，花灼公子的未婚妻。」采青立即道。
小忠子眨了眨眼睛，恍然大悟，連忙點頭：「我去找她，她是在廚房吧？」
采青點點頭。
小忠子立即跑去了廚房。
夏緣已經想到雲遲奔波而來，想必這兩日如花灼一樣沒吃什麼東西，所以，在夏澤離開後，她又繼續下廚給雲遲做了幾個菜。
小忠子到了廚房，便聞到了一陣飯菜飄香，頓時覺得餓極了。太子殿下滴米未進，他這個做奴才的也食不知味，京城到這裡，等於一路喝著冷風來的。他深吸一口氣，邁進了門檻。
夏緣在做菜，獵戶人家的廚房不大，但十分乾淨，夏緣拎著鍋鏟在翻炒，天不絕在廚房裡一邊盯著熬人參湯，一邊給夏緣燒火。
見到小忠子來，夏緣說：「小忠子公公，太子殿下是不是餓了？飯菜馬上就好了。」
小忠子給夏緣打了個千兒，苦著臉說：「少夫人，您去勸勸太子殿下吧！他都兩日夜滴米未進了，奴才剛剛勸他吃飯，他說沒胃口，殿下自從太子妃受了重傷，便跟著一起感同身受，折騰了好幾日了。」
夏緣一聽立即放下了鍋鏟，不太相信自己能做好這件事兒地說：「我去勸管用嗎？」
「奴才和采青都不敢勸，殿下近來脾氣大著呢，奴才勸了多回，差點兒被殿下趕出東宮，您勸也許就管用，畢竟您是少夫人。」小忠子又拱手，「殿下再不吃飯，身體會垮的。」

夏緣聞言點頭：「我先炒完這個菜，一會兒去試試。」

小忠子頓時感恩戴德：「多謝少夫人。」

夏緣快速地炒完了手裡的菜，四菜一湯，端了托盤，出了廚房。

小忠子亦步亦趨地跟著，恨不得把夏緣供起來，覺得這麼色香味俱全的菜，就算太子殿下沒食慾，聞到了香味，看一眼，也許保不准就有食慾了。

夏緣來到門口，深吸一口氣，對裡面喊：「太子殿下。」

雲遲聽出是夏緣的聲音「嗯」了一聲，溫聲問，「可有事兒？」

夏緣立即說：「據說您已兩日滴米未進了，我特意炒了幾個菜給殿下，太子妃也不願意您餓著的，還請殿下保重身體，切莫任性。」

小忠子睜大了眼睛看著夏緣，對她頓時敬仰如滔滔江水，刮目相看。

雲遲聞言先是愣了一下，繼而啞然失笑，從花顏臉上移開視線，慢慢地坐起身，笑著說：「端進來吧！」

小忠子鬆了一口氣，心裡對夏緣千恩萬謝一萬遍。

采青立即推開了房門，讓夏緣進入。

夏緣端著托盤進了屋，采青和小忠子立即跟著進屋將屋中桌子上早先花灼等人吃了一半的冷菜殘羹收走，擺上了新的飯菜。兩葷兩素一湯一粥。

屋中霎時滿室飄香。

雲遲看了一眼，微笑：「不錯，堪比皇宮御廚。」

夏緣抿著嘴笑，看向床上的花顏：「太子妃最喜歡吃我做的飯菜了，她如今又睡著了，殿下多吃些，也算替她吃了。」

雲遲回頭瞅花顏，見她睡得熟，模樣純然，看起來十分香甜，他想著她可見是好多日沒好好睡了，如今能夠這般熟睡，顯然十分難得。

他點頭，對夏緣說：「將飯菜挪去堂屋吧！讓她先好好睡一覺。」

夏緣明白雲遲的意思，他不會如花灼一般惡劣，他吃著想鏡醒花顏，當然此一時彼一時。她笑著點頭：「聽太子殿下的。」

夏緣將飯菜挪去了外堂屋，雲遲出了內室，坐在外堂屋用飯。

夏緣擺好飯菜，本要去廚房，雲遲卻擺手讓她坐下，對她溫聲道：「說說這幾日吧！她是怎麼過來的？」

夏緣聞言坐下身，想起這幾日心驚膽戰，先是紅了眼睛，接著歎了口氣，怕他一邊吃她一邊說，他是吃不下飯的，於是道：「殿下先用飯菜吧！待殿下吃完了，我再與你仔細說。」

雲遲何其聰明，聞言點了點頭。

不多時，雲遲用完了飯菜，放下筷子，看著夏緣。

夏緣將當日花顏如何擺脫那統領帶著梅花印衛與五十萬兵馬的追殺，如何兩次動用靈力枯竭，如何受傷後疼的難受連覺也睡不著，幸虧有陸世子在，每日將她哄睡幾次，才熬過了這幾天。尤其是今日，花灼和雲遲沒來之前，一度氣絕，將他們所有人都嚇的魂飛魄散。

雲遲靜靜地聽著，夏緣說完，他久久沒說話。

夏緣怕他心中難受得落了鬱氣傷身，落下心疾，便道：「我觀殿下面相似病態明顯，我幫殿下把把脈吧，怕是需用些湯藥。」

小忠子立即在一旁說：「有勞少夫人了，殿下早先就得了風寒，一直未好，後來又因為太子妃……」

雲遲偏頭瞅了小忠子一眼，將手遞給了夏緣。

小忠子立即閉了嘴，期待地看著夏緣。

夏緣了然小忠子的未盡之言，從懷中拿出帕子，墊在雲遲的手腕處，隔著帕子為雲遲把脈。片刻後，她撤回手，拿回帕子，皺著眉頭道：「殿下的傷寒確實拖的太久了，傷了肺腑，且身體積鬱已久，需疏散鬱氣，我為殿下開個方子，殿下怕是要用上十天半個月的藥。」

「無妨，你只管開藥方子。」雲遲搖頭。

夏緣頷首，走到桌前，提筆給雲遲開了一個藥方子，小忠子剛要接過，她搖搖頭：「反正我每日也要給太子妃煎藥，一起將殿下的煎了就是了。」

小忠子縮回了手，又對夏緣道謝，如今的夏緣可不是昔日的太子妃身邊的婢女秋月了。她與在東宮時大為不同，身上隱隱有著與花灼三分相同的氣韻，讓人不敢輕忽。

夏緣拿了藥方，去了廚房，臨走前，對雲遲道：「殿下疲勞內傷，趕緊歇著吧！」

雲遲點點頭，回了裡屋。

花顏依舊躺在炕上睡的熟，他脫了鞋靴，將花顏摟在了懷裡，也閉上了眼睛。

小忠子悄悄地關上了房門，抬頭看了一眼低矮的房檐棚頂，想著這戶獵戶人家八輩子積德行善了，竟然住來了太子殿下、太子妃等一眾人物，待殿下與太子妃離開之日，這賞賜定然少不了的，這獵戶人家以後還用上山打什麼柴啊？一輩子吃穿不愁了。

雲遲的確是累了，躺在花顏身邊沒多久，便與她一起睡了。

夏緣到了廚房後，開始動手給雲遲煎藥，天不絕拿過藥方子看了一眼，點點頭，誇了一句：「嗯，可以出師了。」話落，又放下藥方子，感慨道，「太子殿下的確不錯，怪不得小丫頭掏心掏肺對他好，能如此感同身受千里奔波而來，死也值了。」

對於雲遲與花顏，他也是分外感慨，年歲輕輕，哪裡來的這麼多深情？

夏緣呸呸了兩聲，不滿地說：「師父您就是這張嘴不討喜，明明是好話，到你嘴裡，說什麼死不死的。花顏是不會死的，她會好好地活著的。有太子殿下在，她才捨不得死呢。」

天不絕翹了翹：「能耐了是不是？有花灼護著你，竟然動不動就教訓起師父來了？」

夏緣一噎，扭過身，不再理他，所謂一日為師，終身為父，面對這個師父的脾氣，這麼多年她也瞭解透了。

天不絕嘟囔了一句：「臭丫頭，所謂生死有命富貴在天，沒有人能夠不死，人活一輩子，或早或晚，都會一副棺材一杯黃土。死生看淡，情深情淺別太執著，才能活得暢快。」

夏緣腳步頓住，回轉身，看著天不絕：「師父這話說得也有道理，但終究這樣的話，雖是暢快了，但一輩子難免有遺憾之事。」

天不絕聞言默了默，確實有遺憾之事，他這一生，唯一的遺憾便是不曾抗爭過，終究在日復一日中，將遺憾落在了心底，拔也拔不出。他深深地歎了口氣，擺擺手：「小小年紀，凡事兒看的這麼透，我看你快成精了。」

夏緣又氣又笑，她不過說了一句罷了，與成精何干？他才是覺得這老頭的脾氣越來越怪了。

將人參熬了兩個時辰後，天不絕吩咐夏緣：「將這碗參湯趕緊端過去，喂她喝下。」

夏緣點頭，端著人參湯去了裡屋。

小忠子早累的熬不住去歇著了，采青站在門口，見到夏緣來了，悄聲說：「殿下和太子妃似都睡著呢。」

夏緣道：「喊醒吧！這參湯要趕緊讓太子妃喝下。」

采青點頭，輕輕對裡面喊：「殿下？」

雲遲雖睡的沉，但二人說話的動靜還是讓他醒轉了，聞言「嗯」了一聲，問，「何事？」

夏緣道：「參湯熬好了，要讓太子妃趕緊喝下。」

雲遲立即坐起身：「端進來。」

采青打開門，夏緣端著參湯進了裡屋。

雲遲看著兩大碗參湯，又看著花顏熟睡的臉，有些捨不得喊醒她，但也知道她必須要喝了參湯，於是，將她抱起身，輕輕拍著她的臉：「花顏，醒醒，喝參湯了。」

花顏這些日子幾乎沒睡一日好覺，如今雲遲來了，她見了人，似心底一塊大石落了地，一下就輕快了，睡的沉，以至於雲遲輕輕喊了一會兒也沒將人喊醒。

夏緣在一旁瞧著，好笑地說：「殿下，您這樣是喊不醒太子妃的，我來吧！」

雲遲抬眼看著夏緣，蹙眉：「她本就身子疼痛難忍，我若是用力推她，怕她疼。大聲喊她，萬一驚到她……」

夏緣想著太子殿下這是將人呵護到什麼分上了，連她這個自小陪著花顏長大的人都看不過去了。她無奈地笑：「不會的！沒事的！」

雲遲便大聲喊花顏，花顏依舊不醒，雲遲喊了一會兒，似也沒轍了，看向夏緣。

夏緣將參湯湊近花顏鼻息，參湯熬了兩個多時辰，散發著濃郁的香味，沁人心脾。她誘惑地說：「花顏，我熬了湯，你快醒來哦，否則這麼好喝，沒你的份了。」

雲遲盯著花顏。

不多時，花顏當真悠悠醒轉，半晌後，睜開了眼睛。

雲遲也被逗笑了，伸手點花顏鼻尖：「果然是一隻小饞貓，需要饞著才管用。」

花顏「唔」了一聲，「好香。」

「喝參湯了，你一碗，太子殿下一碗。」夏緣端起一碗，乾脆遞給雲遲，她知道有太子殿下在，餵花顏的活他應該不想假手於人。

果然雲遲痛快地端過參湯，攪拌了一下，微微地試了試溫度，舀了一勺餵花顏。

花顏乖乖地張嘴，喝下參湯。

不多時，一碗參湯見了底，雲遲對夏緣說：「我的那碗不喝，都給她喝。」

夏緣搖頭：「參湯雖好，但也不能一次喝太多，殿下身子骨身繫南楚江山萬民百姓，同樣身繫太子妃性命，定要仔細愛惜，還是趕緊喝了吧！」

花顏伸手拍拍雲遲的臉，睡了一覺，喝了參湯，似有了些力氣：「放我躺下，你去喝，將自己折騰成這副樣子，都不俊俏了。」

雲遲失笑，輕輕放下花顏，接過夏緣手裡的另一碗參湯，很快就喝了下去。

「牛嚼牡丹。」花顏批評他喝的太快，「這麼美味的參湯，是要細細品的。」

雲遲哪裡有心情品，只想陪著花顏睡覺，他將空碗遞給夏緣，夏緣好笑地拿了空碗出去後，關上門，雲遲又躺回床上，問花顏：「身子還疼嗎？」

「好多了。」花顏搖頭，「自從見了你後就不太疼了。」

雲遲點點頭，輕輕拍著花顏：「繼續睡吧！我知你還睏著。」

花顏頷首，又閉上了眼睛，很快就睡著了。

雲遲也跟著不多時睡了過去。

二人這一睡便睡到了第二日午時。

歇了一晚上的花灼、陸之凌等人在清早起來後，早早地來了獵戶人家，得知二人還睡著，便在外堂屋喝茶等他們醒來。

夏澤給花灼倒了一盞茶：「姐夫，喝茶。」

花灼喜歡聽他喊姐夫，心情極好，接過了茶喝了一口，放下後，不知從哪裡拿出了一把匕首，遞給夏澤：「昨日匆忙，未曾給你見面禮，如今補上。」

夏澤一愣，看著花灼遞過來的匕首，手柄尋常普通無奇，但他聰明地知道，花灼不會給他一把普通的匕首，於是，他立即伸手接過匕首道謝：「多謝姐夫。」

他說著，打開了匕首。

「好一把匕首。」陸之凌見了，當即大讚。

匕首刃柄輕薄如蟬翼，外看著樸實無華，但打開後，細看之下，泛著淡淡青光。這樣的匕首，怕是削鐵如泥，普天下也沒兩柄。

「不用謝，你告訴我令尊令堂喜好什麼就是了。」花灼微笑地說。

夏澤一愣，看著花灼，頓時意會了他的意思，他這是要準備登門求娶他姐姐了。夏緣自小不在家，這麼多年，一直長在花家，其實他不用問他父母喜好什麼去討好，但他這般問了，顯然是珍重夏緣，可見一片心誠求娶，因此尊重敬重他的父母。

夏澤認真地說：「父親這些年一直最想的就是找到姐姐，母親一直最想得到父親的看重，幫他找到姐姐，了他心事兒，至於喜好，父親喜好茶，母親喜好琴。」

「嗯，我記下了。」花灼頷首，「給你匕首做見面禮是想讓你防身，你喜好什麼，只管和我說，和你姐姐說也行。」

夏澤站起身，拱手：「多謝姐夫。」話落，不客氣地說出心中的想法，「我想習武，父親昔日給我請的武師已不可教，若是姐夫得閒，還望指教我一番。」

花灼痛快點頭：「好說，我記下了。」

夏澤重新坐下身，愛不釋手地把玩匕首，可見十分喜愛，這個見面禮花灼是送到了他的心上。

程子笑自從昨日見了花灼，心中暗暗地讚歎稀奇這位臨安花家的公子，怪不得曾經敢從太后手裡奪悔婚懿旨，花家這對兄妹，真是稀世少有了。

他咳嗽一聲，問花灼：「花兄可否查到背後之人？」

花灼放下茶盞，聲音平靜：「沒有。」

五皇子頓時道：「連花家都查不出背後之人，可見這人隱藏的何其深何其厲害。」話落，又擔心地說，「如今四哥來了這裡，京中只有父皇，以父皇多年不理朝政來說，怕是壓不住鬼魅魍魎。若是有人趁機作亂，後果不堪設想。」

程顧之道：「五皇子也無需多擔心，太子殿下既然敢來這裡，京中想必做好了安排。太子殿下雖擔心太子妃，也不是不顧忌朝局之人。」

五皇子點頭：「還沒來得及問四哥。」

花灼淡聲道：「花家雖累世千年，但從不涉皇權，最多涉獵的是農工商三處，如今花家暗線查不到什麼，想必背後之人不是隱藏在京城朝局中，就是隱藏在世家中，也只有這兩處，花家雖有暗樁，但幾乎無根基，所以查不到。」

陸之凌道：「京中一帶，論勢力之最，非太子殿下與子斬莫屬。天下各大世家的話，南楚世家林立，這範圍可就廣了，還真不好說。」

花灼道：「只要朝局穩固，不出亂子。如今北地那統領已露面，查出來，是早晚之事。」

眾人點頭，想著朝局可千萬別出亂子，希望雲遲的安排萬無一失。

這一日是冬日裡難得豔陽高照的好天氣，陽光透過獵戶人家紙糊的窗子透進來，屋中炭火燒的旺，暖意融融。

花顏醒來，睜開眼睛，幾乎在同時，雲遲也睜開了眼睛。

花顏睡眼惺忪，剛醒來，渾身都透著懶洋洋的氣息，她看著雲遲歇回了幾分神采，對他露出笑臉，輕輕軟軟地說：「早啊！」

雲遲初醒來，便被花顏的笑容晃了眼，他偏頭向外看了一眼，伸手捏了捏她的鼻子，啞然失笑：「不早了，怕是已第二日中午了。」

花顏「唔」了一聲，動了動身子，腦袋往他懷裡湊了湊，蹭了蹭他心口，嬌軟地說，「這麼些日子，終於睡了一個好覺。」

雲遲伸手拍了拍她，低聲問：「身子可還疼？」

花顏搖搖頭：「有一點點，只一點點。」

雲遲看著她，她的手已探入了他衣襟裡，調皮地摸他心口，可見這話是真的，他心底也跟著愉悅輕快起來：「可見五百年人參的確有效用。」

「嗯。」花顏點頭，手指在他心口點了點，又勾勾畫畫了一番，才順勢摸著他的肌膚環過他的腰，貪戀他肌膚溫暖，小聲小聲地說：「雲遲，我想你了。」

此想非彼想，昨日說的想與今日說的想自然不同。

雲遲呼吸一窒，立馬抓住了花顏的胳膊，將她作亂的手從他衣襟裡抽了出來，氣血翻湧片刻，也小聲小聲地說：「你身子不好，不要引誘我。」

花顏無辜地看著他，眼神純真無比，控訴道：「雲遲，您亂想什麼不著調的呢？我知道我身子不好，我就是想你了啊，又沒說別的。」

雲遲又氣又笑地看著她，湊近她耳邊說：「等你身子好了，我饒不了你，身子剛好一點，就不老實想捉弄人，小壞蛋。」

花顏伸手摟住雲遲的脖子，不懼他威脅地說：「我就是想你了呢。」

一句兩句的想你，被她說的軟的人心都化了。

雲遲深吸一口氣，無奈地笑看著她：「你再多說一句，我就要頂著寒風沖冷水了。」

花顏低低地笑了起來，臉在雲遲的下巴上蹭了蹭，輕輕感慨：「雲遲，活著真好。」

雲遲頓時心疼得心都不是自己的了，他伸手緊緊地將花顏抱住：「活著是很好，你會與我一起一直活著的，我們會相守一世，生生世世的。」

花顏捏他：「一世已然不易，求生生世世未免太貪心。」

「就要貪心。」雲遲低頭吻她眉心，「只有生生世世，才能盛得下我對你的愛。」

花顏心中觸動，心也跟著化成了暖暖的軟軟的一池溫泉，抿著嘴角笑：「我的太子殿下啊！怎麼連貪心都這麼可愛呢。」

「那你願不願意？嗯？」雲遲問。

「願意，我是中了你的毒，一輩子也不想要解藥，生生世世也不想解。」花顏微笑，想著雲遲與懷玉是真真正正的不同。

她的熱烈懷玉從來就承受不住，所以，到死他都不曾碰過她。雖有他身體的原因，但主要還是他是個以江山為重的人，待江山，重過待她。

懷玉是個溫潤公子，謙和有禮，彬彬風采，他不敢求太熱烈的感情，他承受了太多東西，已承受不住感情一事，四百年前，她懂也不懂，所以，不曾逼他太緊，捨不得逼他，便順從了他的感情，和風細雨，不給他負擔。

但她沒想到，直到他死，卻丟下了她。

她不知道是不是他那麼聰明的人早就知道了她是花家的女兒，在臨安打開通關大門的那一刻，他也許就知道了其中有她的手筆和首肯，是她放了太祖爺通關。

他重江山，臨死前沒有與她說一句半句的埋怨和惱恨，但卻自己去九泉下請罪，也不願意將她帶去陪著他一起見後樑列祖列宗。

他不是沒有愛，但他的愛，永遠不給她開啟飛蛾撲火的大門。

哪怕她隨後服毒自盡，也找不到門，死生間徘徊，也不見他。

而雲遲，他是這樣強烈的感情，緊抓住她死也不放手，卻讓她一點一滴地再也非他不可。她鬼門關走兩遭，如今這回才終於明白了，愛與情這兩個字。

深愛給一個需要愛的人，便是幸福，給一個不敢需要愛的人，便是負擔。

四百年前，她給懷玉，是負擔，如今給雲遲，他甘之如飴，如含蜜糖。

既然如此，她便該放開懷玉，亦放開她自己對自己的禁錮，她早晚有一日，會將魂咒解開，將懷玉從靈魂上放生，這身這心，徹徹底底都給雲遲。

雲遲能感受到花顏對他的感情，這一回，真真正正地感受到了，她的心在他的面前再沒蒙著雲霧，他能感受到她與他一樣的如海深情，她看著溫溫柔柔，其實便是這樣熱烈的女子，只要一心認定，飛蛾撲火也在所不惜。

他心中欣喜無限，恨不得將她揉進身體裡，好好地疼愛，但偏偏如今她身體不好，他只能忍著不敢妄動，這是甜蜜的折磨，但他卻真的甘之如飴。

他輕撫著她的臉，似水溫柔，嗓音低切：「花顏，你真是讓我疼到了心裡。」

花顏蜻蜓點水地吻他唇角，不敢招惹太過，笑吟吟地說：「誰說不是呢？雲遲，你也一樣讓我疼到了心裡。」

雲遲想按住她吻個夠，又怕傷了她，畢竟她身子骨真是弱得很，她的身體有多弱，怕是沒有人比他更清楚，他深深地吸了一口氣，又歎了口氣，輕敲她額頭：「俏皮。」話落，放開他，起身下了床，不敢再多躺一刻了。

花顏抱著被子看著雲遲，昨日他和衣而睡，如今衣袍上皺皺巴巴，獵戶人家的條件有限，住在這裡，真是沒有辦法講究，難為他為了她踏足這樣的地方了。

她想了想，對雲遲說：「我感覺我好多了，總不能一直待在這裡，今日我們就起程去北安城吧！北安城的百姓們也不能一直不歸家。」

雲遲正要喊小忠子送來衣袍，聞言回轉身，問：「當真可以行路？」

「嗯，當真可以的。」花顏道，「馬車內鋪厚一些被褥，放兩個暖爐就好。」

雲遲笑道：「我來時便是這般。」

花顏想到他因為她感同身受，卻依舊忍著疼痛一路走來，想必受了太多苦，心疼地說：「那今日就去北安城，我想好好沐浴，這幾日，每日都出虛汗，跟在水裡泡似的，難受的很。」

雲遲點頭：「好，聽你的，今日就走。」話落，他對外喊小忠子拿衣袍。

小忠子一直守在門口，聞言連忙跑去馬車上拿衣袍，不多時，就給雲遲送了進來。

雲遲換了衣袍，淨了面，采青進來侍候花顏，被雲遲揮手擋了，親自侍候花顏淨面換衣。

花顏身子依舊軟的很，沒什麼力氣，只不過氣色微微瑩潤了些，有了兩分血色，看著沒那麼蒼白嚇人了。

雲遲給她收拾妥當後，才吩咐人打開房門，告訴外面的人可以進來了。

花灼等人已在外堂屋坐了半日，知道二人醒了，已收拾妥當，這才進了裡屋。

花灼走到炕沿前，仔仔細細地看過花顏後，道：「還好，沒死成。」

花顏瞪眼：「臭哥哥。」

花灼扭過身，不再理她，對外面吩咐：「花離，告訴少夫人端飯菜過來吧！妹妹已經醒了，等著她投食呢。」

花離偷笑著應了一聲，立即去了廚房。

「沒良心，我若不趕來，你早去見閻王爺了。」花灼冷哼了一聲，「那日我感知到心生慌亂，便料到是你出了事兒，沒想到還是晚了一步，幸好你命不該絕。」

花顏看著花灼：「原來哥哥也感知到了？」

花灼道：「不止太子殿下和我，還有子斬，他的信今日一早通過暗線送了來，料知你出了事兒，後悔那些年把所有的人參都用了，沒能留一株。」

花顏聽到花灼的話，愣了好一會兒，雲遲和哥哥對她感同身受也罷了，子斬怎麼也感應到她出事兒了？

他能感應到她出事兒，是否也就是說，他對她用了深情？藏在深處？並沒有因為她愛上了雲遲，並沒有因為她與他變成了知己之交而收回？

若是這樣的話，她救了他的命，卻禁錮了他的心，怕是讓他一輩子再也不能愛上別的女子，她再不能報還一分，夜深人靜，他怕是心中自苦。

她忽然不知道救他是對還是錯了。

她本來因為見到雲遲，雀躍愉悅的心情，因為花灼這句話，霎時煙消雲散。

雲遲也收了笑意，對花灼問：「他的信呢？給我看看。」

花灼瞧著他，也不隱瞞，將蘇子斬的信從袖中抽了出來遞給了他。

這封信很短，詢問是不是花顏出事兒了？他突然心有所感，揪心扯肺，猜測是她出事兒了，若真出了什麼事兒，一定不要瞞他。他本已離開神醫谷，要來北地，得知雲遲已來北地，京中空虛，恐防事變，花顏最需要的一定是雲遲，所以，他決定回京幫他穩固京中形勢。

其中言道半年前，他在湯泉山寒症發作，沒用雲遲送去武威侯府的那株五百年老山參，而是用了陸之凌送去的九炎珍草，後來，花顏讓安十六送了諸多好藥前去給他，他都帶去了桃花谷，都被天不絕給他用了。但按理說，東宮應該還有一株五百年老山參才是。

雲遲看完信，微微蹙眉，詢問小忠子：「送去武威侯府的那株五百年老山參，蘇子斬沒用，後來那株老山參呢？哪裡去了？」

小忠子一怔，回想道：「您命人將那株五百年老山參送去了湯泉山，但是怕子斬公子知道是您送的不用，暗中給太醫院的鄭太醫讓其私下為他服下，不讓他知道。但後來不知怎地，還是讓子斬公子知道了，拒服那株老山參，用了陸世子送的九炎珍草，但九炎珍草性烈，當時子斬公子情況十分危急，恐稍有不慎，便有性命之憂，所以，鄭太醫將那株五百年老山參還是配合九炎珍草給子斬公子偷偷用了。」

雲遲點點頭：「蘇子斬不知？」

小忠子搖頭：「不知，沒敢讓他知道。」

雲遲頷首：「這就是了，五百年老山參早就用完了。」

這時，天不絕從外面走了進來，聞言哼了一聲：「九炎珍草雖性烈，但對付寒症卻是極好的藥，根本就用不到五百年老山參配以入藥，配以五百年老山參，反而抵消了它大半的效用，哪個太醫如此愚蠢，純粹是扯蛋之談。」

雲遲聞言看向天不絕。

小忠子立即說：「是太醫院的鄭太醫。」

天不絕道：「夏緣那丫頭在十歲時就懂得這個藥理，這位鄭太醫是怎麼混進太醫院的？如此暴殄天物糟蹋好藥，這麼多年沒弄出人命是他造化大。」

雲遲皺眉：「他是太醫院裡最好的太醫。」

太不絕聞言抬眼：「若他是太醫院最好的太醫，那就更不用說了，豈能不知道九炎珍草與五百年老山參放在一起發揮不到最大的效用暴殄天物？他安的是什麼心？」

雲遲沉了眉眼，問小忠子問：「太醫院的鄭太醫似乎告老了？」

小忠子立即點頭：「回殿下，正是，自從在湯泉山救了子斬公子後不久，他就言再也不禁嚇，受不住，告老了。您那時正去了西南境地，皇上當初還十分捨不得，但念在他待在太醫院多年，勞苦功高，准了他告老。」

雲遲聞言立即喊：「雲影。」

「在。」雲影現身。

雲遲吩咐：「派人查已告老的鄭太醫。」

「是。」雲影應是，立即去了。

花顏看著雲遲，不解地問：「武威侯府不是有一位專門為子斬專診的孫大夫嗎？為何當初派了太醫院的鄭太醫前往湯泉山？」

雲遲道：「孫大夫當日似不在武威侯府，所以，武威侯府的人得到消息後，立即請了太醫院的鄭太醫。」

花顏點頭：「若是依照天不絕這樣說，那位在太醫院任職多年的鄭太醫定是有問題了。但如今他已告老還鄉七八個月之久，怕是不好查。」

雲遲點頭：「總要查查他是生是死。」

花顏頷首。

雲遲折好信箋，見她已有些沒精打采，再也開心不起來，他也明白她的心情，是他強硬地將她拴在了自己身邊，雖然若沒有他，她也許在蠱王宮就被暗人之王殺了，蘇子斬也會無藥可救而死，但到底，他也算是做了不君子之事。

他未見其人傾慕多年，做不到面對她一躲再躲地抗拒不用手段，自然沒辦法做君子之事。這件事兒，他無論什麼時候，都不後悔。

但對於蘇子斬來說，多多少少，都是不太公平的，他也知道。

他不想讓她再多想，轉了話題，對花灼道：「可查到了那統領與三十萬兵馬的蹤跡。」

「尚無消息。」花灼道，「這人也是厲害了，將人性的狠用到了極致不說，且十分善於謀算，頭腦敏銳，動作迅速，要想再找到他，怕是不容易。」

雲遲道：「普天下撒網，慢慢地找，總能找到。」

「也只能如此了。」花灼點頭。

「我們什麼時候離開此地？」陸之凌這時開口問。

雲遲道：「今日便起程，先前往北安城，北安城百姓們需要安頓，花顏也需養傷，不宜奔波太遠，北安城最近。」

陸之凌道：「既然如此，我稍後就吩咐下去，拔營起程。」

「嗯。」雲遲點頭。

眾人又閒話了片刻，商議妥當，用過了午膳，起程離開此地前往北安城。

在離開之前，雲遲命小忠子詢問獵戶人家願不願移去北安城定居，並給了厚厚的賞賜。

獵戶人家老倆口與那兒子商量了半晌，最後決定移居北安城，因為獵戶人家的兒子老大不小了，早過了說親的年歲，十里八鄉沒有人家樂意將姑娘嫁來獵戶家裡，有了雲遲的賞賜，去了北安城，足夠他們這一輩子衣食無憂，娶個媳婦兒比再在山裡容易多了。

獵戶人家三口同意後，小忠子稟告了雲遲，雲遲頷首，示意讓士兵們幫忙搬家，帶上了這三人前往北安城。

雲遲的馬車裡鋪了厚厚的錦繡被褥，車簾用厚厚的棉布遮擋，裡面放了好幾個手爐，十分溫暖。

雲遲將花顏抱上了馬車，一行人起程，離開了此地。

花顏身子骨弱得很，在上了馬車後不久，躺在雲遲的懷裡又昏昏沉沉睡了過去。

雲遲看著懷裡的她，雖蓋著厚厚的被子，但她手指尖依舊冰涼，動用了本源靈力險些讓她性命不保，他還沒來得及問她，曾有一刻，他感同身受了死亡，他以為，大約是必死無疑了，後來又感受到了洶湧的憤怒與不平，之後，他便失去了意識，不知她後來是如何擺脫了死神之手，連帶著他也保住了性命的。

他想，她一定做了什麼，比五百年人參效用更大。

第一百零六章 坦言

因馬車行走在山路上顛簸，花顏沒睡多久，便醒來了，她睜開眼睛，見雲遲什麼也沒做，一眨不眨地看著她。她眨了眨眼睛，問：「我睡了多久？」

雲遲道：「大半個時辰。」

「你什麼也沒做？只這樣陪著我了？」花顏問。

雲遲微笑：「我無事兒可做。」

花顏看著他：「你離開京城幾日了，京中就沒有密信奏摺送來嗎？」

雲遲搖頭：「我已做了安排，也沒讓父皇給我送密信奏摺。我離京只父皇、德遠大師、住持大師以及福管家、方嬤嬤知曉，就連東宮的幕僚們也不知。是以不會有密信和奏摺送來的。」

花顏蹙眉：「這樣行嗎？耳目閉塞，萬一京中發生什麼事兒的話，怎麼辦？」

雲遲道：「我以前一直以為東宮銅牆鐵壁，以為我已掌控了朝局，如今北地諸事爆出，我方才覺得，我根基淺薄的很，東宮未必真是銅牆鐵壁，若有人真想撬，還是能撬開一角的，所以，我囑咐京中一切事宜，悉數由父皇做主，任何事情，不必告知我，就當我依舊在東宮，萬一密信或者奏摺流出被人查知，自然就會有人知道我已不在東宮了。」

花顏覺得雲遲說的極有道理，他監國四年，雖立穩了根基，但的確根基太淺。

臨安花家累世千年竟然短時間內都查不出來背後之人，可見，背後之人之厲害，隱藏之深。

如今雲遲是祕密離京，自然是越小心越好。

她柔聲說：「待我們到了北安城，安穩了城中百姓，你便回京吧！」

「你呢？與我一起回京？」雲遲看著她。

花顏想了想說：「我回花家，我們的大婚之期不足一個月了，總不能因此推遲吧！」

「自然不能。」雲遲搖頭，「查背後之人，急也沒用，既然隱藏了多年，可見善於隱藏，這一場博弈，怕是不是一時半刻就能解決的，那三十萬兵馬估計也不會一時半刻能找到。待我們大婚後，你養好身子，我們慢慢查著清算，就不信，找不出來。」

「嗯。」花顏點頭，往前湊了湊，將頭枕在了雲遲的胳膊上。

雲遲問：「還睡嗎？」

「不睡了，咱們倆說會兒話吧！」花顏搖頭。

雲遲低眸看著她：「想說什麼？」

「隨便說什麼都行，好幾個月沒見你了，總之有想要說不完的話。」花顏輕聲道。

雲遲笑了笑：「那說點兒開心的，你的嫁衣沒工夫繡，我已找了巧手繡娘給你繡了，直接送去花家。」

花顏笑：「哥哥也找了人給我繡了嫁衣，兩件嫁衣，你說我該穿誰的？」

雲遲失笑：「自然是穿我讓人繡的，你哥哥的那件留給夏緣，反正你與她身量相差無幾。」

花顏大樂：「倒也是，我大婚後，哥哥和嫂子也該大婚了。」

雲遲道：「夏緣變化不小，與在東宮時，不大相同了。」

花顏抿著嘴笑：「她打賭輸給我，被我騙到身邊做婢女，雖然我以姐妹待她，但她重諾，還真規規矩矩給我做婢女。如今她與我解了諾，養在哥哥身邊半年了，以前她一直覺得自己不好，配不上哥哥，無論我怎麼說，她都覺得是妄想哥哥。我猜哥哥估計使了法子，漸漸地讓她相信了他是真的喜歡她。我哥哥那個人你知道的，心黑的很，既然認定了她，自然變著法子欺負她，把人欺負的小貓爪子生出來撓他，漸漸地，她也就與以前不同了。」

雲遲點頭，笑道：「夏緣不錯，他有眼光。」

花顏更樂了：「你誇他不如誇我，她可是我一早就卜卦定了的嫂子呢。」

「哦？」雲遲挑眉，「還有這一樁事兒？說說。」

花顏笑著將她在初見夏緣時，便給她卜了一卦，她的姻緣遠在身邊近在眼前，除了天不絕與她，就是他哥哥，所以，她才故意騙她在身邊培養個稱心如意的嫂子。

雲遲聽罷好笑地說：「那麼早的時候你就給你哥哥找嫂子，還將嫂子帶在身邊養著，也是世間少有了。」

花顏也笑，小聲說：「那時候，花家的一眾堂姐妹們都比我大，我出生落了最小的十六姐姐好幾歲，我出生後，又渾渾噩噩不知今夕是何夕地過了幾年，待我清醒地認識到已是四百年後時，姐姐們都已經大了，所以，我很想要一個玩伴，正好為哥哥找到天不絕，卜卦後，便趁機將她拴在了我身邊，免得一個人無趣。」

雲遲伸手摸摸她的頭，笑著道：「查川河谷水患賑災的幕後之人，查到你時，我就該立馬前去花家找你，真不該為了在朝局上立穩腳跟蹉跎了五年，以至於待我覺得時機已到時，反而惹你大為反感，說什麼也不想嫁給我。」

花顏笑，伸手捏雲遲鼻子：「算小帳是不是？」

雲遲失笑，低聲問她：「如今心情好些了嗎？」

花顏撤回手，歎了口氣，笑著說：「好些了，是我對不住子斬，但願再有一個女子，能讓他入心。否則這一世，我總歸是救了他的人，欠了他情。」

雲遲見她開了口直言，輕聲說：「你沒欠他，算是我欠他的，待天下平定後，我給他選一個稱心如意的，人生還長的很，一輩子還遠的很，別那麼早下定論。人與人的緣分說不準的，若不然，等你好了，再給他卜一卦姻緣卦，也許，如你哥哥一般，能卜出來呢。」

花顏笑著點頭：「好，聽你的。」

雲遲見她心情真的好些了，又問：「那日，我曾感到距離死神如此之近，幾乎以為會死去，後來失去了意識，你是如何醒來的？」

花顏聞言想起那日，心中依舊氣血翻湧了片刻，輕聲說：「我想到了四百年前的事兒，絕望，憤怒，不甘心就此死了，大概是求生意念太強烈，所以，竟然扛過了那一劫。」

「那你身體的癔症，可有解了？」雲遲問。

花顏一直沒告訴雲遲她中的是魂咒，她早給自己和雲遲安排了路。自蘇子斬罵了她一回後，她仔仔細細認認真真地想了許久，雖心有猶豫，但到底鬆動了固有的想法。如今，她鬼門關走一遭，終於明白她捨不下雲遲，雲遲亦放不開他，那麼，他們唯一的路，就是同生共死。

所以，關於魂咒之事，她也沒必要瞞著他了。

於是，她看著雲遲的眼睛，輕聲說：「雲遲，我騙了你，我天生帶的不叫癔症，是四百年前，我給自己下的魂咒。魂咒是雲族的禁術，中魂咒著，生鎖死魂，永世無解。」

雲遲聞言臉色平靜，伸手輕輕抱了抱她，不出意料地說：「我就知道，你的癔症另有原因，一定不是癔症這麼簡單，沒想到，原來是雲族的禁術魂咒。」

花顏「嗯」了一聲。

雲遲問：「早先，你不想告訴我，是不是時日無多？所以，不想讓我陪著你。」

花顏點頭，既然說開了，也不隱瞞，索性將她的打算與雲遲一併說了，這是她一直壓在心裡的事兒，她的感情與理智一直做著拉鋸，直到這一回，她的感情終於戰勝了理智，做了決定。

雲遲既不能沒有她，她又何苦苦了雲遲亦苦了自己。

雲遲安靜地聽完了花顏的話，將她抱得緊了些：「五年還長，我們一起慢慢找法子，既然雲族的先輩們能創出魂咒，就一定會有解法，如今沒有，不代表以後沒有。也許，你就是解它的第一人。」

花顏蹭了蹭他心口：「雲遲，你不怪我嗎？」

雲遲搖頭：「我只是心疼，恨沒有早生四百年讓你先遇到我，那麼，我一定生死都陪著你，也讓你陪著我，你就不必經歷這些了。」

花顏笑著，眼中泛出淚花，摟住他脖子，又用力的蹭了蹭，軟軟地說：「雲遲，你怎麼就這麼好呢，讓我覺得，哪怕我掏心掏肺地對你好也不夠。」

雲遲低頭輕吻她嘴角，輕輕地品嘗：「花顏，我也覺得你好，讓我無論如何對你好，都覺得做得不夠好，反而你對我做得要比我對你做得多。」

「你我之間，又何須評定出個輸贏？無論是我待你之心，還是你待我之心，與做多做少不相干。我們的心是一樣的就夠了。」花顏輕喘著，此時的身體承受不了情緒波動過大，她微偏臉，不讓雲遲再吻，「若沒你，在南疆蠱王宮，以及這次一腳踏進鬼門關，我早去見閻王爺了。」

雲遲一時間沒能克制住自己，待發現她喘息厲害時，頓時有些懊悔，伸手輕輕地拍她，為她順氣：「是我不好，又惹你……」

花顏伸手按住他唇瓣，不讓他繼續說，喘息了一陣，平復了心緒，無奈地說：「這副身子真如紙糊的一般了，禁不得半絲風雨，不知要養多少時日。」

「慢慢養，總有養好的一日。」雲遲道。

花顏點頭，將臉埋在他懷裡：「我醒來後，還沒好好與哥哥說話，待到了北安城，定要問問他，他喊醒我時，對我做了什麼，為何我總感覺我身體似有氣流打著漩渦遊走。」

雲遲立即說：「可是十分難受？」

花顏搖頭：「不太難受，只是有些奇怪。」

雲遲立即道：「等到北安城做什麼？我現在就將他喊進來問問。」話落，對外面吩咐，「小忠子，喊大舅兄來車上。」

小忠子聞言應了一聲是，立即去喊了。

不多時，花灼來到了雲遲與花顏坐的這輛馬車上。

花灼進了車廂，在車頭拂了拂身上的寒氣和雪花，蹙眉道：「這天又下雪了，北地這雪怎麼這麼多？」

「北地寒冷，哥哥也要注意身子，但有不舒服，立即讓嫂子給你診脈開藥。」花顏慢慢地坐起身，聞言對花灼道。

花灼一撩衣擺，坐在了車內的團墊上：「操心你自己吧！她每日都給我把脈，生恐我受不住北地的寒冷。」

花顏撇撇嘴，這話聽著怎麼那麼得意?!

雲遲淡笑，說出了叫花灼來車上的目的：「大舅兄，你在喊醒她時做了什麼，為何她總感覺身體內似有氣流打著漩渦遊走？可是對他輸送了你本身靈力？」

「哦？」花灼看向花顏，「你當真感受到身體內似有氣流打著漩渦遊走？」

花顏點頭：「自然。」

花灼搖頭：「我是想對你輸送靈力，但試了幾次，都被你身體擋了回來，你體內似有一層防護罩，我的靈力根本就輸送不進你的身體。」

花顏不由愣了：「為何？」

花灼道：「我哪裡知道為何？我讓天不絕給你診脈，他也沒說出個所以然來。我本想等著進了北安城再與你說說此事，誰知道你這麼急，竟然先問我了。」

花顏看了雲遲一眼：「是我與太子殿下說話，提起此事，喊你來問問。」

花灼也看了雲遲一眼，自然知道對於花顏的身體，他比誰都關心擔心，他道：「按理說，你我一母同胞，靈力同出一源，同得傳承，我雖不及你後天修得的深厚，但也不差你太多，你身體本源靈術枯竭後，我的靈術為你輸送該不受阻礙才是，但沒想到你身體在你昏迷時自動豎起了高牆，擋住了我的靈力。」

花顏也琢磨著，同時嘗試著感受自己的身體，道：「這氣流打著漩渦遊走，但似乎沒規律，亂糟糟的四處竄，不像我體內的靈力，倒像是真氣有走火入魔的徵兆。」

雲遲面色一變，道：「快！叫天不絕來。」

「先別急。」花灼攔了雲遲，所謂關心則亂，說的就是雲遲，明明沉穩內斂的一個人，只要遇到了花顏的事兒，就失去了鎮定和理智，「你確定是你體內的真氣？」

花顏又感受了片刻，含糊地說：「我也說不準，像又不像。」

花灼道：「恐怕天不絕來了也說不明白，你的身體確實有古怪。」話落，他看了雲遲一眼，似乎想說什麼，又住了口。

花顏明白花灼這一眼的意思：「哥哥，我已經將魂咒之事告訴太子殿下了，你有什麼話但說無妨？」

花灼聞言倏地笑了，對雲遲道：「我一直不贊同她隱瞞你，但我身為哥哥，卻做不到不顧她意願之事。如今她告訴你，可見這一回大難不死想通了。」

雲遲點點頭，摸了摸花顏的頭：「以後凡事兒都不要瞞我。」

「好。」花顏頷首。

花灼看著二人道：「我在想，妹妹的身體不能以常理來論之，大約如今她體內不受我能力，在外感覺是形成了防護罩，在內她感覺亂作一團的氣流款竄，想必與她的魂咒有關，也許，除了魂咒外，也與我們花家的武學功法有關，畢竟你感覺像是真氣。」

花顏看著花灼：「哥哥的意思是，我的身體因本源靈力枯竭而發生了變化？也就是說我給自己下的魂咒因此受到了波動？」

花灼點頭：「這只是一個猜想，關鍵是我們誰也不能進入你的身體去探查究竟，還是要你自己細細查知。」

花顏點點頭，若有所思。

花灼看著她：「也許這一次因禍得福也說不準，畢竟魂咒無解，禁錮死了你的靈魂，現有的關於雲族禁術的古籍中，也只有一兩句的註解，無更多的釋譯，而你是下魂咒的人，你曾能自己給自己下魂咒，又最熟悉感知自己的身體，如今你身體有所波動，也許就是一個契機。」

花顏頷首：「哥哥說得有理，接下來我養傷，左右操心不了別的事兒，不如就靜下心來好好查知一番，雲族的術法我也需好好深究一番。」

「正是。」花灼道，「這件事情，誰也幫不了你，哪怕天不絕是個神醫，但他對雲族禁術一竅不通，只能靠你自己了。這一次，你能夠大難不死，也算是上天厚待，以後，切莫再不管不顧了。你要知道，你的命，比幾千百姓值錢，你死了，拖累太子，南楚江山也許就自此終結了，背後之人如此心狠手辣，焉能是仁善仁慈地對待百姓的人？一旦讓背後之人籌謀得了天下，你可以想像到，怕是千萬百姓都會陷入水深火熱中。所以，對比幾千人的性命，你的命更不能丟。」

雲遲頷首：「大舅兄所言甚是，這也是我想對你說的話。」

花顏看著二人，輕輕點頭：「哥哥教訓的是，太子殿下與我感同身受，我死，他亦活不了。有此一次就夠了，以後我再不敢了。」

花灼聽了她這話滿意：「你再不敢就好，孰輕孰重，心中要有一桿秤。」

花顏點頭，以前，她雖知道雲遲待她情深，但尚不覺得能夠與她感同身受的地步，如今僅此一次，她真正地明白了，他們已是一體，上天入地，都分不開。

三人又閒聊了幾句，花灼下了馬車。

花顏有些累了，重新躺下，窩在雲遲懷裡，又睡了過去。

雲遲低頭看著花顏，她身體如今真是極容易疲累，不知多久能養回來。

雲遲看了花顏一會兒，也擁著她睡了。

一日後，一行人帶著五十萬兵馬進了北安城。

安十六和安十七已帶著花家暗衛挖掘被毀壞的機關密道，因北安城地下城的機關密道雖設在城內，但實則是通向城外的四個山頭，所以，北安城地下城的機關密道雖毀了，兵器庫糧倉等都埋在了山裡，但挖山取寶，還是不影響北安城內城。

五千百姓們歸家，進了城門後，幾乎人人熱淚盈眶，叩謝太子妃大恩，三呼太子殿下千歲。

在這一刻，花顏覺得自己做的是對的，哪怕，身體重傷至此，也是德有所報。

雲遲能體會花顏的心情，握著她的手緊了緊，雖然他不希望花顏受傷，但這些都是他的子民，一條條鮮活的生命。

馬車進了花顏早先下榻的院落，雲遲將花顏用被子裹了，臉都不露時，才將她抱下車。

采青與小忠子一人撐著傘遮著雪，一人前頭給雲遲帶路。

院落早已經有人打掃過，天空雖落著雪，但地面早已被人清掃出了一條路，雲遲一路踩著地面上細碎的雪花，進了正屋。

屋中地龍燒的極暖和，雲遲將花顏放去了床上，打開被子，笑著問：「冷到沒有？」

花顏搖頭，露出臉，好笑地說：「從頭到腳都被你包裹的嚴實，哪裡能冷到？倒是你，身上都落了雪。」

小忠子在一旁說：「是奴才不好，殿下走太快，奴才撐著傘追不上殿下，才讓殿下身上落了雪。」

雲遲掃了小忠子一眼，挑眉：「東宮有剋扣你的伙食嗎？這麼多年，也沒長進。」

小忠子臉頓時一苦：「東宮自然沒剋扣奴才的伙食，但殿下食不下嚥寢食難安，奴才也沒心情好好吃睡啊！這怨不得奴才不長進！」

雲遲氣笑：「你還有理了。」

小忠子悄悄地吐了吐舌頭，趁機對花顏告雲遲的狀：「太子妃，您以後一定要管著殿下，您不在東宮，殿下不好好吃睡，奴才怎麼也勸不住。不但勸不住，殿下還嫌棄奴才多嘴，差點兒就把奴才趕出去。」

雲遲轉身看著小忠子，危險地瞇起眼睛：「你倒是會找人告狀，膽子越發大了。」

小忠子頓時縮了縮脖子，嘿嘿一笑，打了個千兒：「殿下恕罪，奴才這就催促廚房燒水給您和太子妃沐浴。」說完，行了個告退禮，一溜煙地跑了。

雲遲轉頭看向花顏：「我看他皮緊了，該鬆一鬆了。」

花顏好笑，被小忠子告狀，顯然他是極其沒面子的，她笑著道：「下不為例。」

雲遲立即點頭，十分乖覺地「嗯」了一聲。

廚房燒好水，抬了一大木桶進來，放進了屏風後。

采青要上前幫忙侍候花顏沐浴，雲遲擺擺手，采青退了下去，關上了房門。

雲遲伸手撈起花顏，抱著她進了屏風後，來到木桶邊，貼在她耳邊對她低聲說：「想與你一起沐浴，但又怕……只能罷了。」

花顏仰著臉看著他：「讓采青來好了，你去隔壁的淨房。」

雲遲搖頭，用更低的聲音道：「想看看你。」

花顏伸手摟住他的脖子，小聲說：「一起沐浴吧！」

雲遲睫毛顫了顫，輕聲問：「當真可以嗎？」

「可以。」花顏點頭。

雲遲抿唇，不再說話。

花顏身子嬌軟沒有力氣，她靠在他的懷裡，伸手抱住了他。

雲遲用更大的力氣反抱住了她。

從浴桶出來後，花顏很快就睡著了。

雲遲看著花顏臉上染了粉紅的霞色，眉間有著疲憊，愛憐地用指尖摸了摸她眉梢眼角，待她眉目因酣然熟睡而舒展，他才心滿意足地躺在了她身邊閉上了眼睛。

雲遲剛閉上眼睛不久，聽到外面小忠子與人小聲說話，又睜開眼睛，對外面輕聲喊：「小忠子。」

「奴才在。」小忠子立即答話。

「請十六公子和十七公子到外堂稍作休息，本宮這就出去見他們。」雲遲吩咐。

小忠子立即應了一聲是，連忙請安十六和安十七前往外堂。

安十六和安十七得知雲遲和花顏進城後，將挖掘機關密道之事安排了一番，趕忙來見。小忠子以為二人歇下了，不敢打擾，正在小聲詢問二人是否晚些再來，被雲遲聽見了。

安十六和安十七來到外堂，落坐後喝了半盞茶，便見雲遲從裡屋出來，來到了外堂。

太子殿下錦袍玉帶，雖有些過於清瘦清減，但依然不損昔日豐儀。

二人起身見禮：「太子殿下。」

雲遲擺擺手：「免禮，坐吧！」話落，自己也落坐，對二人問，「事情進行得如何了?」

二人直起身落坐，安十六對雲遲拱手，回道：「北安城再無阻礙，事情進行得還算順利，不過機關密道被毀得徹底，埋在地下的東西怕是就算挖出來，也已毀了一半，只有一半得用。」

雲遲頷首：「有一半得用也算值得辛勞一回。」

安十六點頭：「糧倉怕是折的最多，至於兵器庫，因是鐵器，反而應該最是得用，即便折損了，打鐵重造也可行。瘟疫之源已在早先少主從密道離開時便已徹底毀去，倒是有不少奇珍異寶，是真正徹底糟蹋了。」

雲遲點頭：「從這些東西上，可否能夠查出來自哪裡？」

安十六搖頭：「在機關密道未毀前，我二人沒見過，唯獨安一與雲暗見過，太子殿下若是要從這些東西上查的話，我這便叫安一來問問，不過他帶著人在原木嶺一帶徹查，恐怕沒那麼快回來。」

雲遲道：「罷了，不必喊他了，我喊雲暗吧！」話落，他清喊，「雲暗。」

雲暗從暗處現身，拱手見禮：「太子殿下。」

雲遲看著他，立在門口，一身黑衣，如在皇宮溫泉宮中守護時一般，他聽花灼提了一句，說雲暗不錯，在花顏氣絕那一刻，他揮劍自刎效忠，若非他趕到出手阻攔，他如今已死了。

他倒是沒想到，將這一支太祖留下的暗衛給花顏，他竟然效忠至此。

他抬手，溫和地問：「你與安一探查過地下城，從地下城如今埋在地下的那些東西上，可否能查到來源？」

雲暗想了想，回道：「回太子殿下，地下城的糧倉存的是北地各州郡縣的官糧無疑，兵器庫裡面的兵器很尋常，不是什麼特殊兵器，天下任何一個打鐵鋪都能打出來，至於那些奇珍異寶，雖有些稀奇，但也不過幾百年，是前朝的舊物罷了。」

雲遲聞言瞇起眼睛：「前朝舊物？」

雲暗頷首：「正是。」

「什麼樣的前朝舊物？」雲遲又問。

雲暗道：「昔日前朝登記造冊的宮廷所用之物，太祖爺登基後，除了溫泉宮中的一應事物沒動外，其餘的宮廷御用之物都封存入國庫了，新朝建立之後，各御用局新製造了一批所用之物，在前朝的繪製和造型圖案上都有所更改。」

「你是說，本來該存放在國庫中的前朝之物卻存在了北安城的地下城？」雲遲問。

雲暗頷首：「正是那一批。」

雲遲沉著面容道：「這倒是一個線索了。」話落，清喊，「雲影。」

「殿下。」雲影現身，看了雲暗一眼，應是。

雲遲吩咐：「派人去查。」

「是。」雲影乾脆地應諾。又退了下去。

雲遲又看向雲暗：「你與梅花印衛交過手，可有發現他們是什麼來路？」

雲暗明白雲遲的意思，道：「梅花印衛與前朝在時武功路數分外不同，招式狠辣至極，武功路數陰狠歹毒。那一批人追到鐵索橋時，太子妃點破說是梅花印衛，那頭目並沒有否認。」

雲遲頷首：「沒有否認，也就是了。」話落，又道，「也是，在這四百年裡，定然是改頭換面了，若還與前朝一般的武功路數，不該隱藏了這麼久沒被發現。」

雲暗不再接話。

雲遲逕自思索了片刻，對他擺手：「下去吧！」

雲暗退了下去，如來時一般，悄無聲息。

安十六和安十七坐在一旁，看著雲遲，齊齊想著梅花印衛不止躲過了太祖爺的眼皮子，也躲過了南楚王室，同時，也躲過了花家暗樁，什麼人如此厲害？一直養著這一批人，暗中謀劃，一代又一代，至今終於現身了。

後樑三百年的歷史，梅花暗衛的存在比太祖暗衛還要久遠得多。據說，在帝后飲毒酒後，後樑的梅花印衛也隨之殉葬了。如今，這個說法不對，那麼，是不是可以設想，當時，梅花印衛沒被除盡，且變得如此厲害，不是被人後來豢養的，而是壓根就沒除盡？

二人這樣想時，雲遲也在這樣想，只有比跟隨太祖爺起勢的太祖暗衛還要根基深的梅花印衛，才能隱藏得過這四百年時間，只有經歷了兩朝變遷活下來的梅花印衛，才如此會隱藏，如此厲害。

那麼，換句話說，是不是，那時，也有一個極厲害的人躲開了後樑嫡系皇室一脈的殉葬和洗牌，暗中存活了下來，且接管了梅花印衛，才有梅花印衛的今天？

那個背後之人是誰？或者說，是誰的後代？顯然，後樑效忠皇室的梅花印衛能夠聽從背後之人的差遣，定然是後樑嫡系一脈的後裔無疑。

誰是四百年前的落網之魚？

誰又在四百年前就籌謀復國之路？

可惜時間已橫跨了四百年，太過久遠，想要查出來，怕是需要時間，不是一朝一夕，一時半刻能查出來的。

雲遲琢磨片刻，對小忠子吩咐：「去請大舅兄來，我與他商議一番。」

小忠子應是，立即去了。

花灼沐浴後本也打算休息片刻，見小忠子來喊，便起身披了斗篷，出了房門。

雲遲見到花灼，將他對背後人的猜測以及梅花印衛當年也許並沒有除盡之事說了，詢問他的看法。

花灼頷首，揣思道：「我也有這個想法，也許當初梅花印衛並沒有被除盡，而是保留在了某個人手中，從四百年前太祖爺建朝起，就開始以謀圖國。」

「大舅兄，花家可否有收錄後樑的卷宗？」雲遲看著他。

花灼道：「本來有的，但妹妹出生不久後，我察覺她每逢見到前朝書籍便會不對勁，重則昏迷，所以，便命人將前朝書籍都處置了。」

「處置去了哪裡？」雲遲追問。

花灼搖頭：「我那時也還小，交給人處置的，只能回頭問問了。」

雲遲點頭：「大舅兄查查吧！前朝卷宗甚是有用。」

花灼挑眉：「你的意思是想從前朝卷宗查起？」

雲遲沉聲道：「本宮根基尚淺，監國不過區區四年，在北地的東宮暗樁都已被人拔了，京中一帶勢力雖有些根基，但對於暗中籌謀甚久的人來說，不足夠查出來什麼，所以，至今查來查去，連個蛛絲馬跡也沒找到。本宮便覺得不如從卷宗入手，但背後之人如此厲害，本朝記錄的卷宗恐怕也被抹平了痕跡，查起來渺茫，所以，本宮想問問大舅兄花家可有收錄？」

花灼道：「我這便書信一封給父親，父親愛書，前朝有些極好的書籍，即便當年我下令讓人處置了，但沒說處置方式，也許父親給攔下了，並沒有焚毀，暗中被收錄起來了也說不定。」

「既然如此，勞煩大舅兄了。」雲遲拱手。

「太子殿下客氣了！我妹妹待殿下掏心掏肺，恨不得以性命相搏，維護殿下的賢名，恨不得踩著荊棘為殿下搏出一條路來。我身為哥哥，但且不說殿下莫要負她的話，你也捨不得負她，但我還是要說一句，請殿下愛惜自己，你們都好，才是天下百姓之幸。」

「大舅兄說的是，本宮謹記。」雲遲誠然地點頭。

花灼喝了一口茶，又道：「從卷宗上查，不是一時之功，經歷北安城一事，雖梅花印衛與被人豢養的三十萬私兵逃脫了。但想必背後之人也損失不小，如今既然已經轉移陣地，北地算是太平了。」

雲遲頷首：「北地雖太平，但是京城與天下別處，未必會太平。」

花灼道：「所以，我們當該儘快地安置好北地事宜，太子殿下要儘快回京，以免京城夜長夢多。距離大婚之期，還有不足一月，為了妹妹的身體，殿下最多在北地逗留三五日。」

雲遲看著花灼，低聲說：「我想帶她回京。」

花灼搖頭：「來不及的，她身體在北安城養幾日，你帶她回京一路慢行也要七八日，進京後歇不了兩日，就要再從京城折返回臨安，然後，迎親的隊伍再去臨安迎接，她還要再折騰進京。這樣一來，她等於一日也未得閒，你也不想你的太子妃到時候穿著嫁衣連東宮的門檻火盆都自己跨不進去吧！」

雲遲捨不得剛見到花顏就要與她分開，想一個月大婚還很久，可是如今花灼這樣一說，他才知道時間真是不夠用了。他歎了口氣：「就聽大舅兄的。」

花灼滿意：「早先子斬與妹妹已在北地推行了新政策，因為北地出了瘟疫之事，而封鎖各地城門耽擱了，如今可以繼續執行下去了。不過，雖然查卷宗，但是查那統領與梅花印衛和三十萬兵馬之事，也不能就此止步，依舊要繼續查。殿下根基尚淺，人手安排都留在了京城，這些就交給我來查吧！」

「好，辛苦大舅兄了。」雲遲拱手。

花灼冷聲道：「那統領想殺我妹妹，若是有朝一日我見到他，定將他千刀萬剮。」

雲遲涼聲道：「本宮亦是。」

二人商議妥當，又說了片刻話，陸之凌來了，他裹了厚厚的披風，依舊凍得直哆嗦，進了堂屋給雲遲見禮，之後罵了一句：「這鬼天氣又下起大雪了，大雪下起來，更不好追查了，真他媽的喪氣。」

雲遲聞言向外看了一眼，早先本零零碎碎的雪花飄落，如今變成大片大片的雪花從半空中炫舞著落下，搓綿扯絮，將天都染白了。他問：「這樣的大雪，在北地來說，一般要下幾日？」

陸之凌道：「最少三天。」

雲遲又問：「對比京城的雪，會下多厚？」

陸之凌道：「京城的雪不會下這麼大，這麼大的雪，在京城，三五年也輪不著一次，頂多三尺深也就是大雪了。但在北地，分外地嚴寒，這樣的雪一旦下起來，下個三五日，那就會是高達半個城牆，能活埋一隻大牲口，一頭大馬也能埋死。」

雲遲蹙眉：「也就是說，這樣的大雪下起來，會封山了？」

「正是。」陸之凌點頭，猛地想起了什麼，立即說，「太子殿下，你趕緊收拾行囊，起程回京吧！還在北安城待著做什麼？若是今日不離開北地，一旦大雪封山，十天半個月也離不得。京城可不能沒有你，別人可以被困個十天半個月，但你可不能。」

雲遲眉頭皺緊，他剛與花灼商議三五日離開北安城，這轉眼就下起了大雪，陸之凌讓他立即起程離開北安城，他自然捨不得，他才剛見了花顏，逗留三五日陪著她都嫌時間急迫，更何況如今立馬離開了？

他搖頭：「我剛見了她，不想走。」

陸之凌心裡哀呼一聲，想著這個祖宗，若是被別人知道堂堂太子殿下不要江山要美人，怕是不止皇帝太后會哭，天下百姓都會哭死。他看向花灼。

花灼心裡也歎了口氣，他能體會明白雲遲的心思，他也看向窗外，早先沒想到，這麼大的雪，真下個三五日，的確會大雪封山，雲遲不此時走，還真也許會被耽擱十天半個月，那麼京城會在這麼長時間發生別的什麼事兒就不好說了。

他對上陸之凌的眼神，心裡想了想，對雲遲道：「這樣，北安城交給陸世子鎮守，太子殿下今日就離開北安城，我與妹妹也隨你一起離開。出了北地，再分路分別回京城和臨安。」

雲遲猶豫：「可是剛到北安城歇下，花顏的身體……」

「妹妹的身體雖弱些，但有五百年的人參和天不絕在，趕路雖辛苦些，但應該也能受得住。」花灼道。

雲遲想了想，也只有此法了，他點頭：「就依大舅兄所言，陸之凌帶兵鎮守北安城，安頓百姓，繼續推行利民政策，本宮與花顏、大舅兄等今日就離開。」

「好。」陸之凌見勸動了雲遲，雖然心疼花顏，但也能理解雲遲的捨不得。

三人商定後，雲遲傳下了命令，一個時辰後起程，他想讓花顏再歇一個時辰。

命令下達後，剛入住北安城的人又立即快速地收拾了起來。

陸之凌、程顧之留在了北安城，程子笑、夏澤隨雲遲花顏等人起程。

本來花灼打算親自登夏府之門拜訪夏桓與崔蘭芝，順便提求娶夏緣之事。可是，如今需要立即跟隨雲遲起程，照顧妹妹，回臨安籌備大婚事宜，只能將拜訪之事容後再說了。

夏緣倒是沒意見，她躲了這麼多年，也不急著見父親，在花灼與她商議時便點頭：「待花顏與太子殿下大婚後，查出了那背後害人的混帳東西，肅清了朝局後，再談咱們的事兒，不急！」

花灼想說我倒是有點兒急，不過也知此時不適宜，便點點頭，不再多說。

夏澤也沒意見，但還是小聲對夏緣說：「姐姐，父親一直想你得緊，若是知道你來了北地，沒能見上，怕是會難受些日子。」

夏緣想想也是，對夏澤問：「那怎麼辦？」

夏澤與她打著商量：「你這一走，又不知何時才回北地了，我也與你一起走，父親和娘指不定會多擔心，將他們一起帶上好不好？」

夏緣一愣，覺得夏澤說的也有道理，她問花灼：「行嗎？」

花灼一笑，看了夏澤一眼，心底有了些許愉悅：「自然行，將他們帶去臨安做客，在臨安商議我們的事兒也一樣。」

夏緣見花灼同意，這麼多年，無論因由如何，到底是她這個做女兒的對不住親生父親。

於是，花灼命人立即去接夏桓夫婦，在路上與他們會合。

花顏睡了一個時辰，被雲遲喊醒了，她睜開眼睛，看著雲遲捨不得的眼神，眼底似乎還帶著些許內疚，她迷糊地問：「怎麼了？是喊醒我要喝藥了嗎？」

雲遲搖頭：「不是，外面下起了大雪，陸之凌建議我們必須立即離開，否則大雪萬一封山，十天半個月也許就不能離開北安城了。」

花顏支撐著坐起身，看向窗外，隔著浣紗格子窗，似乎隱約能看到鵝毛大雪飛揚而下，將外面的天地都染白了，她立即懂了，道：「我們立即起程。」

「嗯，已安排妥當，就等著你醒來了。」雲遲道。

花顏伸手勾住他的脖子，蹭了蹭他的臉，又鬆開手：「將我裹起來吧！」

雲遲立即拿了被子，將花顏從頭到腳裹了個嚴實，然後將她打橫抱起，出了房門。

隔著厚厚的棉被，花顏沒感受到外面的冷意，便被雲遲抱上了馬車。

馬車中更是鋪了厚厚的被褥，又加厚了車廂的簾幕，同時放了好幾個暖爐，不比室內的地龍熱度差多少。雲遲將花顏塞進被褥裡，又放了兩個手爐給她暖手腳，安頓好花顏，對外吩咐：「可以起程了。」

外面小忠子應是，將命令傳達了下去。

安十六與安十七留在了北安城，繼續挖掘埋在山裡地下的東西，安一帶著花家暗衛與雲暗帶著太祖爺的暗衛與花顏一起離開了北安城。

幾輛馬車與一行隊伍，冒著大雪，出了城門。

花顏對雲遲問：「你與哥哥大哥是怎麼安排的？」

雲遲輕拍著花顏，溫聲說：「陸之凌帶兵鎮守北安城，安十六和安十七留在北安城，我們一起離開，行路到兆原縣，我回京，你與大舅兄回臨安。」

花顏點頭，問：「查那統領與背後之人的事兒呢？」

雲遲道：「我根基尚淺，如今從別處查不出蛛絲馬跡，只能從卷宗著手。」話落，將他的猜測與花灼商議之事簡略地說了一遍。

花顏低頭尋思片刻，歎了口氣：「四百年前我自逐家門，一心只想做好太子妃，做好皇后，自離開花家之日起，不再聯絡花家人，只在最後關頭讓放太祖爺兵馬從臨安通關，對於朝政之事，我雖私下幫懷玉過，但也實在想不起有什麼人會成為四百年前的漏網之魚。」

雲遲摸摸她的頭：「總會有查到那一日的，別多想了。」

花顏點頭，她如今成了個廢人，多想也沒用，還是要養好身子最為打緊，如今她身體的境況，她自己也沒摸清，已再沒力氣管別的了。

雲遲看著她，目光溫柔：「睡吧！我知你還累著睏著。」

花顏往雲遲的懷裡蹭了蹭，閉上了眼睛。

雲遲低頭看著她，胳膊上輕輕的一個重量，放著她的腦袋，一頭青絲散落在他手臂一側，她安心地入睡，他心底溢滿溫柔。

花顏是上天送給他的珍寶！

馬車冒著大雪前行，日夜趕路，三日夜後，出了北地。

出了北地時，已不再下雪，雲影命人打探消息，回稟雲遲：「太子殿下，大雪果然封山了，幸好及時離開了北安城。」

雲遲長舒一口氣，舟車勞頓，花顏本來養好了兩分的氣色又沒了，即便她被照顧著，但依舊馬車顛簸，沒能讓她好好休息。他心疼不已，對花顏說：「要不然就在前面的城池歇兩天吧！」

花顏搖頭：「趕路吧！我怕你回去晚了，京城有變，子斬雖然回京了，一旦驚變，動靜太大，他未必應付得過來。」話落，又說，「我身體受得住，別擔心，你我馬上就要大婚了，以後多著日子待在一起，不差這麼幾日。」

雲遲無奈，吩咐人繼續起程，只不過比早先急忙忙趕路行得快了些。

五日後，馬車來到了兆原縣。

梅疏延也聽聞了太子殿下不好了的消息，暗想著怎麼可能？他在數日前還見過太子殿下，那時他雖染了風寒，人雖然疲憊，但身體不像是出了大毛病，還與蘇子斬打了個昏天暗地，怎麼沒短短時日，就需要五百年人參救命了？

天下將此事傳的沸沸揚揚，十分逼真，畢竟有皇榜張貼在了各州郡縣各處。

梅疏延也半信半疑地猜測著，到底是太子殿下真出了事兒，還是故布疑陣？

他揣思了好幾天，也無果，聽聞皇上將半壁山清水寺的德遠大師與住持方丈都請去了東宮，正在作法，心也跟著提著緊張著，生怕當真有不好的消息傳來。

所以，當雲遲的車馬來到了兆原縣守府衙時，梅疏延見到雲遲後，當即激動得跪在了地上：「太子殿下！」

雲遲愣了一下，彎身扶起他：「表兄請起，不必行此大禮。」

梅疏延站起身，也顧不得拍膝蓋處沾染的雪，對雲遲急急地說：「臣看了皇榜，以為太子殿下真出了事情，如今見到殿下，實在是太好了。」

雲遲了然，明白了他為何如此，伸手拍拍他肩膀：「進去說。」

梅疏延連忙側開身：「太子殿下快請。」

雲遲沒進去，而是轉身進了車廂，將花顏從頭到腳裹好，將她從車內抱了出來，對梅疏延道：「本宮帶了太子妃一同前來，會在此地歇上一晚，表兄給安置個住處。」

梅疏延看著雲遲懷裡裹成了粽子的被褥，他掃了一眼，根本就沒看到人，只看到一團被子，他愣了愣，事關太子妃，不敢多問，連忙頷首，吩咐身邊的小廝：「快！將上次殿下下榻的那間屋子立馬收拾出來，供殿下和太子妃下榻。」

「是。」小廝應了一聲，撒丫子跑了。

梅疏延剛要親自帶路，看到了馬車上下來的花灼，他沒見過花灼，只覺得這位公子風清如玉，翩翩風采，竟然與雲遲氣度不相上下，他頓時疑惑地問：「殿下，這位仁兄是……」

雲遲停住腳步，對梅疏延道：「本宮的大舅兄，臨安花灼。」

梅疏延恍然，原來是太子妃的親兄長，敢從太后手裡奪悔婚懿旨的人，果然非同尋常，百聞不如一見，他立即拱手上前見禮：「花灼兄好，在下梅疏延。」

花灼知道梅疏延，梅府的大公子，梅疏毓的哥哥，是梅府的接班人，端方有禮，世家公子典範。將之放在兆原縣，是雲遲對他的重用。

他也抬步上前，拱手見禮：「梅兄，久仰。」

二人一番見禮後，梅疏延又與五皇子、程子笑、夏澤等人見禮，之後，吩咐人趕緊安排院落，讓一行人車馬住下。

第一百零七章　中計！鹿死誰手

雲遲由梅疏延親自引路，去了上次安置的院落。

因雲遲突然來，未曾提前讓人打點，以防走漏消息，所以，縣守府後院好一陣忙活，掃雪拾榻，因人手俐落，不多時便收拾的乾乾淨淨。

雲遲抱著花顏進了內室，將她放在了床上，才掀開蓋頭的被子讓她透氣，見她氣息平和，溫聲說：「我讓人抬熱水來給你沐浴，驅驅寒氣。」

花顏點頭，調笑著低聲說：「讓采青侍候我就好，如今沒力氣再幫你一次了。」

雲遲臉一紅，點頭，笑著也低聲說：「好，讓采青侍候你。」他沒敢反駁說自己幫她沐浴，他能忍得住自己不碰她，但怕是受不住自己會在她沐浴完沖冷水澡。

雲遲吩咐了下去，不多時，有人抬來溫熱的水，采青被雲遲喊了進來侍候花顏沐浴。

采青心中微微訝異，上一次殿下還不准她侍候太子妃沐浴，如今怎麼准了？但她也不敢多問，乾脆地應是，扶著花顏去了屏風後。

雲遲見花顏由采青扶著進了屏風後，自己出了裡屋，去了外堂。

梅疏延等在外堂，見雲遲出來，立即說：「殿下一路風寒，先沐浴吧！臣等著就是了。」

雲遲搖頭，坐下身：「不急，車內暖和，倒不是有多冷，就是太子妃辛苦些。」

梅疏延聞言試探地小聲問：「太子妃出了何事？」

雲遲道：「受了傷。」話落，並沒打算細說，而是問，「最近兆原縣可有什麼不同尋常之事發生？」

梅疏延聽聞花顏受了傷心底微驚，本打算問雲遲為何出現在兆原縣，也不問了，連忙想最近兆原縣可有發生不同尋常之事，想了片刻，搖頭：「一切都很安穩，並沒有不同尋常之事。」

兆原縣距離京城五百里，是北地通往京城的必要關卡，這也是雲遲將梅疏延安排在此的原由。

雲遲又問：「可有什麼人通關？可有仔細徹查過？」

梅疏延頓時慎重起來，點頭：「回太子殿下，自從你將我派來兆原縣，便每一日都不敢懈怠，城門出入都是經過嚴查的。近來冬日天冷風寒，很少有人出門遠行，通關之人寥寥無幾，都有仔細查過記了錄。」

「嗯。」雲遲點頭，「拿來近一個月的出入記錄卷宗給我看看。」

梅疏延應是，連忙喊了長隨去取。

長隨應是，連忙去了，不多時，就取來了通關記錄卷宗，遞給了雲遲。

的確如梅疏延所說，近來天冷風寒，沒多少人通關，就連鏢局在這一個月都沒有走鏢接活，出入的都是走親訪友的少數幾個百姓。

雲遲將記錄卷宗還給了梅疏延，對他道：「將去年前面的這一個月的通關記錄和卷宗拿來我再看看。」

梅疏延立即又吩咐人去拿。

這一次，用的功夫長了些，陳年的卷宗都被收錄塵封了起來。

在這期間，雲遲簡單地對梅疏延三言兩語地說了花顏在北地受傷他感同身受前往北地之事，略過了一切的細節。

雲遲雖然說的簡單，但梅疏延還是聽的心驚，在雲遲話落後，他立即拱手道：「太子妃吉人自有天相，太子殿下保重身體。」

雲遲相信這句話，點了點頭。

半個時辰後，有人取來去年這個月的通關記錄，對比今年的，厚厚的一本。

雲遲隨意地翻了翻，驀地笑了：「去年可是也有大雪？」

梅疏延看著兩本通關記錄，也驚覺這去年與今年差別之大，厚厚的一本對薄薄的一本，一目了然。

他想了想道：「應也是吧?!這個時節，豈能不下雪？」

雲遲點頭：「兆原縣連通京城和北地的要道，無論是尋常百姓前往京城走親訪友，還是商隊運送貨物，本宮聽聞，北地有些特產，在京城的商鋪賣得極好。今年，這些人統統都不做生意了？」

梅疏延琢磨著說：「也許是因為今年北地黑龍河決堤，出了大事兒，又因瘟疫之事，封鎖了關卡，所以，才導致這個情況。」

「倒也不無可能。但到這個地步，還是罕見。」雲遲將手中厚厚的一本記錄卷宗掂了掂，喊，「雲影。」

「殿下。」雲影現身。

雲遲將厚厚的一本記錄遞給他：「查這上面去年從兆原縣通關的商隊，一個也不能疏漏。」

「是。」雲影伸手接過，退了下去。

梅疏延看著雲遲：「殿下，是否出了大事兒？」

雲遲端起茶盞，喝了一口茶，不答反而說：「待本宮回京，是要親自去一趟梅府，見見外祖父，與他說說話。」

梅疏延一愣：「太子殿下的意思是？」

雲遲笑了笑：「外祖父年長，定然比我知曉得多。」

梅疏延總覺得這裡面怕是有什麼事兒，但見雲遲神色，似乎又不太像針對梅府的事兒，他點點頭：「祖父是年歲大了，數日前還來信讓我快派人也跟著搜尋五百年人參，言他見到殿下那日，殿下形骨消瘦，將他嚇死了，說殿下若是出個好歹，南楚的江山危矣。」

「外祖父素來忠心皇家，本宮相信，表兄不必多慮，本宮只是有些事情疑惑，覺得還是問問外祖父的好。」雲遲溫和地道。

梅疏延心底鬆了一口氣，梅府與雲遲雖是至親，但在皇權的面前，也該注意分寸，所以，梅府從不敢張揚跋扈，兒孫時刻謹記低調做人。

梅府只他二弟梅疏毓是個例外，他的性子從小就是個張揚的紈褲性子，但好在他知事得很，大事兒自己拎得清楚，什麼該做，什麼不該做，不是真的混帳糊塗。如今在西南境地，更是讓老爺子都背後念叨沒想到不肖子孫突然出息了，祖宗保佑。

二人又敘話片刻，梅疏延見雲遲臉色疲憊，不敢再打擾，告辭起身。

雲遲在梅疏延離開後，也起身回了屋。

花顏已沐浴完，躺去了床上似睡非睡，等他進了屋，睜開了眼睛，對他伸手，嬌嬌軟軟：「雲遲，抱！」

雲遲忍不住彎了眉眼嘴角，拂掉了身上的寒氣，來到床前，將花顏抱在懷裡，輕輕嗅了嗅：「好香。」

花顏低笑：「梅府的大公子果然是世家子弟，哪怕這裡不是梅府，但他身邊侍候的人也講究的很，用花瓣沐浴，自然香了。」

雲遲淺笑：「這是玉蘭花香，指不定揪扯了他幾盆玉蘭花給你沐浴，他雖捨得，但心中想必心疼的很。」

花顏聞言大樂，看著雲遲，挑起眉梢：「這樣？」

「嗯。」雲遲點頭，笑著說，「他最愛玉蘭，大約是怕這裡簡陋折了你的身分，所以，吩咐人盡力侍候。」

花顏笑起來：「他多慮了，給我一張床，哪怕是間茅草屋，我也能睡著。」

「明日就走了，倒也不必告訴他不必費心了，你領了就是了。」雲遲笑著道。

花顏點頭：「曾經我聽梅疏毓說起子斬，說他如他大哥一般，公子端方，德修善養，如今總算是見識了大公子的講究。」

雲遲好笑，點了點她的眉心：「本宮也是講究的，自從遇到了你，被改了許多脾性。」

花顏眨眨眼睛：「講究那麼多，活的不會太自在，會很累的。」

「嗯。」雲遲煞有介事地點頭，迎合她，「你說的是對的，所以，我被你改了許多脾性也是對的。」

花顏一下子笑岔了氣。

雲遲連忙伸手拍她，又趕緊讓采青倒了一杯溫水來喂她喝下。

花顏喝了半杯水，才將岔了的氣順了，她十分無奈：「真是沒用啊！」

雲遲安撫她道：「你傷勢太重，這才從鬼門關口死裡逃生幾日？還需要好些時日將養呢，別急，定會養好的。」

花顏點頭，伸手抱著雲遲：「好捨不得啊！明日就要回臨安了。」

雲遲也捨不得，摸著她的頭說：「我回京後，若京城安穩，我儘快多處理些朝務，親自前往臨安迎親。你在臨安等我，我早些將你接進京城大婚。」

「好。」花顏點頭。

本來嫁入東宮，迎親隊伍就該早早出發，接上她，與送親隊伍一起，來到京城，要在京城住上歇息幾日，等待大婚之日的。

雲遲見花顏與他說了幾句話就要閉上眼睛，只她一路舟車勞頓難受，一直忍著，心疼的同時，還是輕聲道：「飯菜快做好了，吃了飯再睡，否則餓著肚子，怕是要明早才能醒來了。」

花顏點點頭，強撐著眼皮。

采青已去廚房催了，這些日子，花顏吃的都是藥粥藥膳，不敢讓她吃大魚大肉太葷腥的東西，花顏覺得自己的嘴都淡出鳥來了，但天不絕死活不准許她亂吃。雲遲雖心疼，但也不敢縱容她，只能跟著她一起吃素。

花顏雖自己不能吃葷，但也捨不得雲遲陪著她，說了幾次，雲遲還是堅決與她同甘共苦，她也只能作罷。

不多時，采青端來了膳食。

雲遲親手餵花顏吃下，待她吃完後，為她將被子蓋嚴實，輕輕地拍她：「睡吧！今日好好歇息一晚。」

花顏點頭，乖乖地閉上了眼睛。

雲遲在花顏睡著後，吩咐人換了水，起身去屏風後沐浴。

雲遲沐浴後回來，花顏已睡得沉，他挨著她身邊躺下，伸手將她柔弱無骨的手攥進手裡，想到明日就與她分開，一陣陣的捨不得。

雲遲不知看了多久，花顏似有所感，在睡夢中忽然睜開了眼睛，對上了雲遲滿眼捨不得的眸子，她睜大了眼睛看著他，伸手摸了摸他的眉眼：「怎麼了？捨不得我嗎？」

雲遲不防花顏突然醒來，愣了一下，低低地「嗯」了一聲。

花顏好笑，伸手點點他眉心：「堂堂太子殿下，出息呢。」

雲遲不說話，握緊了她的手：「你身子不好，不在我身邊，我不放心。」

花顏柔聲說：「有哥哥在呢。」

雲遲知道花灼把花顏這個妹妹看成命根子般，沒他在也定能看顧好她，但他就是滿心不捨。

花顏揶揄地看著他：「兒女情長，果然英雄氣短。」

雲遲伸手揉了揉眉心，伸手蓋住了她的眼睛，無奈地輕歎：「睡吧！」

「你也一起睡。」花顏往他懷裡靠了靠。

雲遲「嗯」了一聲，手臂圈住她。

此時，臨別在即，說什麼已是多餘，他與花顏都明白彼此不捨得分開的心情，偏偏這次分開還是為著二人大婚事宜。

一夜再無話。

第二日，清早，花顏睜開眼睛，見雲遲早已醒來，不過並沒有起身，依舊躺在床上陪著她。

花顏對他綻開微笑：「早啊！太子殿下。」

「早啊！太子妃。」雲遲也綻開微笑。

花顏看到雲遲的笑臉，心情霎時愉悅，伸手摟住他的脖子，在他臉上輕吻了一下：「起吧！用過早膳，早些趕路。」

「嗯。」雲遲點頭，壓下心中的不捨，他是太子，有江山壓在頭上，他必須要回京，大婚在即，京中必須安穩，不能出任何差錯，任何人也不能讓他延遲大婚。

雲遲先起床，穿戴梳洗妥當，又幫花顏穿戴梳洗妥當，才喊了人端飯菜進來。

用過飯後，雲遲起程回京，花顏隨花灼回臨安。

雲遲親自抱著花顏進了馬車後，便立在車前，久久不動。

花顏抱著手爐，看著雲遲，輕聲說：「一路小心，我在臨安等著你前去迎親。」

「好。」雲遲伸出手，輕輕碰了碰花顏的臉，「等我。」

「嗯。」花顏點頭。

雲遲揮手落下了簾幕，看向花灼，嗓音恢復慣有的溫涼：「大舅兄，本宮的太子妃就交給你了。本宮知道你會照看好她，便不多說了。她在我在，她若出事，本宮也只能以命相陪。」

花灼挑了挑眉梢，頗有些意味地說：「太子殿下這般，怕是枉費了皇上一片栽培苦心。」

「那也沒辦法。」說完這句話，他轉過身，翻身上馬，當先離開了縣守府衙。

雲影等十二雲衛立即跟著雲遲風馳電掣一般地離開。

花灼看著雲遲打馬離開的背影，想著對比四百年前的懷玉帝，扔下花靜赴死，如今的雲遲，真真是合了他的心意。

雲遲剛走，花顏便挑開了車簾，看向他離開的方向，滿眼的不捨。

花灼立即瞪了她一眼，劈手打掉她的手，訓斥：「外面冷的凍死個人，他這一路上，連你一根手指頭腳指頭都不敢露出來吹冷風，你倒是好，如今是覺得他走了，我管不了你了嗎？」

花顏在車廂內吐吐舌頭，重新懶洋洋地躺回了被褥裡，將手腳都蓋了個嚴實。雖車廂內放了幾個暖爐，被褥裡也放了兩個，明明很暖，但沒了雲遲，她卻覺得車廂內空蕩清冷的很，冷風似透過簾幕吹了進來。

花灼沒聽到花顏裡面的動靜，以她的脾氣，竟然沒反駁他，他不放心，吩咐了一句起程，自己跳上了花顏的馬車。

進了車廂，他一眼看到了花顏臉上惆悵難過的表情，蹙眉：「難受？」

花顏搖搖頭：「不難受，就是雲遲走了，覺得渾身都冷。」

花灼哼了一聲：「好好的太子殿下，天下人傳言，他賢德睿智，胸懷廣闊，是南楚建朝以來，最沉穩內斂，手段魄力驚人的太子殿下，偏偏到了你手裡，竟然被拐帶得偏了，如今成了為了你不顧江山不愛惜自己的昏庸人。你好出息。」

花顏聞言無辜地看著花灼，反駁說：「儲君也是人不是神，七情六慾全無，那他與鐵人何異？哥哥不是如今看雲遲比他去花家提親時順眼多了嗎？如今又說這些話做什麼？嫌我恢復的太好？故意氣我？」

花灼嗤了一聲：「你這樣也叫恢復的好？這些天太子殿下在身邊，你辛苦支撐著不敢讓他擔心焦急很累吧？」

花顏一噎，扭過頭，不想理花灼了。

花灼見花顏扭過頭，不放過她：「笨丫頭，女兒家就需要被人疼的，你倒好，有什麼都藏著掖著，笨死了，若你不是我妹妹，我管你才怪。」

花顏扭過頭，氣笑地看著他，輕飄飄地說：「沒辦法啊！誰叫你是我哥哥呢。親哥哥哦！」

花灼一噎。

花顏本來心中十分難受，如今成功地氣到花灼，扳回了一句，讓她心情好了些，揮手趕人：「你去陪嫂子吧！我要睡個三天三夜，別打擾我！」

「她不需要我陪，昨日夜，岳父岳母便會合來了兆原，如今大約有說不完的話。」花灼似乎也累了，乾脆歪在了花顏身邊躺下。

花顏本來要睡，聞言又睜開眼睛：「昨夜什麼時候？我怎麼沒聽到動靜？」

「你睡的跟豬一樣。」花灼道。

花顏瞪眼：「這麼說，你見過他們了？」

「嗯。」花灼點頭。

花顏想著這問的是廢話，昨夜人來了，他自是要陪夏緣見人的，她又問：「他們怎麼說？」

花灼搖頭：「沒說什麼，說同意去花家做客。」

花顏笑了笑，想著夏桓與崔蘭芝也不會說什麼，畢竟哥哥的身分容貌氣度擺在這裡，夏桓又多年沒見夏緣，好不容易找到她，知道她過得好，自然不會不滿意花灼，而崔蘭芝是繼母，自然更不會難為花灼。

「如今既然嫂子沒空，我就收留你在我這裡歇著吧！」花顏又重新閉上了眼睛。

花灼氣笑，這話說的他多可憐沒地方去似的，臭丫頭。

花顏這些天在雲遲的面前支撐著，心神的確很累了，若是依照她的情況，鬼門關口走一遭，死裡逃生後，怕是要昏睡個幾日夜。但見了雲遲後，她多數時候，都想睜開眼睛陪著他，與他說話聊天，如今雲遲回京了，她放鬆了下來，自然就陷入了昏睡中。

昨夜，夏桓夫婦趕到，見到了花灼和夏緣，夏桓努力地從夏緣的身上尋找昔日小女孩的影子，依稀從五官能辨認出自己女兒與小時候也就有那麼兩分相像。

可是這兩分相像已經足夠他一把年紀抱著夏緣淚流滿面，不停地說他錯了。

夏緣本是個愛哭的性子，被夏桓一哭，也忍不住抱著夏桓哭。

這世上有一種割捨不斷的感情就是血濃於水，夏緣面對夏桓，也有些愧疚，這麼多年，父母的恩怨，使得她成了懲罰父親的那個劊子手，也是不該。

崔蘭芝是個善良的女子，見父女二人哭，想到自己這麼多年的辛苦，也跟著哭了。

夏澤也紅了眼圈。

唯一清醒的花灼在任三人哭了一會兒後，終究是怕夏緣哭壞了眼睛開了口。他的開口十分具有殺傷力，說了一句「岳父岳母，進屋說話。」

這一句話，成功地止住了三人的大哭。

夏桓和崔蘭芝都被驚嚇住了，轉頭看向花灼。

夏緣也轉頭瞪著花灼，一雙水汪汪的眼睛，又嗔又惱。

認親的過程很簡單，但一說話就是大半夜，第二日清早起來，夏緣的眼圈還是紅的，又陪著夏桓和崔蘭芝說了半日話，才抽出身來看花顏。

夏緣午時上了花顏的馬車時，便看到了花顏和她身邊的花灼都睡的沉，夏緣又氣又笑，想著花灼照顧人呢，原來就是這麼照顧的，她見花顏蓋得嚴實，而花灼什麼也沒蓋，怕他凍著，便拿了一床閒置的被子，也給他蓋在了身上。

花灼對於夏緣的氣息很熟悉，知道是她上車，醒了一瞬，又繼續安心地睡了。

夏緣給花灼蓋好被子後，便靠著車壁坐下了身子，看了花顏一會兒，又看向花灼，想起他昨天沒給夏桓和崔蘭芝準備，一句岳父岳母讓二人呆了半晌，不由好笑起來。

她猶記得，昨日他陪著她與夏桓和崔蘭芝說了半晌話，有暗衛密信傳來，他被人喊走後，夏桓感慨地說了一句「原來這就是臨安花家的公子，果然鐘靈毓秀，名不虛傳。」說完，又補充了一句「緣緣有福氣。」

夏緣想著，那時她似乎沒臉紅，很坦然地受了父親的誇獎，她也一直真心地覺得能遇到花灼得他喜歡是莫大的福氣。

她正想著，花灼忽然睜開眼睛，對她問：「想什麼呢？這麼高興？」

夏緣嚇了一跳，立即瞪著他：「你怎麼醒了？」

花灼像看笨丫頭一樣地看著她：「我若是不醒，都會被你笑醒。」

夏緣臉一紅，不好意思說她是在想他，畢竟他人就在她面前，她還想他，真是有些不知羞。但跟隨花顏那麼多年，她也算是被鍛鍊出來的人，看了熟睡的花顏一眼，小聲說：「昨日父親誇你，說我有福氣。」

「就這樣你竟高興成這樣？」花灼懶洋洋地挑眉。

夏緣點頭，承認說：「是挺高興的，畢竟，我確實有福氣。」

這話說得有些傻裡傻氣，但花灼難得被愉悅了，也忍不住笑了，拍拍身邊，挪出些空間：「你也累了，昨日就沒睡好，如今也睡一會兒吧！」

夏緣立即拒絕：「不行，我不睡，你睡吧！我們都睡了，誰來照顧花顏？」

「說你笨你是真笨，你看她睡成這個樣子，三天怕是都不會醒來，睡吧！」花灼一把將她拽到了身邊，閉上眼睛，「你這眼圈再黑下去，就成熊貓眼了。」

夏緣不防花灼出手，被他拽到了懷裡，剛要掙脫，又怕吵醒花顏，無奈地不敢再動，只小聲抗議：「我還沒給花顏把脈呢？怎麼能這麼放心讓她睡？」

「放心，我剛剛把過脈了，沒事。」花灼拍拍她腦袋。

夏緣知道花灼把脈比尋常大夫高明，放心下來，小聲說：「父親還說，我年紀還小，大婚晚個兩年不急。」

花灼用力地揉揉夏緣的腦袋：「他是剛認回女兒不急，但我急！」

夏緣臉一紅：「你也還……」

「我不小了。」花灼截住他的話，「妹妹大婚後，我們就著手此事，最遲明年年底前。」

夏緣咳嗽一聲。

「有意見？」花灼睜開眼睛低頭看著她，「不想嫁給我？」

夏緣想著才不是呢，她做夢都想嫁給他，搖搖頭，紅著臉說：「那你跟父親說。」

「等到了臨安，就是花家的地盤，讓太祖母說。」花灼搬出家裡的老佛爺。

夏緣暗罵他奸詐，但還是點了點頭。

花顏雖睡的沉，但意識有兩分醒著，恨不得睜開眼睛將這兩人趕出去！雲遲已經走了，聽他們二人在她的馬車裡甜甜蜜蜜，實在礙眼。不過她懶得醒來，便遮罩了意識，繼續睡了過去。

與此同時，在後面的一輛馬車上，夏桓與崔蘭芝、夏澤三人，正在說夏緣和花灼的事兒。

夏桓一路奔波，昨日沒睡什麼覺，今日依舊十分興奮，拉著母子二人說話。

夏澤無奈地看著明顯與喝了興奮湯一樣的父親，雖也能體諒，但他一雙眼睛已經睏得睜不開，終於無奈地開口打斷他：「父親，您若是捨不得姐姐，不如咱們就將夏府搬去臨安，在臨安落戶，這樣的話，您以後就能常見到姐姐了，也不用如此捨不得她嫁。」

這些日子，夏緣自見了他後，便為他開藥調理身體，效果顯著，身體好了很多，就連這天冷風寒，也似乎不覺得裹了厚厚的衣服依舊冷的難受了。

姐姐的醫術，的確很好很好，治好了他從小娘胎裡帶出來的病症。

崔蘭芝得知後，恨不得給夏緣跪下謝恩，兒子就是她的命，曾經對這個繼女感情很是複雜，如今只有感激不盡。

夏桓一聽愣了半晌：「將咱們夏府搬去臨安？」

崔蘭芝也愣了。

「對，搬去臨安。」夏桓道，「反正夏家各府已分宗，各立門戶，夏府說白了也就我們幾人，人丁簡單。我已決定好，將來要隨顏姐姐進東宮，為太子殿下效勞，這樣的話，只您二人在北地，我也不太放心。京城水深，也不適合您二人跟我去京城，臨安最好，是安平之地，又有姐姐在臨安，是個極好的去處。」

「這……」夏桓道，「需要思量思量。」

崔蘭芝點點頭，臨安雖聽說很好，但到底如今是第一次去，搬家不是小事兒。

夏澤點點頭，也沒指望二人現在就採納他的意見，當初他悄聲給夏緣建議，讓花灼帶上父母，也是為著以後讓他們搬去臨安的想法，如今給他們時間，讓他們好好想想，他覺得，十有八九是成的，畢竟夏桓對比愛他這個兒子，更愛女兒。
夏澤終於使得夏桓不再拉著他說話了，他趕緊下了馬車，回到了自己車上補眠了。
崔蘭芝覺得兒子身體好了，世界一切都好了，即便外面天冷風寒，她也覺得陽光明媚，所以，對於兒子的建議，她想了想後覺得，若是夏桓同意，她也沒意見。
夏緣早先還氣笑花灼照顧人照顧得睡著了，卻不成想自己也跟著花灼花顏睡著了，且這一覺還睡了兩日夜。
三位主子都在車裡睡著，中途時，停歇在酒樓裡，也只天不絕、程子笑、五皇子、夏桓、崔蘭芝等人下去酒樓吃了飯。
五皇子沒隨雲遲回京，跟著一起前往臨安花家。
馬車一路向臨安行進，走了兩日安平的路。
第三日時，花灼忽然醒來，眼神凜冽，對外喊：「安一。」
「公子。」安一立即現身。
「有危險。」花灼說了一句話，隨手拽了夏緣坐起身。
安一面色霎時肅然，低喝一聲：「有危險，所有人，保護公子、少夫人、少主。」
花家暗衛立即從暗中現身，將馬車團團護住。
同一時間，前方樹林裡有密密麻麻的箭雨射了過來。
花家暗衛準備齊全，齊齊拿著盾牌，護住了馬車，密不透風。
花顏在感知到危險時，也睜開眼睛，見花灼拽著夏緣，同時護住了她，她慢慢地坐起身，對花灼問：「哥哥，是什麼人？」

「尚且還不知。」花灼搖頭。

「到了哪裡？」花顏問。

花灼依舊搖頭，他也不知到了哪裡：「依照行程計算，應該是到了神醫谷的地界。」

「神醫谷？」花顏瞇起眼睛，「據子斬來信，說神醫谷已被人毀了。他本來是要查何人毀了神醫谷，不過因為我出事，他急急回京了。」

「也許神醫谷被毀不過是個障眼法，就如地下城一樣。」花灼道，「這些人，一定是一早得到了消息半途截殺你。」

「嗯，那統領不殺我大約不會善罷甘休。」花顏呵地笑了一聲，「他似乎盯上我了，顯然在北地我狠狠將他得罪了。」話落，又道，「不過這樣也好，只有他現身，不藏著躲著，才能有痕跡抓到他。」

花灼點頭，想伸手挑開車簾，但怕花顏剛睡醒受了風，想出去查看，又不放心將她和夏緣擱在車裡，畢竟花顏如今弱不禁風，手無縛雞之力，需要近身保護。

外面箭如雨，落在盾牌上，劈啪作響，如雨點一般。

於是，他對外詢問：「安一，對方是什麼人？」

安一立即說：「回公子，似乎是軍隊。」

花灼瞇起了眼睛：「多少人馬？」

「尚未查知，怕是不少於十萬。」安一道。

花灼冷下了眸子，冷笑一聲：「果然是恨不得殺了妹妹。」話落，他對安一吩咐，「喊話問問，對方是什麼人？截殺太子妃車駕，可知是死罪？」

安一立即將花灼的話傳了出去。

他這話剛落，對面樹林裡忽然傳出一聲咯咯怪笑：「太子妃？馬上就死了，不是了。」話落，揚言道，「我家統領說了，只要太子妃和花灼死，他就放了你們所有人。」

這聲咯咯怪笑十分熟悉，正是那日追殺的梅花印衛的頭目。

花顏想著原來那統領和梅花印衛繞過原木嶺消失是暗中來了神醫谷地界，想必這裡又是一個據點了。她低聲開口：「雲暗。」

雲暗早已經立在了車前，聞言立即應聲：「主子有何吩咐？」

花顏道：「你守好車前，不得離開。」

雲暗一愣：「是。」

花顏轉頭對花灼道：「哥哥，有雲暗在，你出去看看吧！」

花灼點頭，探身出了車廂，他出去的動作很快，簾幕只掀動了一下又落下，連一點兒寒風也沒吹進車廂內。

他出了車廂後，縱身跳出數丈遠，隔遠了看著對面射來的大批箭雨依舊細細密密地落在盾牌上，地上落了密密麻麻的一層箭，箭尖發黑，顯然有毒。

他眯了眯眼睛，輕輕揮袖，一陣狂風捲過，地上的箭雨驟然被風捲起，悉數地射回了對面。

瞬間，對面響起一大片的慘叫聲。

花灼冷笑，伴隨著慘叫聲響起他清越潤耳的聲音：「你家統領是誰？請他出來，本公子不喜歡縮頭烏龜。」

花灼這一動作讓對面慘死了一大片人，那頭目一看放箭沒屁用，對方顯然是備有行軍盾牌有所準備，下令讓人停止了放箭，冷厲的聲音說：「你是花灼？還不配見我家統領。」

花灼冷笑，負手而立：「哦？本公子不配見你家統領？那麼誰配見他？閻王爺嗎？」

那頭目眸中發出狠光：「花灼，你這個病懨懨的弱子，休要囂張，我這便讓你去見閻王爺。」話落，他向身後揮手，「上！既然他們不識時務，就給我像碾死螞蟻一樣地碾死他們。」

他一聲令下，後面山林中衝出大批的士兵，烏壓壓的一大片，長矛長槍，殺氣騰騰。

花灼冷哼一聲，伸手入懷，一枚煙霧彈拋向上空，須臾，在半空中炸開一抹霞光。他看著衝過來的大批人馬道：「踏破鐵鞋無覓處，得來全不費工夫。今日你們來多少人，都統統地給本公子留在這裡。」

那頭目看著半空中炸開的煙霧彈，直覺不對勁，但還沒想出哪裡不對勁，便見不遠處四面山頭上響起了擊鼓聲，霎時，露出烏壓壓的士兵人頭以及飄揚的軍旗。

那頭目面色大變，驚駭地不能相信他們已經在這裡埋伏數日，統領料到花顏一定會從這裡回臨安待嫁。但是這些兵馬，是什麼時候埋伏在這裡的？

他只帶了十萬兵馬，而對方怕是二十萬兵馬不止。

花灼冷笑：「到底是鹿死誰手？如今你該知道了。報上你的名號，本公子留你一個全屍。」

「你做夢！」那頭目眉眼森嚴，大喝，「退兵！快！聽我命令，退兵！」

大批的人馬已經衝到了重重暗衛守護的馬車前，但此時突然發生大變，那頭目下令退兵，卻已經來不及了。

暗衛們頃刻間纏上了這些士兵，而四面山頭的士兵們也蜂擁地湧來，形成包圍之勢。

那頭目見不好，知道今日這十萬兵馬怕是折在這裡了，但是他不能折在這裡，於是，他低喝一聲：「梅花印衛，跟著我撤！」

十分之果斷，寧可這十萬兵馬不要了！

隨著他一聲令下，梅花印衛跟著他立即撤走。

花灼眸子縮了一下，瞬間飛身而起，追著那頭目而去，同時下令：「安一，攔住他們！」

安一當即飛身而起，同時大喝：「公子有命，攔住梅花印衛。」

一聲令下，花家大半的暗衛向梅花印衛離開的方向追去。

花灼武功極高，即便那頭目十分乾脆果斷地棄逃，動作十分迅速，但也不及花灼的身影快，他幾乎沒追多遠，就攔住了那頭目，手中長劍出手，一劍就刺向那頭目後背心窩處。

那頭目不敢不停，只能回身避開花灼的一劍，有了這個停頓，花灼欺身上前，成功地攔住了他。

那頭目看著花灼，眼神霎時變了。他似乎沒有料到臨安花家傳聞中從小得了怪病病懨懨的公子，竟然有這麼高的絕頂身手，不過頃刻間就攔住了他。

他心中咯噔一下地知道今日他怕是有來無回了，所以，猛地一咬牙，果斷地對梅花印衛下命令：「別管我，所有梅花印衛，都撤走。」話落，又在躲避花灼劍招時補充了一句，「告訴統領，卑職無用，但誓死效忠統領。」

他話落，忽然不避不躲，任由花灼的劍刺穿他心窩。

梅花印衛聽到了他的話，片刻不耽擱，果然不對他施救，紛紛撤走。

安一落後花灼一步，眼看著梅花印衛撤走，怕也難追上，請示花灼：「公子？可繼續追？」

花灼看著被他輕易殺死的頭目，他身體軟軟地倒在血泊中，果斷地閉上了眼睛，他抽出劍，容色冷寒地看了一眼梅花印衛離開的方向，早已不見身影：「不必追了。」

安一應是，看著倒在地上的頭目死的乾脆，一時無言。

花灼也一時無言，這頭目以他一人之死，救了梅花印衛。

他早已知道背後之人隱藏的深十分可怕，但是也低估了這些人的果斷狠辣，不止手段狠辣，對自己也狠辣，拿生命不當回事兒的魔鬼，這般輕易棄死，這般果決，培養出這樣的見時機不對做出最好最有利的決斷，可見那統領何其厲害？

二十萬兵馬從山頭衝下，團團地圍住了十萬兵馬，陸之凌大喝一聲：「繳械投降不殺！」

他一聲大喝，那十萬兵馬的主頭目已死，梅花印衛已離開，十萬兵馬群龍無首，自然沒有了戰鬥力，紛紛繳械投降了。

這一場仗，自然贏的毫無懸念。

陸之凌當即痛快地收編了十萬兵馬，心中一陣暢快。

夏緣掀開車簾的縫隙向外看了一眼，納悶地對花顏驚訝地說：「陸世子不是留在北安城鎮守嗎？怎麼突然出現在了這裡？是什麼時候來的？」

花顏也不知，笑著搖搖頭：「你不知道，我自然也不知道。」

這些日子，她身體難受，精力不濟，時常昏睡，醒來時也渾身乏力，無論是雲遲還是哥哥還是陸之凌，商議什麼事情自然都避開了她不讓她憂思過甚。

想必，三人早已經料到途徑神醫谷會有這麼一齣，所以，提前做了安排。

夏緣敲敲自己的腦袋：「是我笨，花灼連個字都沒提。」

花顏笑：「大約是怕你知道一路緊張睡不著覺，時刻看著我，所以才沒與你說。」

夏緣想想有道理，癟了癟嘴，不說話了。

花灼吩咐安一將這頭目的面巾揭開，將之搜身。

安一應是，揭開那頭目蒙著的面巾，見到的是一張蒼白的臉，模樣十分普通，扔在人群裡認不出來的那種。

安一將之搜身，他周身上下空無一物，連一塊令牌也無，想必在知道自己不能活著離開時，將東西在匆忙之下移交了出去。

花灼在安一檢查後，隨意地說：「他也算死得痛快，給他個全屍，挖個坑埋了吧！」

安一應是。

花灼轉身回了馬車。

陸之凌快速地收編著十萬兵馬，抽空去馬車前瞅了花顏一眼，見她完好，放下了心，樂呵呵地說：「這幫混帳東西，今日總算有了收獲。」

花顏對他微笑：「大哥用兵如神，埋伏的隱祕，竟然沒被他們發現。」

陸之凌得意地揚起眉毛：「他們會玩偷偷摸摸躲躲藏藏，我也會。」話落，怕冷風吹進車廂凍著花顏，他放下了簾幕，道，「這些人折損不小，短時間內估計不會輕易出來了，你和太子殿下大約是可以安心大婚的，我帶著這些兵馬回京等著喝喜酒。」

「好。」花顏點頭。

花灼來到了馬車前，正趕上陸之凌與花顏說完話，陸之凌見到他，立即問：「梅花印衛那頭目殺死了，可從他身上查出了什麼東西？」

花灼搖搖頭：「周身無一物，實在謹慎得很。」

陸之凌撇撇嘴：「來日方長，就不信拿不住那統領。」

花灼拍拍陸之凌肩膀：「辛苦了。」

陸之凌搖頭：「這點辛苦算什麼，我這便帶著三十萬兵馬進京，安排太子殿下和妹妹大婚事宜，一定要在他們大婚時，將京城守的固若金湯。」

花灼頷首。

第一百零八章 太子寶劍出鞘

辭別了陸之凌，將此地戰場都交給他善後，花灼又上了馬車，吩咐人起程。

花顏擁著被子，看著上車的花灼：「哥哥！大哥和太子殿下你們三人是何時商定由大哥帶兵前來在神醫谷地界埋伏？連我竟然也不曉得，沒提一句。」

花灼拂了拂身上的寒氣，上了車後坐在離花顏最遠的地方，聞言懶洋洋地抬眉：「在離開之前，商議路線時，太子殿下覺得那統領在北安城栽了個大跟頭，雖致使你重傷，但他也損失不少，想必不想你順利回臨安，從北地到臨安，最可能埋伏的地方就是神醫谷地界了，畢竟山林多環繞。」

花顏點頭：「的確，這裡最適宜設伏。」

花灼看著她道：「所以我說，他本該睿智英明，若不是你，怕是一生無瑕，千載之後，也不會有被人詬病的地方。如今因為你，千載之後，雖有功勳，怕是風月之名也少不了。」

花顏聳聳肩，笑著說：「我可是你的親妹妹，如今我倒有些懷疑，你莫不是雲遲的親哥哥？什麼時候這麼向著他了，你不是看他不太順眼嗎？」

花灼哼了一聲：「什麼話都敢說。」

花顏對他吐吐舌頭，又無力地躺下身：「那統領如今又折了一回，連梅花印衛的頭目也死在了你手裡，怕是再有後招，會更狠辣無比了。」

「當誰怕了他！」花灼嗤了一聲，對她道，「你不是沒睡夠嗎？接著睡吧！」

花顏確實沒睡夠，可是她有些餓了，對花灼說：「有吃的嗎？」

夏緣立即說：「我去問問。」說完，她立即跳下了車。

花灼看著夏緣跳下車，補充了一句：「我也餓了。」

夏緣應了一聲，其實她也餓了，他們三人不知不覺地睡了兩日夜，不餓才怪。

夏緣下了車後，便去後面馬車上找了采青，問可有食物。

采青立即點頭，連忙說：「太子妃、公子、少夫人您三人都睡著，在路上打尖用飯菜時奴婢不敢打擾，便用食盒裝了些飯菜備著，以防您三人醒來餓，如今將食盒放在火爐上溫熱一下就能吃。」

說著，她將一大籃子裡裝的食盒都遞給了夏緣。

夏緣笑著說：「多謝你了，還是你想的周到。」

采青搖搖頭，抿著嘴笑著說：「自從少夫人來了，把奴婢的活都幹了，奴婢也只能幹這麼點兒小事兒了。」

夏緣捏捏她的臉：「等太子妃大婚後，我就將人還給你照看，以後依靠你受累的地方多著呢，別急。」

采青笑著點點頭。

夏緣拿了一大籃子食物回到了馬車，將飯菜拿出來，倒進了幾個大瓷碗裡，放在火爐上溫熱了，她先熱了粥和青菜，遞給了花顏，然後又將饅頭和肉類熱了遞給花灼。

花顏看著花灼面前香噴噴的肉，恨不得將他趕下馬車。

花灼當沒看見，逕自吃的香，唯夏緣有良心，陪著花顏用了稀粥青菜和半個饅頭。

吃過飯後，花顏沒多少睏意，睜著眼睛看著棚頂，忍不住想雲遲。

夏緣見花顏不睡，盯著棚頂出神，不由小聲詢問：「花顏，你在想什麼？」

「在想太子殿下，不知他進京了沒有？」花顏喃喃道，「好想他啊！」

花灼瞥了花顏一眼，難得地沒說話笑話她。

夏緣想了想說：「兆原縣距離京城五百里地，如今已是兩日夜過去了，太子殿下騎快馬的話，應該在昨日就回到京城了才是。」

「也是。」花顏點點頭，「不知京城可安平？」

「定然是安平的，沒聽到什麼動靜，想來沒出事兒。」夏緣道，「你就別擔心了，太子殿下離京時已安排妥當，子斬公子又回了京城。」

花顏看向雲遲：「哥哥，要不然咱們去京城轉一圈再回臨安？從這裡過去也不是太遠，頂多三日路程。」

花灼聞言斜睨著她：「你確定？」

花顏癟癟嘴，歎了口氣，扭開頭，閉上了眼睛，她不確定，自己這副身子，實在是弱不禁風的很，還是不要去京城給雲遲添亂了。

花灼見她識時務，不再理她，挑開簾子，下了馬車。

「哥哥，你幹嘛去？」花顏見花灼下了馬車，又扭過頭，出口問了一句。

「去找岳父聊天。」花灼丟回一句話。

花顏撇撇嘴，對夏緣問：「夏伯父喜歡哥哥的吧？」

夏緣臉微紅，點點頭：「是很喜歡他，說我有福氣。」

花顏一猜就是，她的哥哥，應該沒有人會不喜歡，她笑著伸手捏了捏夏緣的臉：「哥哥能娶你，也是他有福氣，你們倆都有福氣。」
夏緣嗔目：「你身子都軟的跟麵團了，手竟然還不老實。」
花顏笑了笑，撤回手，伸手抱住被子，嘟囔：「好無聊啊！嫂子給我說書聽吧！」
夏緣看著她：「你不睡了？」
「嗯，現在睡不著，不想睡。」花顏道。
夏緣點頭，想了一個故事，給花顏繪聲繪色地說了起來。
在花顏想雲遲時，雲遲果然已在前一日夜晚到了京城。
京城籠罩在一片銀白中，京城的雪雖然不及北地的雪下得大，但也將天幕都下白了。京城在飄雪中一片靜寂，雲遲進了京城的地界後，並沒有急著進城，而是去了城外十里處的農莊，同時，命雲影給蘇子斬傳了他消息，告知他已回京，城外相見。
蘇子斬自從那日回了京城後，也並未現身，更未回武威侯府，也是同樣落居在了城外五里外的一處農莊。
他在暗中觀察京中的動靜和動向。
一連十日，京中並沒有動靜，朝中也無動靜，宮裡更無動靜，只東宮裡每日傳出誦經聲。
蘇子斬是個能忍的性子，所以，他沉得住氣地等著，京中一切太平靜，反而說明，這渾水和漩渦越深越大。
他一是等著雲遲回來，二是等著背後之人忍不住動手，他在暗中能穩定朝局。
這一日夜晚，他沒想到會接到了雲遲回京的消息，他當即有些驚訝，沒想到雲遲這麼快就從北地回來了，他迫不及待地想知道花顏如何了，於是，在收到傳信時，連披風都沒顧得及披，便飛身上馬去了雲遲下榻的那處農莊見雲遲。

雲遲剛沐浴換衣，連茶都沒來得及喝一口，便見蘇子斬匆匆而來。

蘇子斬見到他的第一句話是：「花顏怎樣了？可還好？你如今回京了，想必她還好？」

雲遲見他一身風雪，衣裳雖厚，但沒穿披風，他吩咐小忠子：「吩咐廚房，給他熬一碗薑湯來。」

小忠子應是，立即去了。

蘇子斬盯著雲遲：「快說。」

雲遲知他關心花顏，也不隱瞞，將花顏身體狀況與他簡單地說了說，他雖說的簡單，但蘇子斬還是從他隻言片語中聽出了驚險，他安靜地聽著，待雲遲說完後，沉默不語。

雲遲看著蘇子斬，眉目黯沉：「她是為了我才受傷至此，是本宮無能。」

「她的確是為了你。」蘇子斬抬頭看著他，說完這一句話，他忽而一笑，「不過，這也是你的福氣，她如今鬼門關走了一遭，想必心結已解開了不少。」

雲遲頷首：「她將魂咒之事告訴我了。」

蘇子斬瞇了一下眼睛，挑眉：「如今你既然知道了，那麼，你以為你該如何？」

「與她同生共死，生死不棄。」雲遲一字一句地道。

蘇子斬揚眉：「不顧太子殿下身分？」

雲遲抿唇：「生死有命富貴在天，本宮的儲君身分，若連她的命都保不住，怕是也保不住這天下蒼生的太平安定，不顧也罷。」

蘇子斬冷笑：「你倒是比她想得開，那個女人，比你還重你的江山。」

雲遲扯了扯嘴角，不語。

蘇子斬端起茶盞喝了一口熱茶，也不再說話。

這一刻，二人似沒什麼好說的，同愛一個女子，一個是生死不棄，一個是生而成全。但無論如何，只要花顏活著就好。

片刻後，小忠子端來兩碗薑湯，一碗放在了雲遲面前，一碗放在了蘇子斬面前。

雲遲喝著薑湯，這才問：「想必京城這些日子以來十分安平了？否則你也不會在收到我的傳信時第一時間趕來。」

蘇子斬也端起薑湯「嗯」了一聲，「安平得很。」

京城的確是安平的很，安平的甚至是沉寂死寂沒有一絲一毫的波濤驚浪。

蘇子斬對雲遲說，他回京後，躲在暗中，沒發現一個人有不對勁。

皇帝為了太子的病體，這些日子沒有回皇宮，而是日夜住在了東宮，就連處理奏摺，也在東宮，免了早朝。

太后更是，寸步沒離開回宮，每日都去鳳凰東苑的門口轉一圈，大半日都在東宮的佛堂抄經書為太子祈福。

朝臣們每日都會去東宮，十分關心太子殿下病體。

百姓們都在家裡焚香禱告，半壁山清水寺的門檻都快被善男信女們踏破了，全都是為太子殿下祈福的人，香火絡繹不絕，彌漫整個半壁山。

京中，陷入了前所未有不尋常的平靜，就連街道上都沒有小偷作奸犯科了。

雲遲聽完蘇子斬的話，不由得笑了，對他問：「你說是背後之人不敢出手，還是等待時機？

若是時機的話，如今不是最好的時機嗎？」

蘇子斬敲著桌面說：「大約是覺得太子殿下手段厲害，心機深沉，謀略過人，所以，怕你此次突然病入膏肓是有詐，所以，沒敢動手，殊不知，錯過了最好的時機。」

雲遲點頭：「說得有理，大概是本宮這四年來威儀手段太深入人心了。」

蘇子斬看著他：「你是想這樣一直等著，引出幕後之人動手？還是有何打算？」

雲遲果斷地道：「今日我便回東宮，明日開始籌備大婚。背後之人既然在這些日子沒動手，那麼，便繼續藏著吧！待本宮和太子妃大婚後，再收拾。」

蘇子斬嗤笑一聲：「對於大婚你倒是急的很。」

雲遲淡淡道：「一日她不姓雲，便夜長夢多，別告訴我你沒想過在北地瘟疫肆虐時與她一起死在北地？」

蘇子斬似乎一下子被愉悅了，放下空空的薑湯碗，對雲遲道：「自然！以後你若待她但有一分不盡心，我就是死，也先你之前拖上她。」

雲遲冷下臉：「沒有那一日。」

蘇子斬懶洋洋地說：「但願沒有。」

雲遲看著他又是一副熟悉的靠著椅背懶洋洋的模樣，懶得再看，站起身，對他道：「本宮進城，你是否與我一起？」

「不了，今夜我就在你這裡住了。」蘇子斬搖頭，「既然引出背後之人和查背後之人你不急，那我替你急什麼？你回來了，我也該歇歇了，明日再回城。」

「嗯！明日早朝，對於北地的大功之臣自是要封賜獎賞。你想要什麼職位？」雲遲問。

蘇子斬揚眉：「朝中的職位，隨便我選？」

雲遲道：「可以。」

蘇子斬摸著下巴說：「戶部尚書被你斬首後，這個職位還空著吧？給我好了。」

雲遲點頭：「行！」話落，他伸手拿起披風，披在了身上，再不多說一個字，乾脆地走了。

小忠子沒想到太子殿下說走就走，連忙追了出去。

蘇子斬看著雲遲的背影離開，風雪打在他身上，蕭瑟清瘦，直到人沒影，他才收回視線，把玩著手裡花顏還回來的那枚玉佩，悵然地笑了笑，喃喃道：「真是人不同人，命不同命。」

他這聲音雖低，但青魂聽的清楚，暗暗地深深地歎了口氣，想著對於花顏小姐來說，太子殿下顯然比公子命好有福氣。

雲遲出了農莊，騎快馬向京城而去。

十里地，不遠，很快就到了城門下。

守城的副將是雲遲三年前親自安排，從東宮出來的人，見到雲遲，猛地睜大了眼睛，當即跪在了地上：「太子殿下萬安！」

雲遲揮手：「起吧！」話落，不再多言，縱馬進了城。

十二雲衛緊緊地跟著雲遲，馬蹄裹了軟綿，踩在地面的雪地上，沒在夜裡發出多少聲響，一路向東宮而去。

那副將站起身，拍拍身上的雪，驚喜地問身邊人：「方才是太子殿下吧？」

身邊人吶吶地點頭：「好像是。」

那副將一巴掌拍在了他腦袋上：「什麼叫做好像是？有誰敢冒充太子殿下？笨蛋！」

身邊的小嘍囉揉了揉腦袋，嘿嘿地笑：「您說得對。」

那副將想說原來太子殿下病入膏肓是假的，太子殿下冒著風雪從外面回京，不知道去了哪裡，是什麼時候出的城，大約是那天他沒當值。但無論如何，太子殿下好好的就好，謝天謝地，若太子殿下出了事兒，真不敢想像，諸位皇子中誰能來代替太子殿下。

雲遲一路回到東宮，進了宮門，可把看守宮門的人樂壞了，也把福管家樂壞了。

眼見雲遲好好的，福管家幾乎抱著雲遲大哭：「殿下，您……您總算好了。」

雲遲翻身下馬，伸手拍拍福管家老淚橫流的臉，溫聲說：「辛苦福伯了。」

福管家連連搖頭：「奴才不辛苦，皇上太后才辛苦，只要殿下好好的，奴才就算折壽也樂意。」

雲遲動容：「父皇可在？住在哪裡？」

福管家立即道：「皇上這些日子就住在東苑的偏殿裡。」

雲遲頷首：「本宮這就去見父皇。」話落，向鳳凰東苑走去。

福管家連忙跟了上去，一邊跟著雲遲疾步走著，一邊稟告他離開後東宮和京城這些日子的境況。

雲遲雖然已聽蘇子斬說了個大概，但還是耐心地聽福管家說完，沒發現什麼問題，便一路去了東苑。

皇帝這些日子可謂是心急如焚，他一直沒敢給雲遲傳消息，也沒收到雲遲的消息，都十日過去了，不知雲遲如何了，他身子骨本就不好，這些日子著急上火又犯了病，但卻咬牙挺著。

在雲遲沒回來之前，他不能倒下，他不能做一個沒用的父親，沒用的君主。

今日，就在他受不住了想給雲遲去一封信時，琢磨再三，還是按壓住了。

他怕壞了事兒，怕雲遲身子沒好，怕京城因為他這個小動作被背後之人查到消息，走漏風聲，亂了起來。

就在他一陣陣長歎時，聽到了外面的腳步聲，他蹙眉，問：「外面何人？」

王公公探頭向外看了一眼，頓時睜大了眼睛，驚訝地說：「皇……皇上，是……是太子殿下……」

突然見到雲遲從外面匆匆而來，著實不得不讓他驚了一跳，加上雲遲步履匆匆，冒著風雪，一看就像是奔波回來的模樣。

他心中驚異，難道太子殿下一直沒在正殿，半壁山清水寺的德遠大師和住持方丈作法是假的？太子殿下根本就沒有病入膏肓？根本就是離開了東宮離開了京城，以此做掩護去了外地？那麼太子殿下的病體是怎麼回事兒？難道太醫院的太醫們診治的是假的？難道武威侯府的孫大夫診脈也是假的？根本就沒有油盡燈枯？

王公公百思不得其解。

「什麼？」皇帝騰地站起身，幾乎驚喜的聲音發顫，「你說什麼？太子回來了？」

王公公看著皇帝這樣，顯然，是知道太子離京的，他沒想到這麼多年，他竟然不得皇上信任，他垂下頭：「是，皇上，是太子殿下，奴才沒看錯……」

他話音未落，皇帝已衝出了房門。

雲遲走到門口，剛要邁上臺階，便見皇帝從裡屋衝了出來，一身單衣，連件外衣都沒披，滿臉喜色，他微微地露出笑意，快走了兩步，上了臺階，一把扶住皇帝：「父皇，兒臣回來了。」

皇帝見真的是他，大喜，緊緊地攥住他的胳膊：「回來就好，回來就好。」話落，紅了眼圈，

「可是沒事了？病好了？」不等雲遲回話，又將他上上下下打量了一遍，自問自答地說，「你這樣子，可見是好了。」

雲遲點頭：「回父皇，兒臣好了。屋外天寒，我們回屋說。」

皇帝連連頷首，由雲遲扶著，進了屋。

王公公跪地給雲遲請安：「太子殿下萬安。」

雲遲看了王公公一眼，擺手，溫聲道：「公公請起。」話落，扶著皇帝進了裡屋。

皇帝坐下身，依舊激動不已：「顏丫頭真是傷重？她如今怎樣了？」

雲遲也坐下身，點頭：「她重傷險些丟命，如今幸好化險為夷。」

皇帝大驚：「果然是因她，她怎麼傷重的？」

雲遲歎了口氣，簡略地將北地發生的事情與皇帝說了，花顏是為了他，為了北地的百姓。

皇帝聽罷，也是激憤不已，一拍案桌道：「賊子滅絕人性，顏丫頭不愧是你選中的太子妃。好啊！天下女子，皆不及爾。」

皇帝的這一句評價，是對花顏最高的評價了。

雲遲看著皇帝微笑：「父皇的這一句話，一定要讓史官記上一筆，將來千載流傳。」

皇帝點頭，十分痛快：「趕明兒朕就讓人記上。」

雲遲笑著頷首：「是該記上，南楚江山有她，兒臣有她，是江山萬民之幸，是兒臣之幸。」

皇帝感慨地贊同，誰能想到西南境地提前被雲遲五年收復，是因為花顏相助?!誰能想到北地大亂地下城藏著瘟疫之源三十萬兵馬差點兒毀了整個北地，是因為花顏救了北地?!

她不要名不要利，只因為太子妃的身分，便做了這麼多，多到自己重傷，險些性命不保。

他看著雲遲：「眼光不錯，朕如今終於明白你為何非她不娶了？」

雲遲淡淡地笑：「五年前，川河谷水患，臨安花家動用了上百糧倉無數物資救援百姓，兒臣查到了她的身上，自此心慕已久，但是兒臣如今真希望她不那麼顧及江山，少受些操勞，也不至於讓兒臣覺得自己無用。」

皇帝深深地歎了口氣：「遲兒，你是南楚江山的太子，朕對你寄予厚望，朕這一輩子孱弱無能，你母后身子骨生來同樣孱弱。你卻與朕不同，你文武兼備，給自己選的太子妃亦是有才華本事的大仁大義之人，你當高興，切不可做如此想法。」

雲遲揉揉眉心：「兒臣知道，父皇安心，只要兒臣在一日，一定不讓父皇失望，定守好南楚江山。」

皇帝欣慰地點了點頭，本來半壁山清水寺的德遠大師與住持方丈在說出雲遲的病因，是因為對花顏感同身受才病入膏肓心脈枯竭時，他驚駭雲遲對花顏情深，實在沒想到他這個自小被人稱之為性情涼薄寡淡的人竟然會如此，他幾乎悔恨於自己沒教導好他，但是如今，看著他平安回來，又得知花顏是為了他為了南楚江山幾乎丟命，他也釋然了。

兩個孩子都是好孩子，只要他們如今好好的，他還能說什麼？南楚江山交到他們手裡，他當安心踏實。

他看著雲遲，又問：「你與朕詳細說說，顏丫頭身子骨如今到底如何？你們馬上就要大婚了，可是要延遲大婚？」

雲遲將花顏目前的情況說了，想著離開花顏時，她依舊是風一吹就倒的模樣，如今一路奔波回臨安，天寒路遠，不知她身體可受得住，不由得多了幾分憂思。

他想著，她回臨安，待不了幾日，他就要去臨安接她進京大婚，她的身子骨可受得住？

但是，他不想再等了。

若是一路照顧得好，有天不絕在，她想必是能受得住的。

這是他們分開時商量好的事兒。

於是，他對皇帝道：「父皇，大婚無需延遲，兒臣不想拖延，想將她趕緊娶進東宮，她身子骨如今不好，兒臣也能時刻照顧她。」

皇帝問：「背後之人囂張至極，做出的一樁樁一件件事情都滅絕人性，你離京這十日，沒想到京城竟然太平得很，不知道接下來會不會出大事兒。」

雲遲冷然道：「兒臣不會讓出大事兒的，京城上下，從明日起，重兵布防。我已調陸之凌帶二十萬兵馬回京，也許，比這二十萬兵馬還要多，再加上京城西山兵馬大營的三十萬兵馬，任誰有天大的本事，也生不出亂子。」

「好！」皇帝撫掌，「既然如此，就依你安排吧！」

皇帝說完這句話，因有些激動，咳嗽起來。

雲遲親手給皇帝倒了一盞茶：「父皇仔細身體，兒臣不孝，待兒臣大婚後，便不讓父皇再如此操勞了。」

皇帝半晌止了咳，接過茶盞，喝了一口，壓了壓嗓子，道：「本就是朕該操勞，反而讓你早早辛勞。」話落，擺擺手道，「你一路風塵而歸，也累了，有什麼話明日再說，快去歇著吧！」

「明日讓德遠大師給父皇把把脈。」雲遲站起身，「父皇也早些歇著。」

皇帝點頭：「已把過脈了，這幾日就在吃大師開的湯藥，否則你以為你出了這麼大的事兒離開京城朕能挺到現在？」

雲遲笑了笑：「也是。」話落，乾脆地告退，出了房門。

外堂屋門口，小忠子拉著王公公在說話，見雲遲出來，二人連忙見禮。

雲遲停住腳步，對王公公溫和地說：「辛苦公公了。」

王公公連忙誠惶誠恐：「太子殿下折煞老奴了，老奴什麼也沒做。」

雲遲微笑：「侍候好父皇，你就是大功勞了。」

王公公當即跪在地上：「侍候皇上是老奴本分之事。」

雲遲負手而立：「公公不止做了侍候父皇的本分之事，還做了不少代父皇操勞的事情呢？」

王公公身子一顫：「殿下，老奴……」

他想說什麼，但雲遲這一句話太意味不明，他一時間也不知該如何接這話，是該請罪？還是該如何？請罪的話，請的是何罪？

雲遲看著他，居高臨下地道：「王公公可知道為何父皇突然不信任你了嗎？」

王公公臉色發白，不敢抬頭，顫聲道：「殿下，老奴不知……」

雲遲冷笑：「你是父皇的身邊人，有時候就是父皇的耳目，但父皇被閉目塞聽多年，你說你不知道是為什麼？」

王公公頓時汗濕脊背，說不出話來。

雲遲盯著他，只見他豆大的汗珠子落在地面上，他目光溫涼，鹹鹹淡淡地說：「說吧！你的主子是誰？」

王公公垂著頭不抬起，身子由小小的顫抖忽然劇烈地顫抖起來。

雲遲瞇起眼睛：「都說越是到了一定的年紀，越是怕死，不知公公可是？」

王公公猛地抬起頭，看著雲遲，他從雲遲的眼中，只看到了無盡的涼寒和淡漠。他只看了一眼，然後身子一軟，倒在了地上。

小忠子驚呼：「殿下，他自殺了？」說著，他衝上前，就要拽王公公。

王公公已咬舌自盡，死的乾脆痛快，甚至沒留一言半語。

雲遲看著他倒在地上溫熱的屍體，他本也一直沒想到皇上身邊的大總管太監竟然早就被人收買了，或者本就是背後之人早就安插在皇上身邊的棋子。但今日回來，他匆匆而歸，不經意地看了迎出來的王公公一眼，從他的眼中，竟然看出了太多的情緒，又果斷的試他一試，才斷定出這個人，早已就不是他父皇的人，只是隱藏的太好。

若非他走時皇上連他也瞞了，若非他回來的太突然，還不能發現他。

「殿下，怎麼辦？」小忠子探探王公公鼻息，抬頭試探地問雲遲。

這時，皇帝聽到動靜，從屋中走了出來，看到了倒地的王公公，立即問：「怎麼回事兒？」

雲遲平靜地說：「兒臣問他的主子是誰，他便咬舌自盡了。」

皇帝面色一變，看著地上的王公公，頓時氣憤：「他什麼也沒交代？」

「沒有。」雲遲道，「背後之人隱藏了不知多少年，也不知多少代，根基扎的深，所以，藏的隱祕。若是能這般被輕易問出來，就簡單了。」

皇帝又恨又怒：「來人！將他拖出去喂狗。」

雲遲沒意見。

有人應聲現身，快速地拖了王公公的屍體下去。

皇帝被氣了個夠嗆，同時覺得自己這麼多年被愚弄了，他一陣猛咳，氣怒地說：「真沒想到啊！這個狗東西，朕這麼多年對他不夠好嗎？朕是太子時，他就跟在朕身邊了。」

雲遲不語。

皇帝氣罵了一陣，見雲遲不言聲任他罵個夠，忙住了口：「你覺得何人是他的主子？」

「一日沒查出來，一日不好說。」雲遲拂了拂衣袖，「父皇身邊的人都該換換了，」

皇帝咬牙道：「都交給你來給朕換一遍。」

「好。」雲遲頷首。

皇帝不再多言，轉身回了內室，雲遲出了外堂，回了他的院子。

鳳凰東苑三層重兵把守，固若金湯，德遠大師與住持方丈不時地傳出誦經聲。見雲遲回來了，東宮的守衛都齊齊大喜地跪地見禮，德遠大師和住持方丈更是在見到雲遲時，齊齊驚喜地道了兩聲「阿彌陀佛」。

雲遲平安歸來，整個東宮歡騰雀躍。

德遠大師和住持方丈上上下下將雲遲打量了一遍。

德遠大師唏噓：「當年住持與老衲提起臨安花家那兩位感同身受的稀奇之事，老衲還遺憾未曾目睹，如今眼看著太子殿下奇跡般地身體硬朗，真是世間之玄妙，實在讓老衲覺得不枉此生見識啊！」

住持大師看著雲遲，他更關心花顏：「太子殿下，太子妃身體還好吧？」

雲遲溫聲道：「兩位大師連日來辛苦了，太子妃性命無礙，身子骨怕是需要調養一段時間方能恢復如初。」

住持大師聞言又道了聲「阿彌陀佛」，「太子妃吉人自有天相，一定會好的。」

雲遲點頭。

二人雖然很想詳細地問問花顏發生了什麼事兒身體傷到什麼地步，但看著雲遲疲憊的眉眼，再加之出家人的秉性，便打住了話並告了退，讓雲遲先去休息。

二人離開後，太后聽到了消息匆匆來了東苑。

雲遲自然不能不見太后，連忙命人請太后進來。

周嬤嬤扶著太后邁進門，雲遲一眼看到太后鬢間的白髮，顫顫巍巍，一步三咳，似乎老了十歲。他驚了一下，上前兩步，來到她面前，伸手扶住她：「皇祖母！」

太后看到雲遲好模好樣地站在她面前，一下子淚流滿面，顫顫地伸手緊緊地握住他的手，哽咽地說：「遲兒，你這是好了？」

周嬤嬤將太后交給雲遲，後退了一步，也忍不住落淚用帕子抹眼睛。

雲遲心中忽然很難受，眼睛微濕：「皇祖母，孫兒不孝，讓您擔心了。」

太后哭著說：「好，你好了就好，你沒事兒就好。」

雲遲拿出帕子，幫太后拭了拭眼角，皇祖母是真的很疼他，作為祖母太后，她可能有些地方不太妥當，但是，對於他，可真真是一個真心為他好為他著想的祖母了。他扶著太后走到椅子上坐好，溫聲說：「您身子不好，別哭了，傷了眼睛，就沒辦法看重孫子了。」

太后點點頭，又哽咽了一陣，才認認真真地看雲遲：「你告訴皇祖母，你近來到底都做了什麼？別覺得皇祖母年老了糊塗好糊弄，就不告訴我。」

雲遲本來也沒打算瞞太后，便簡略地將北地之事與花顏受傷，他感同身受之事說了。

太后一邊聽，一邊又落下淚來，尤其聽到雲遲是為了花顏，伸手指著他，好半晌，沒說出話來。

雲遲等著太后罵，太后不是皇上，不管花顏為南楚江山做了什麼，但他不管不顧陪她死的想法，的確愧對儲君的身分，愧對皇祖母和父皇的栽培，愧對列祖列宗。

太后看著雲遲一副聽罵的模樣，忽然歎了口氣，對他伸手：「靠前點兒。」

雲遲順著太后的手，乖乖探身上前了一步。

太后忽然氣笑了：「你當我是要打罵你嗎？你從小就乖，我都沒打罵過你，如今又怎麼會打罵你。」話落，她伸手摸摸雲遲的頭，「哀家只是心疼我的孫兒，你選了一個好太子妃。」

雲遲微愣，他呆呆地看著太后，沒說話。

太后撤回手：「花顏做的對！真是讓哀家意外，她能為了你，為了南楚江山做到這個地步。她能如此，你對她情深一片也沒什麼不對，畢竟人不是神，雲家人，一旦動情，便是神佛也攔不住，這是雲家人的根性，從太祖爺傳下來的。」

雲遲順勢坐下身：「皇祖母不生氣就好。」

太后搖搖頭：「哀家老了，只盼著你好，你和花顏好，皇上好，南楚江山好，就知足了。」

「會好的。」雲遲握住太后的手，「皇祖母要保重身子骨，孫兒還需要您教導重孫子呢。」

太后點點頭：「哀家這把老骨頭，一定會盡力地活著的。」

雲遲微笑。

祖孫二人又說了一會兒話，太后眼看著夜已深沉了，知道雲遲奔波而回累了，而她這些日子擔驚受怕也受不住了，哪怕有一肚子話，為著自己和雲遲的身體，還是止住了話。

雲遲親自送太后出了房門，在太后離開後，他在院中站了許久。

直到小忠子擔心雲遲身體，說了三遍「殿下請回屋吧！」，又在第三遍時補充「您的風寒一直還未祛除，若是再加重了，太子妃知道該擔心了。」時，雲遲才折返回了房間。

小忠子鬆了一口氣，想著自從跟太子妃告狀後，再勸殿下保重身體果然管用了。

雲遲回到了房間，小忠子立即給他倒了一盞熱茶：「殿下，您暖暖手。」

雲遲端著熱茶點點頭，說：「本宮又想花顏了，不知她可還好。」

「太子妃一定很好，有花灼公子在，神醫天不絕在，還有少夫人在，您就放心吧！」小忠子立即說。

雲遲道：「本宮就是不能放心。」

小忠子無奈，想著殿下對於太子妃，顯然是不在他身邊無論誰照看都不能讓他放心，他也無話可說，只能勸道：「殿下，天色已深了，您趕快休息吧！」

雲遲歎了口氣，放下茶盞，點了點頭。

小忠子見雲遲上床歇著，鬆了一口氣。

是夜，南楚京城依舊一片平靜，雪花打了幾家燃著的燈火，在雪中，燈火明明滅滅。

第二日，雲遲早早地起了，雖只歇了兩個時辰，但他精神極好。

他起身後，對小忠子吩咐：「傳話出去，今日早朝，本宮臨朝。」

小忠子應是，立即將話傳出了東宮。

文武百官們已歇朝十日，忽然聽聞東宮傳出了太子殿下的話，頓時又驚又喜，想著太子殿下好了？能上早朝了？頓時都匆匆騎馬的騎馬趕車的趕車坐轎的坐轎，前去早朝。

雲遲收拾妥當，到了上朝的時間，他邁出東宮的門時，將手中的兩份名單交給了福管家：「將這兩份名單呈遞給父皇，父皇身邊的人，按照這兩分名單來換。你來換。」

福管家連忙收了名單，躬身應是。

天空飄著雪，在一夜之間，已下了一尺深。馬車行過榮華街，行過玄德門，宣德門外，文官下轎，武官下馬，雲遲的馬車到來時，只有車馬轎子不見朝臣，顯然已都先一步進去了。

唯獨見到了一輛馬車，車前站著一個人，錦袍玉帶，緋紅披風，張揚至極的顏色，豔麗了整個玄德門。

蘇子斬！

張揚的蘇子斬！

在京城裡橫著走不可一世的蘇子斬！

小忠子一眼就看到了蘇子斬，對著車簾內悄聲說：「殿下，子斬公子等在玄德門。」

雲遲「嗯」了一聲，似不意外，伸手挑開車簾，向外看了一眼，張揚素來屬於蘇子斬這個人，漫天的白雪裡，他一身緋紅披風，將天地間變成了他一個人的風景。

雖身在宮門宮牆，但卻瀟灑風流，似立於天外。

他驀然地覺得，也許當初花顏就是因為這一眼的入心，才生出了想與他一生一世的想法。他心中不是滋味一瞬，不過很快就消失不見，落下了簾幕，在馬車走到門口時，對外面溫涼地說：「上車！隨本宮進金殿。」

蘇子斬揚了揚眉梢，二話沒說，上了馬車。

於是，子斬公子的馬車跟隨在雲遲馬車之後，進了文官下轎武官下馬的宮門。這時開了除皇帝太子太后通行的先例。

玄德門的消息很快就傳到了金殿內等候的朝臣們的耳中，朝臣們驚了又驚，駭了又駭，都在想著蘇子斬什麼時候回京的？怎麼沒得到半絲消息？

無數人都看向武威侯，或用眼神詢問，或直接開口詢問。

武威侯一臉疲憊地搖頭：「本侯也不知他是什麼時候回來的，本侯已大半年沒見他了。」

眾人看著武威侯，見他不像說假，也是一臉疑惑的模樣，都住了口。

在一片猜測中，外面一聲唱喏：「太子殿下到。」

文武百官齊齊歸列，再無人說話。

雲遲進了金殿，邁進門檻，百官們都實在太好奇了，紛紛扭頭朝他看去，雲遲還是以前的雲遲，似乎一點兒都沒有變化，一樣的容姿傾世，豐儀尊貴。實在難以與之前太醫們診治出的病入膏肓相提並論。

文武百官看著雲遲一步步踏進金殿，心中歡喜者有之，驚異者有之，納悶者有之，揣測者有之。但都齊齊掩飾起來，齊齊叩拜：「太子殿下千歲！」

三呼聲震天響，大殿磚瓦皆震動。

雲遲走得很慢，從金殿的門口通往那把儲君專屬的金椅，那把椅子是在他監國時，皇帝命人打造的，就放在皇帝的金椅旁。

他監國四年，這把金椅見證了他奠定的儲君之位。

但四年的根基尚淺，還不足以讓他執掌整個南楚太平無藏汙納垢。

蘇子斬跟著雲遲進了金殿，雲遲向裡面走，他就立在了門口處。他自小與雲遲不對付，從沒想過有朝一日自己會立於朝堂。他是第一次跨進金殿的門，發現滿朝文武，大半已年逾花甲。

從來新舊更替也就是朝臣更替，雲遲大婚後登基，朝臣們也到了該換血時。

雲遲上了玉階，坐在了金椅上，擺手：「眾卿平身。」

文武百官齊齊起身，叩謝太子殿下。

雲遲目光落在每個人的身上，掃了一圈後，溫涼地道：「本宮身體抱恙時，多謝眾位愛卿憂心掛懷，上天厚愛，本宮化險為夷，天佑本宮，天佑南楚。」

「太子殿下吉人自有天相。」趙宰輔連忙開口，話語誠摯。

文武百官齊齊附和。

雲遲頷首：「本宮的確吉人自有天相，有賊子暗中用巫術害本宮，幸虧了半壁山清水寺的德遠大師與住持方丈誦經十日，方為本宮祛除了邪祟。」

眾人聞言，頓時譁然。

巫術害人，歷朝歷代都嚴禁巫術，有什麼人敢用巫術害太子殿下？

敬國公立即問：「太子殿下，那賊子可曾抓到了？」

眾人頓時息聲靜聽。

雲遲搖頭：「賊子來自北地，目前尚未抓到。」話音一轉，他看向門口，目光落在蘇子斬的身上，「不過子斬已有些眉目線索。」

眾人順著雲遲的目光，一下子看到了站在金殿門口的蘇子斬。

蘇子斬的一身緋色披風實在太過豔華張揚，大殿金碧輝煌的顏色都擋不住他身上的華色，他見眾人看來，本來靠著門框的身子慢慢地站直，抬步走了進來，站到了大殿中央。

武威侯看著蘇子斬，上上下下將他打量了一遍，見他模樣完好，似鬆了一口氣，十分欣慰。

雲遲清聲道：「賊子禍亂北地，煽動十大世家中人為禍，以瘟疫之源害人，建造地下城私養兵馬私藏兵器庫，同時以巫術通鬼怪，妄圖害本宮。幸虧子斬識破，救了北地，救了本宮。」

此言一出，滿堂皆驚。

眾人紛紛看向蘇子斬，蘇子斬立於大殿中間，八風不動，對所有人看來的目光坦然受之。

雲遲道：「此等大功，當受重賞，戶部尚書一職位尚且空缺，即日起，蘇子斬任戶部尚書一職。眾位愛卿沒有意見吧？」

文武百官齊齊睜大了眼睛，又齊齊倒抽了一口涼氣。蘇子斬還沒入朝，便受了北地監察史一職，如今回京第一次踏進朝堂，便攜大功而任職戶部尚書。

戶部尚書乃正二品。

武威侯不過一品而已，而他的兒子一舉登堂入朝，便是正二品。亙古以來，沒有誰初初入朝，便有這麼高的官職授命。

但是，滿朝文武看看雲遲，又看看蘇子斬，再看看武威侯，竟然無一人站出來反對說有意見。畢竟，蘇子斬救了整個北地，救了太子殿下，這等大功，即便開個先例，也不意外。

武威侯躊躇片刻，在眾人皆靜中出列，試探地問雲遲：「太子殿下，子斬從未經手過戶部諸事，他初入朝便任職戶部尚書，是不是官職太高了？若是難以勝任……」

雲遲淡笑：「侯爺是不相信子斬的本事，還是不相信本宮用他的眼光？」

武威侯連忙搖頭：「臣自然相信太子殿下的眼光。」

「這就是了！侯爺且寬心吧！」雲遲擺手。

武威侯看了蘇子斬一眼，見他連表情都沒動一下，對他這個父親與對待朝臣們皆一般無二，他退回了佇列。

於是，眾人無人再反對，蘇子斬的官職就這樣輕鬆地被任命了下來。

雲遲大病之後上朝，可謂是開口就做了這麼一件讓人意料不到的大事兒，意料不到蘇子斬已從北地回京，意料不到一入朝就被雲遲任命為戶部尚書之職。

戶部掌管全國戶籍錢糧，等於掌管南楚的國庫。

戶部空缺了這麼久，如今雲遲交給蘇子斬，可見對他十分信任。

誰也沒想到從小就不合，見面互相看不順眼，動輒出手打上一架的二人，反而如今同氣連枝，君臣和睦，萬分信任。

群臣們都私下揣測，從什麼時候開始太子殿下與子斬公子不打了的？

沒人懂其中發生了什麼。

蘇子斬入列，站到了原戶部尚書空缺的位置上，自此後握著戶部，握著國庫的鑰匙，論品級，沒有武威侯高，但卻比武威侯有實權。

雲遲待蘇子斬入列，看著滿朝文武道：「幾十年前，北地黑龍河已決堤過一次，但朝廷竟然沒有得到半絲風聲，今年，北地黑龍河又再次決堤，本宮命子斬去查，才方知，有人從幾十年前或許更早就開始密謀造反。眾位愛卿年長者甚至歷經三朝，本宮想問問，我南楚昭昭盛世下，你們日日歌頌天下太平，如今誰告訴本宮，這太平從何而來？」

群臣聞言齊齊惶恐地垂下頭。

雲遲冷笑：「沒有人能告訴本宮嗎？那本宮告訴你們。」話落，他站起身，一步步走下玉階，「有人在北安城建造地下城，北地所有糧庫的官糧都被調用來養地下城裡的三十萬兵馬，更甚至，北地各大世家，都為其所用，北地賦稅加重，朝臣收不到半絲風聲，堂堂朝廷，被蒙蔽幾十年之久，簡直滑天下之大稽。」

雲遲最後一句話，如利劍擊心，響徹整個大殿。

群臣心砰砰地跳了起來，幾乎跳出了嗓子眼，齊齊跪倒在地。

「朝廷養官，養士，養將，養兵。食君之祿，忠君之事。」雲遲負手立在大殿中，「敢問，爾等誰問心無愧？」

群臣皆垂首低頭，一時間，無人能言語半句，也不敢言語半句。

「南楚四境之地，南境已平，北地已清。本宮接下來，還要看看東西二境，是否也一樣的藏汙納垢？本宮也要看看，這朝堂，這朝綱，是誰一直忠心為主，是誰包藏禍心要禍亂社稷。」雲遲的話擲地有聲，目光從每個人的頭上略過，如寒風飄雪席捲整個金殿。

所有人，都覺得渾身汗打衣襟，一層層的冒出冷汗。

先皇仁慈，皇帝仁善，這幾十年來，兩朝皇帝從不嚴苛大殺四方，所以，滿朝文武要說誰的手裡沒沾過腥，那是不可能的，但沾多沾少，若是糾察清算起來，卻大不相同了。

「誰身正不怕影子斜？誰幫助背後之人為虎作倀？本宮總有一日會查出來。」雲遲話落，頓了頓，涼聲問，「眾位愛卿以為呢？」

「太子殿下英明。」群臣齊齊表態，聲音響徹金殿，雷聲貫耳。

雲遲眉目平靜，氣度雍容，天生的尊貴威儀一覽無餘：「本宮身為儲君，自詡尚可圈可點，本宮在大婚後接替皇位，自然會成為明主明君。」

「太子殿下千歲千歲千千歲。」群臣又是一陣高呼。

雲遲冷眼看著文武百官，他等著那一日，朝堂大換血的那一日，他要從朝到野，南楚四地肅清，四海安平。

雲遲重新走上玉階：「眾位愛卿都平身吧！」話落，看了小忠子一眼。

小忠子立即機靈地意會，揚聲高喏：「有本啟奏，無本退朝。」

群臣戰戰兢兢地起身，相互對看一眼，無人上前奏本，太子殿下監國四年來，從未像今日這樣在朝臣的頭上落重錘敲警鐘，如今是他第一次，但也是告訴所有人，他的太子劍天子劍已準備好，只待出鞘。

第一百零九章　平安返回臨安

下了早朝後，雲遲理所當然地將蘇子斬一人叫去了御書房。

兩人離開後，群臣冷汗森森面面相覷。

太子殿下監國四年，已將帝王之術運用的爐火純青，今日這一磅重錘敲下去，敲在所有人的心裡。就如一把玄鐵寶劍，雖未出鞘，但鋒芒已能傷人。

敬國公感慨：「南楚有太子殿下，天下可興盛空前。」

安陽王點頭：「國公說的是。」

武威侯附和：「國公言之有理。」

一位大人上前拱手祝賀：「侯爺，你有一位好兒子啊！子斬公子大才，得太子殿下信任，吾等只恨沒生個好兒子。子斬公子年紀輕輕，便是一舉任職戶部尚書，古來罕見。」

武威侯連忙搖頭道：「千年前的大周，溫慶宇十七拜相，子斬今年十九，任戶部尚書也不算古來罕見。」

另一位大人聞言上前道：「侯爺謙虛得緊，溫慶宇雖十七拜相，怎可與子斬公子相比？史上記載，他任丞相不過半載，其人恃才傲物，剛愎自用，不得帝王信任，才沒落了個好下場。子斬公子與他不同，從今日太子殿下任命他為戶部尚書來看，便可見一斑。」

武威侯歎了口氣：「這孩子是個目空一切，目中無人的主，但願他能收斂性情，好好輔佐太子殿下，別出差錯。他自幼身體不好，受寒症所累，本侯不求他飛黃騰達光耀門楣，只求他一世平安就好。」

眾人聞言紛紛道：「侯爺真是一片拳拳愛子之心啊！可敬，可敬。」

「你們別只說本侯，安陽王府的書離公子治水順利，不日就會歸京了，立了大功，太子殿下定也會重重封賞。書離公子同樣前途不可限量。」武威侯看向安陽王道。

安陽王擺擺手：「侯爺切莫提那小子，他怕是和尚投錯了胎，不喜入朝，恨不得遠離鬧市無人問。即便治水立了大功，依本王看，他也不及子斬公子，能為南楚入朝效力啊！」

「你們二人就莫要謙虛了。你們這般謙虛，豈不是讓人恨的牙癢癢？可恨本官無子。」趙宰輔一直沒插話，如今忍不住開口，看著二人，一副大為遺憾不滿的模樣。

安陽王府與趙府的糾葛已經過去數月，安陽王妃為了兒子大鬧趙府，知之者不少，趙府被安陽王妃和安書離狠狠地扒了一層皮，趙宰輔病了數日臥床不起，趙府元氣大傷，雖安陽王妃最給面子地沒四處宣揚此事，但也是結下了梁子，不再與趙夫人結交，兩府內眷斷了交情。

但安陽王其人雖性情風流，但貴在溫厚可親，雖覺得自家大兒子吃了虧，但與趙宰輔同朝為官，低頭不見抬頭見，同在一個朝堂上，也不願太老死不相往來交惡太甚，而趙宰輔也是聰明人，見安陽王還願給他面子，自然也就盡力挽回兩府關係。所以，這二人反而沒因為那一事互惡起來，如今也能在一起閒談說話。

武威侯道：「趙小姐才貌雙全，德才兼備，是難得的好女兒家，俗話說，一個好漢三個幫，一個好女兒頂四個郎。你家的好女兒，讓你省心，比我們二人那不聽老子話的兒子強。」

「算我一個，我家那個混帳東西，也不聽老子話，慣會胡鬧。」敬國公也在一旁說道。

趙宰輔無奈地看著三人，心中苦笑。

無論是武威侯府的蘇子斬，還是安陽王府的安書離，亦或者敬國公府的陸之凌，這三人擇一而選，都是千萬閨中女兒家夢寐以求的好佳婿。但不說如今的蘇子斬和安書離，就說陸之凌，手握重兵，掌管西南境地百萬兵馬，深得雲遲信任。

可惜，他以前偏偏想將女兒嫁給太子雲遲，如今到頭來，這三個人一個也求不上了。是他的錯，誤了女兒，如今雖說她女兒好，但婚姻大事卻是讓他最操心的心急之事。尤其是出了安書燁那一樁事兒，更是讓他顏面盡失不說，也害了女兒被人暗地裡嘲笑，更難擇選佳婿。

幾人說了一番話，雖扯遠了，但心中都清楚，自此是年輕一代的天下了。

雲遲震懾了朝堂，與蘇子斬到了御書房後，對他道：「其實，本宮想讓你入吏部。」

蘇子斬揚眉，懶洋洋地說：「如今的吏部尚書無過錯，你突然摘了他的官帽，朝臣們的帽子怕是就不止今日被你一席話震的抖三抖了。」

雲遲失笑：「不錯，花顏為本宮選了程子笑將來入主戶部，由他來管戶部的鑰匙，但那畢竟是將來。如今他無大功，如你這般一舉被提拔任職戶部尚書的話，怕是朝臣們都覺得本宮瘋了，定遭到群臣反對。但你不同，北地事大，你立的功大，再加之本宮身體恢復上朝時機正好，你被提拔，不會有人反對。所以，先讓你進戶部，任戶部尚書，將來再做安排。」

蘇子斬嗤笑：「你算計的倒明白。」

雲遲擺手，讓蘇子斬落坐：「本宮不算計不行，如今已是什麼時候了？江山事大，本宮不願到頭來辛勞一場，賠進了本宮的太子妃，也折進了南楚江山。」

蘇子斬收了笑，斷然道：「不會有那一日的。」

雲遲點頭，眉目端然：「不錯，不會有那一日的。」話落，他親手給蘇子斬倒了一盞茶，第一次鄭重地道，「多謝。」

蘇子斬坦然受了他的道謝，他不為雲遲的南楚江山，只為了花顏而為的雲遲和南楚江山。他端起茶盞喝了一口，清淡地道：「不必。」

蘇子斬任職戶部尚書，第一件事情，就是要熟悉接管戶部。於是，他與雲遲商議了一番後，出了御書房，便拿著官印直接去了戶部。

武威侯下朝後，並沒有走，知道蘇子斬出了御書房後，一定會先去戶部，於是，他便在戶部門口等著蘇子斬。

蘇子斬來到戶部，一眼便看到了武威侯的馬車，他停住腳步，看著那輛馬車。

武威侯的長隨得了武威侯的吩咐來到車前，躬身哈腰見禮：「公子，侯爺請您車上一敘。」

天很冷，老子等兒子在馬車裡等，自然不意外。

蘇子斬點頭，抬步走到武威侯馬車前，長隨立即挑開簾子，請蘇子斬上車。蘇子斬向車內看了一眼，車廂內設整齊，武威侯坐在車裡，看樣子已等已久。

蘇子斬上了馬車，鹹鹹淡淡地喊了一聲「父親」。

長隨立即落下車簾。

簾幕落下，車廂內光線頓時一暗，武威侯應了一聲，看著蘇子斬在車中落坐，還是昔日面對他的那副樣子，他揉揉眉心，沉聲問：「子斬，五年過去了，你還在怪我當初娶柳芙香？」

這曾經是蘇子斬的心結，蘇子斬的傷痛，他昔日曾大鬧喜堂問過為什麼，後來一年又一年，到如今他已不想問了，武威侯反而在今日主動說起了。

蘇子斬諷刺一笑：「柳芙香算什麼？我只想知道父親明明深愛母親，為何母親屍骨未寒，你就要娶柳芙香？」

武威侯面色有些掛不住地道：「當年，我面對你母親的死，也萬分不能承受，但好面子害人，一日醉酒後將她當作你母親，致使犯了大錯，無顏面對你，是為父之過。不過她也確實有可疑之處，為父才娶了她放在身邊以便查看。」

蘇子斬揚眉：「那麼敢問父親，五年過去了，您可從她身上查出什麼了？」

武威侯搖頭：「她心思單純愚蠢，怕是為父那些年因你母親之死心傷糊塗，料錯了。不止是她，柳家也沒一個有出息的人，高估了他們。」

蘇子斬看著武威侯：「父親今日叫我上車，就是為了說這個？」

武威侯看著他搖頭：「你我父子大半年沒見了，為父十分掛念你，我只你一個嫡子，如今你身體的寒症得解，完完好好地歸來，且立了大功，為父心裡甚慰。武威侯府的門楣早晚要你承繼。為父想告訴你，為父打算在太子殿下大婚後辭官，你我父子二人同朝為官，都身居重臣高位，不是好事兒。你以為如何？」

蘇子斬痛快地點頭：「好，父親勞累一生，也該頤養天年了。」

武威侯看著蘇子斬，他懶洋洋的模樣實在與以前大不相同。

五年了，蘇子斬又變了！

他的變化沒有誰再比他這個親爹更看的清楚。五年前的他，溫潤如玉，端方有禮，德修善養。這五年的他，冷冽冰寒，心狠手辣，任何人靠近他面前都被冰凍三尺。

如今的他，卻是瀟灑風流，灑意輕揚，姿態閒適，懶散愜意。

這種感覺，他看著，隱隱地覺得有點兒熟悉，似在什麼人的身上見到過，但一時間看著蘇子斬的臉，卻想不起來。

他面色溫和地問：「子斬，大半年前，你出京去了哪裡？你身上的寒症，是何人治好的？」

蘇子斬曲腿而坐，慢慢道：「父親何必問這麼多？這麼多年，我不過問父親的私事兒，父親又何必問我？」

武威侯頓時一怒，繃起了臉：「子斬，你我總歸是父子，就算為父當年做的不對，五年過去了，轉眼就六年了，你難道要記恨為父一輩子？」

蘇子斬漫不經心地道：「父親，你也說過去六年了，六年都這樣過了，到如今又何必舊事重提？」話落，他收起腿，起身半站起來，伸手挑開車簾，「父親既決定在太子殿下大婚後辭官告老，便不要操心太多了，與繼母好好過日子吧！」話落，他輕巧地跳下了馬車，頭也不回地進了戶部大門。

武威侯心裡有些憋氣，瞪著下車進了戶部的蘇子斬，他一身緋紅衣袍，在寒風中獵獵輕揚，少年意氣風發，步履卻沉穩從容。

武威侯想罵一句「不孝子」，但卻罵不出口，曾經的蘇子斬，分外孝順，對他也十分敬重，溫良的連看見地上的一隻螞蟻怕是都要繞道走，誰知道五年前卻讓他性情大變，五年後又是如今這般模樣。

他不由地想著，若是五年前他沒那麼糊塗娶了柳芙香，是否蘇子斬還是以前的蘇子斬？身為父親，他也難決斷是五年前的蘇子斬好還是如今的蘇子斬好了。

「侯爺，可回府？」長隨看著武威侯的臉色，小心翼翼地試探地問。

武威侯落下簾幕，揉著眉心，十分疲憊地道：「回府吧！」

長隨連忙應是，吩咐車夫回府。

蘇子斬進了戶部，戶部的一眾官員們已在等候他，見到了他都連忙見禮，直呼「尚書大人」

蘇子斬掃了一眼戶部一眾官員，他算得上是最年輕的那一個，他點點頭，與眾人一一見過後，便擺擺手，讓所有人隨意，他則拿了雲遲給的卷宗，進了自己的辦公房。

眾人都以為蘇子斬新官上任三把火，總是要燒上一燒的，沒想到他就這般見了個禮什麼也沒說就進去了。眾人面面相覷，皆拿不准這位五年來心狠手辣名聲在外，一舉肅清了北地十大世家骯髒汙穢，立了大功回京，被太子殿下一舉封任戶部尚書的子斬公子心裡是怎麼想的。

但即便蘇子斬什麼也沒說，也無人敢小看他。

蘇子斬不是雛鳥，他的刀劍若是對準誰，從未留過情。

所以，所有人在一陣面面相覷後，更是暗下決心，小心翼翼，千萬別得罪他。

蘇子斬知道戶部的官員在想什麼，不過他沒空理，他需要儘快熟悉戶部。

如今國庫雖然頗豐，但是需要用錢的地方太多，川河谷水患雖沒用戶部的銀兩，用的是趙宰輔的私庫，但明年化凍汛期來臨前，要修葺黑龍河堤壩，這筆銀兩就需要從戶部調用。

北地十大世家抄家的家產雖不少，但恢復北地生機都要投進去，太子殿下要大婚，他不會自然也不能讓雲遲委屈了花顏，所以，大婚的排場要大，這銀兩又是一大筆。

另外，朝堂要養兵，有人在背後要謀朝篡位，將來怕是不知什麼時候，會有一場硬仗要打，用到養病的支出上就不能剋扣軍餉，反而要多支出，使得兵強馬壯。

如今的戶部，真的是攥了一把待花好幾筆大銀子怕是能花空整個國庫的鑰匙。

他需要做的，便是不讓國庫被花空，要想方設法給國庫填充銀兩。

今年各地發生災情，不能從百姓的身上加重賦稅，只能從世家高門想法子下手了。

一個趙宰輔府，就能拿出治理川河谷的銀兩，雖說趙府私下裡是動用了趙氏全族之力相助其保住趙宰輔的位置，但財力也算驚人，那麼，與趙府不相上下的府邸，總不至於差了趙府太多。

蘇子斬一邊看著卷宗，一邊在腦子裡將與趙府相差無幾的各大世家扒拉了一遍，算計著如何豐盈國庫。

誰都知道戶部是個肥缺，但也是六部中最難管的一個部。管得好，再往上擢升，封侯拜相入內閣。管的不好，也許就如前任戶部尚書一樣，直接被推出午門砍了腦袋。

蘇子斬不怕掉腦袋，雲遲也不會砍了他，但這棘手的一個部，如今他接管了，要擔起來，還真沒那麼容易。

柳芙香聽聞蘇子斬回京了，大喜過望，急急地就要出門去見他，被她身邊的丫鬟一把拉住，小聲說：「夫人，公子雖回來了，但您也要避嫌啊！上次您去東宮問太子妃子斬公子的下落，侯爺私下裡怕也是極怒的，只不過沒說出來罷了。」

柳芙香猛地頓住了腳步，一下子驚醒了過來，站了片刻，忽然捂著臉落下淚來：「我當年為何非要想不開？我錯了，是我錯了。」

丫鬟面色一變，連忙關上了房門：「夫人快別哭了，一會兒侯爺回來了，若是看到您眼睛紅了，怕是會問起。」

柳芙香生氣地說：「他問起就問起，這麼多年，別以為我不知道，他還念著先夫人。」

丫鬟頓時失了聲，關於先夫人，是武威侯府的一個禁忌，尋常時候，無人敢談起。無論是在侯爺面前，還是在子斬公子面前，亦或者在夫人面前。

柳芙香哭著蹲下身子：「我哪裡知道……我哪裡知道他……」

「夫人慎言。」丫鬟生怕柳芙香說出什麼不妥當的話來，連忙提醒。

柳芙香確實不敢說什麼，也不敢哭的太狠，這麼多年，她雖然嫁了武威侯，雖在這侯府中管著內院，占有一席之地，但因為她立身不正，所以，侯府中的人面上雖敬她，但是心裡卻鄙夷她。

她最懂得內宅的陰私能毀了一個女人，所以，以防隔牆有耳，她必須忍著。

她慢慢地站起身，丫鬟立即遞給她一塊帕子，柳芙香伸手接過，擦了擦眼角。

她走到鏡子前，重新給自己補妝，冷靜了片刻後，她問：「你再將打聽來的消息與我仔細說說，公子當真任職了戶部尚書？他今日可會回府來？」

丫鬟連忙將打聽來的消息仔細地說了一遍：「回夫人，能打聽出來的消息不多，公子什麼時候回京的誰也不知道，總之今日別人發現的時候他已等在玄德門了。公子在北地立了大功，太子殿下任命他為戶部尚書，群臣無人反對，至於他會不會回府，目前還不知道。」

「再派人去打聽。」柳芙香吩咐。

丫鬟猶豫著小聲說：「侯爺那裡若是知道夫人打聽……」

柳芙香立即說：「這麼多年，我哪回不關心公子了？若公子回來，我不派人打聽，侯爺才要奇怪了。你只管派人去。」

「是。」丫鬟應聲，立即去了。

丫鬟離開後，柳芙香坐在鏡子前，看著鏡子中的自己。

五年前，她也是人比花嬌，如今五年後，她看著滿頭珠翠的自己，陌生的連她都覺得不認識。

她的一生，都是毀在了五年前，但是，曾經，她不曾後悔過，如今，卻悔斷了腸子。

她想起花顏那張素雅清麗的顏色，雖不是溫婉可人千嬌百媚，但卻讓人見了舒服至極賞心悅目至極。

對比花顏，她就是一朵殘敗的花，哪怕她只求在蘇子斬心中芝麻粒大小的地方，怕是再也求不來了。

她想著，難受地又落了淚，剛補了的妝又花了。

武威侯回府後，進了柳芙香的院子。

丫鬟見武威侯回來了，立即對坐在鏡子前的柳芙香提醒：「夫人，侯爺回來了。」

柳芙香騰地站起身，連忙擦拭乾淨臉上的淚。

武威侯邁進門檻，一眾丫鬟小廝們連忙給武威侯請安，聲音此起彼伏，十分熱鬧。

有人伸手挑開簾子，一陣珠翠聲響中，武威侯進了屋。

柳芙香連忙迎上前：「侯爺回來了？今日外面天冷風寒，玉露，快去吩咐廚房熬一碗薑湯給侯爺。」

大丫鬟玉露應了一聲，立即去了。

武威侯看著柳芙香，笑了笑：「夫人今日的妝容尤其精緻悅目。」

柳芙香身子微微一僵，嬌俏地嗔了武威侯一眼：「侯爺看妾身哪一日妝容不精緻悅目了？」

武威侯點頭：「倒也是。」話落，坐下了身。

柳芙香連忙端了一盞熱茶遞給武威侯：「侯爺先暖暖身子。」

武威侯伸手接過，喝了一口熱茶，端著熱茶，對柳芙香道：「子斬回來了，你可知道了？」

柳芙香脫口就想說不知道，但想著蘇子斬回來她豈能不知道，侯爺又不是傻子。於是，她點了點頭：「知道，妾身已讓人去打聽了，公子半年沒歸家了，不知今日回京可回府？妾身也好讓廚房準備膳食。」

武威侯頷首：「你去派人問問也好，他出走這大半年，大概是發生了許多事兒，不止從母體裡帶的寒症好了，性情似乎也變了。」話落，他與柳芙香閒話家常，「變的讓我這個父親都快不認識他了。」

柳芙香不解，但知道蘇子斬自小跟隨的寒症好了，既讓她高興又讓她心酸。擔心地問：「公子性情又變成什麼樣了？」

武威侯搖頭：「說不出來，你見了他就知道了。」

柳芙香見武威侯不說，也不敢再追著問，點了點頭。

二人一時止了話，屋中甚靜。

武威侯喝完一盞茶，對柳芙香道：「太子殿下快大婚了，子斬也年歲不小了，以前他寒症在身，又有狠辣的名聲在外，名門閨秀大多都不敢肖想他為夫婿。如今他寒症好了，又擢升為戶部尚書，如此年輕，得太子殿下器重，前途無量。你身為繼母，對他的婚事兒也要上點心，還需多操神一二。」

柳芙香心中難受，但也不敢表現出來，勉強地點點頭：「侯爺放心，妾身明日便將閨中女兒家適婚之齡的女子篩選一遍，交給公子選。」

「嗯！」武威侯點頭，「也好，他若是選最好，若是不選，你就將篩選出來的人選交給太子妃，你與太子妃也有些交情，讓她來幫著相看……」他說到這裡，忽然想起了什麼，立即擰緊了眉頭，「本侯總算知道如今的子斬像誰了？」

「如今的公子像誰？」柳芙香一愣，看著武威侯問。

武威侯思索片刻，還是回答柳芙香：「像太子妃。」

柳芙香不解，吶吶地問：「侯爺指的是什麼？」

武威侯道：「本侯說的是性情，子斬如今的性情，行止做派，頗有幾分像太子妃。」

柳芙香心驚不已，她與花顏打過幾次交道，對於花顏的性情行止做派雖說不上熟悉至極，但也是一輩子不會忘她淺笑盈盈間將她推下水的手段。

她想到了侯府派出無數人四處找蘇子斬的下落都找不到，後來，花顏進京，蘇子斬還沒有消息，她去東宮問花顏，花顏告知他蘇子斬平安，顯然……

蘇子斬與花顏有著不同尋常的交情。

她吶吶地問：「公子怎麼會像太子妃呢？侯爺是不是看錯了？」

「等你見了他就知道了。」武威侯搖頭，「他是我的兒子，本侯不會看錯。」

柳芙香點點頭，心中又酸又澀，不敢再談論蘇子斬，她怕自己一下子又哭出來，於是，她轉了話題，對武威侯問：「太子殿下當真好了？痊癒了？」

武威侯擰眉道：「說起這個，本侯也納悶。明明太醫院的一眾太醫與孫大夫都診出了油盡燈枯之脈，偏偏今日見太子殿下全身上下都好得很，顯然痊癒了。只能說德遠大師與住持方丈是方外高人啊！」

柳芙香驚奇地說：「聽聞太子殿下是中了邪祟？這麼說，德遠大師和住持方丈能通鬼神了？」

武威侯頷首：「大約如此，兩位大師名不虛傳。」

柳芙香立即道：「改日妾身一定要去半壁山清水寺捐獻些香油錢，多燒幾炷香，保佑侯爺、公子和咱們侯府。」

武威侯點頭：「是應該，子斬如今入朝了，以他的脾性，還是多燒燒香求佛祖保佑吧！」

柳芙香不再說話，算計著哪天日子好，早早去半壁山清水寺上香，一定要捐獻一大筆的香油錢，再點兩盞長明燈。

下了朝後，文武百官也還紛紛在悄悄地談論太子殿下與蘇子斬。

對於太子殿下當朝言道被人下了巫術，邪祟入體，幸得蘇子斬識破，再加之德遠大師與住持方丈誦經十日，才讓太子殿下轉危為安一事，群臣們大多數心裡都十分相信。

畢竟太醫院所有太醫與孫大夫都診脈說太子殿下當日病入膏肓油盡燈枯沒有五百年人參怕是不可救了。

皇榜依舊在各地張貼著，五百年的人參至今沒有人貢獻。朝野上下都覺得怕是太子殿下天妒英才要隕落了，沒想到，十日後奇跡地好了，生龍活虎。

大多數人都相信，太子殿下是真龍天子，天佑洪福。

但別有用心者卻知道事情定然不是這樣，但至於是哪樣，這十日來，沒有查到半絲消息，無論是東宮，還是皇宮，都無縫可查，就連皇帝身邊的大總管太監王公公都不知道是個什麼情況。

所以，只能靜觀其變，但結果，便是如今，雲遲在今日早朝一番話震懾朝野。

唯一的一個突破口是在城門，守城的士兵深夜裡見到了雲遲從外地奔波而歸進城。

這一則消息傳到了統領的耳朵裡，他一拍案桌，森然道：「原來雲遲這十日裡不在京城，而是去了北地。他一定是因為花顏那個女人。」

閆軍師立在統領身後，見他一掌拍碎了案桌一角，立即說：「統領，仔細傷了手。」

統領眼底一片黑霧，手被震裂了口子，有鮮紅的血落在地上，狠聲道：「我真是小看了雲遲，本來以為他不顧江山社稷獨自一人闖入蠱王宮救臨安花顏，哪怕知道她在北地受了重傷，他也不會在這個時候離京。真沒想到，他還就真敢離京。」

閆軍師奇怪道：「北地距離京城千里，他是怎麼得到花顏受傷的消息？以時間推算，他不應該那麼早知道將京城布置一番趕往北地。」

統領冷哼，狠厲地道：「雲家雖四百年來為江山社稷勞心費神，日漸荒廢了雲族術法，但骨子裡的傳承也是有幾分的，大約是雲遲感應到了。」

閆軍師恍然大悟：「雲族術法真是玄妙，可惜只雲族傳承的人才能得到，真是得天獨厚。」

統領嗤笑：「天道自有公正，得天獨厚又能如何？身懷逆天之術，一旦妄動，便會反噬，輕則重傷，重則殞命。花顏妄動是找死，這一次她沒死成，算她命大。早晚有一日，我要讓她死在我手裡。這個女人，活著一日，就是禍害。」

「統領說的是，花顏這個女人實在太厲害了，她若是不死，我們大業怕是不成。」閆軍師點頭，試探地問，「此次，我們已錯過了攻打京城最好的時機，誰也沒想到太子竟然玩了這麼一手明修棧道暗度陳倉的戲碼，使得我們被他設下的迷障遮蒙了眼睛。」

統領深吸一口氣：「此次皆因我久不在京城，在東宮、蘇子斬、花家三方勢力的追查下，為了隱祕行蹤，不得不與京城斷了聯繫，才沒能堪破雲遲裝病下的迷障。」話落，他冷笑，「不過，也不急，日子還長的很，我倒要看看，殺了花顏，雲遲還能蹦躂幾日。」

閆軍師道：「此次沒能殺了花顏，她還活著，就看梅花印衛與那十萬兵馬能否……」

他話說到一半，一隻鷹鳥衝進了房中，落在了統領肩頭，統領解下鷹腿上的信箋，展開一看，頓時大怒，一雙眼睛幾乎噴出火來，殺氣騰騰地道：「好一個臨安花灼，好一個陸之凌，等我將他們碎屍萬段。」

閆軍師看著統領殺氣騰騰一雙眼睛冒火恨極的模樣，便知道出了大事兒。

他暗覺不妙地探問：「統領，出了何事兒？」

「你自己看。」統領將信箋甩給閆軍師。

閆軍師展開信箋看罷，頓時大驚失色，脫口道：「這怎麼可能？」

「難到你說這消息是假的？」統領冷厲地看著閆軍師。

閆軍師頓時一噎，這消息自然不能是假的，但是他也不願意相信這消息是真的。他與統領合謀布置了梅花印衛和十萬兵馬埋伏在神醫谷，若是花顏從北地回臨安，勢必要途經神醫谷，若是中了十萬兵馬的埋伏，那麼，花顏就會被萬箭穿心而死，同時也會被十萬鐵蹄踏成爛泥。

計畫得萬無一失，怎麼會功虧一簣？

不止梅花印衛的頭目死在了花灼的劍下，十萬兵馬遇到了陸之凌同樣埋伏在神醫谷的二十萬大軍，也都折在了那裡，被陸之凌收服了。

他抖著手開口：「難道是我們的人中出了奸細？走漏了消息？」

統領森寒地看著他：「誰是奸細？你是還是我是？還是為保我保梅花印衛乾脆赴死的梅花印衛之首？」

閆軍師頓時沒了話，計畫周密得萬無一失，他們之中自然不可能有誰是奸細。可是陸之凌怎麼會神兵天降在神醫谷的？他看著統領，百思不得其解的同時，還是說：「統領還是先將手包紮一下吧！您乃萬金之身，千萬保重身體。」

統領冷笑了一聲：「萬金之身？萬金之身會是從地獄裡爬著活著？」話落，他抖了一下手腕，血珠頓時灑了一地，星星點點，他伸手入懷，拿出帕子，不甚在意地隨意一按，目光沉著地說，「我不止小看了雲遲，還小看了臨安花灼與陸之凌。」

閆軍師伸手入懷，拿出一瓶藥，小心翼翼地說：「帕子不管用，統領請上藥。」

統領置之不理：「你說，如今花灼是不是帶著花顏那女人已過了神醫谷了？」

閆軍師點頭：「自然是過了神醫谷了。」

統領道：「那陸之凌呢！他帶的三十萬兵馬，是回西南境地，還是北地，亦或者來京？」

閆軍師心下一驚，細思之下驚道：「他怕是會帶著三十萬兵馬來京，這樣一來，統領的打算便……」

「只要他帶著三十萬兵馬來京，我的打算便泡湯了。」統領咬牙切齒，「錯失了在雲遲離京的十日裡最好攻打京城的機會，如今雲遲回京了，再加上陸之凌三十萬兵馬，京城一定會在他大婚前固若金湯，水泄不通，想要動手，難如登天。」

「統領，那我們怎麼辦？」閆軍師立即問。

統領森然地道：「雲遲想要大婚，他以為守住了京城就行嗎？從臨安到京城一路，我就要讓他見識見識，什麼是死神之地。」

「統領打算如何安排？」閆軍師看著統領。

統領一字一句地道：「從長計議，一定要在迎親隊伍進京的路上殺了花顏。」

閆軍師點頭，再次將創傷藥遞給統領，斟酌地建議：「您還是上藥吧！若是落了傷疤，以後您即便遮著面，也會輕易被人認出。」

統領這才接過藥，灑在了傷口上。

從神醫谷越往南走，天氣漸漸地沒那麼冷了，一路馬車壓著的大雪，漸漸地也變成了細細的飄雪，車馬走過，地上的碎雪很快就化了，壓出車轍痕跡。

過了幾日，快到臨安的時候，天空下起了細雨，道路兩旁依舊有山花在開，樹木也不如北方蕭條，看起來是鬱鬱蔥蔥的綠色。

花顏在出了神醫谷地界後，睡著的時辰總比醒著的時辰多。夏緣不止每日給花顏把脈，也讓天不絕每日給花顏把脈。

師徒二人時刻關注著花顏的身體，偶爾坐在車中研究藥方，怎樣讓花顏儘快恢復。

可是對於花顏來說，湯藥下肚，對她效果甚微，也只有五百年的人參能讓她起效些，恢復些力氣精神。

但五百年的人參只有一株，每日用一些，用了這十多日，便用完了。不過幸好在人參用完後也回到了臨安。

程子笑和五皇子、夏澤等人都沒來過臨安，如今到了臨安地界後，看著完全不同於北地的風貌，忍不住讚歎。

從臨安的地界到臨安城，一路聞著細雨花香。

夏澤挑著簾子，忍不住道：「果然是花城，真是當之無愧的天下花之都。」

程子笑點頭：「都說臨安人傑地靈，果然名不虛傳。」

五皇子接著說：「怪不得能養出四嫂這樣的女兒家。」

天不絕嗤笑：「你以為臨安有幾個花顏？只有花家有一個花顏而已。她可不止是臨安養出來的。」

五皇子頓時住了嘴。

幾個人說著話，馬車一路進了臨安城。

臨安熱熱鬧鬧，一片祥和，百姓們迎來過往，臉上都掛著笑容。看到一隊人馬進城，有人大膽地問：「花離公子，是公子和小姐回臨安了嗎？」

花離坐在車前點頭：「是啊！是公子和十七姐姐回來了。」

百姓們發出歡呼聲，爭相上前，圍著馬車問好。

花顏示意夏緣挑開車簾，夏緣也覺得臨安暖和，花顏身上穿的多，捧著暖爐，應該不會受風，於是，挑開了車簾。

百姓們一下子看到了花顏，見到的是她淺笑盈盈的臉。可她臉色蒼白，氣色並不好。即使如此，她乍然綻開笑容，便如明媚的陽光落在她臉上，瞬間奪目，讓人很容易忽視她蒼白的臉色。她笑著對人群裡的人打招呼，叔叔伯伯嬸嬸，一溜的叫，把百姓們喊的歡喜的樂呵呵的。

馬車便這樣一路到了臨安花家。

花家早有人得到消息，知道花顏受了重傷，險些丟了命，都心疼的不行，都等在門口迎接她。車馬剛到，裡面便衝出了花家的人，簇擁著花顏的太祖母、祖母、父母等人匆匆而出。幾個小輩花顏的子侄們搶到長輩們的前面，一張張稚嫩的小臉圍著馬車問：「十七姑姑，你還好嗎？」

花顏微笑點頭：「好。」

太祖母來到近前，小輩們連忙讓開了路，花顏喊了一聲「太祖母」，她剛開口，太祖母便落下淚來，「你這個傻孩子，怎麼這麼傻呢？你若是在北地丟了性命，你讓我們這些家裡人怎麼辦？豈不是要了太祖母的老命？」

花顏笑著探出頭，握住太祖母的手：「太祖母，有您老人家鎮著，閻王爺都不敢抓我的。」

「還是一樣貧嘴。」太祖母笑開，抹掉眼角的眼淚，握緊她的手說，「每個人性命只一次，你得上天厚愛，得了常人沒有的福分，多了兩次閻王爺不收的機遇，這是你的幸運，但福分總是要省著些用，否則，總有用盡的那一日。」

花顏點頭：「太祖母說的是。」

「以後，萬不可再如此將自己的安危不當回事兒了。天地萬物，自有因果緣法，我們花家的傳承，雖是得天地厚愛，但也要時刻記著，天命不可違，天道不可逆改。」太祖母敦敦教誨，「一國的運數，不是靠一個人兩個人，誠如四百年前的後樑，這你最該清楚。」

花顏頷首：「我聽太祖母的。」

太祖母伸手點了點她眉心：「你若是真聽我話就好了，從小就是個不聽話的小東西。」話落，握著她手問，「可能自己走路？」

花顏想點頭，花灼哼了一聲：「她哪裡能走路？如今的身子風一吹就倒，這一路上，都沒敢讓她吹冷風受涼。她身子骨如今差的比當年的祖父還不如。」

「那還等著什麼？趕緊的，快抱她進屋。」太祖母連忙鬆開了手。

花灼伸手將花顏一把撈起，給她裹了薄被，學著雲遲的樣子，將她從頭裹到腳，抱著裹成了粽子的她下了馬車。

祖母在一旁說：「灼兒，別捂壞了你妹妹，哪裡有你這樣抱人的。」

花灼一邊走一邊道：「祖母放心，捂不死她，她命大的很。」

花顏又氣又笑，沒力氣反抗花灼的話，只能任他裹抱著，在眾人的簇擁下進了花府。

太祖母、祖母、花顏父母等人見了花顏後，見她人雖然軟綿綿的沒力氣，但是精神頭還是有幾分的，焦急了數日的心頓時放寬了幾分，也不急著跟著花灼送花顏進花顏苑，而是轉頭熱情地與客人見禮。

夏桓、崔蘭芝、夏澤、五皇子、程子笑等人與花家一眾長輩小輩們一一見禮。

太祖母樂呵呵地拉著崔蘭芝的手，笑著說，「你們來了臨安最好，否則我這一把老骨頭爬也要爬去北地給我的重孫子提親。」

崔蘭芝連忙笑著說：「老祖宗您說的哪裡話？我與我家老爺都感謝花家養育了緣兒。我家老爺這些年一直在找緣兒，如今總算找到了她，知道她在花家一直過的很好，很受長輩們照顧，我與老爺特意前來道謝。」

太祖母拍著崔蘭芝的手，笑呵呵慈愛地說：「咱們一家人不說兩家話，合該緣丫頭是我們花家人，與灼兒有緣，你們這次來的好，依我說，乾脆就別回北地了，就在臨安住下來，免得你們想見緣丫頭，路遠來往不便利，她想你們時，也要辛苦折騰去北地看望。」

崔蘭芝心下訝異，沒想到夏澤在路上提的話題，今日剛進門，花家太祖母就說出來了。

她一時不知該如何接話，去看夏桓。

夏桓也心下訝異，去看夏澤。

夏澤眨眨眼睛，去看夏緣。

夏緣則去看走在前面的花灼。

這事兒夏澤與她提過，她也覺得甚好，北地的夏家早已經散了，各自分門別戶了，夏桓和崔蘭芝、夏澤三人居住的夏府，如今也只三人而已，若是夏澤進京入東宮，只剩下他們二人了，未免冷清。所以，搬來臨安居住還真是個好主意。

她私下與花灼提過一句，花灼自然沒意見，說若是夏桓和崔蘭芝願意，由他來安排他們在臨安的居住以及移居安頓諸事。

但這些都是路上說的，夏桓和崔蘭芝還猶豫著沒下決心，顯然是要到了臨安看看再定，畢竟，他們沒來過臨安，只聽別人說臨安好也不管用。

這時，走在前面的花灼似乎感受到了夏緣的視線，停住腳步回頭道：「太祖母提議的正是，岳父、岳母多在臨安住些時日後，若是覺得可行，我便著手安排。」

他這話一出，夏緣便知道花灼早先與太祖母大概書信通過話了，讓夏桓、崔蘭芝搬來臨安，這提議由太祖母來提，加重了分量，會讓夏桓和崔蘭芝覺得花家是真心誠意的相請。

夏桓聞言開口：「老祖宗，我會與夫人好好考慮的。」

「嗯，不急，來日方長，住在家裡慢慢考慮。」太祖母笑呵呵地道。

夏桓點頭。

一行人說著話，進了花府。

夏桓、崔蘭芝、夏澤、五皇子、程子笑等人的住所早已讓人安排妥當，眾人一路舟車勞頓，太祖母在陪著眾人進了門後，吩咐人分別帶他們去院落住下沐浴安置，同時吩咐人先將午膳送去房裡，花家將晚宴安排在了半日後，先讓眾人休息。

臨安是個踏入城門便會讓人覺得祥和的地方，花家更是讓人感覺到熱熱鬧鬧的真正的家的感覺。

無一處不周到，但又透出幾分隨意自在的感覺。

夏桓進了門，沐浴換了衣服後，對崔蘭芝感慨：「臨安確實好，花家更好。」

崔蘭芝抿著嘴笑：「這才剛進門，你就決定以後不回去北地了？」

夏桓道：「雖有一句話說守著鄉土守著根。但你我回去，鄉土雖有，但心卻怕是難扎下根，畢竟兒女都在外面。」

「是啊！既然孩子們都不希望我們再回去，不如就留下來。」崔蘭芝道，「澤兒放心，我們還能時常看到女兒。」

「嗯！」夏桓點頭，他找了多年念了多年的女兒，自然捨不得隔的這麼遠難見一面，若是早先還沒下定決心，這一路進了臨安，感受了臨安的安樂，有花家太祖母開口提議示誠，便沒了那點兒猶豫。

花灼裹抱著花顏進了花顏苑，臨安雖暖，但是顧忌花顏的身體，還是在屋中燒了地龍，撲面便是濃濃的暖意。

花灼將花顏放在床上，掀開裹著她的被子，只見花顏已出了一身虛汗，他遞給她一塊帕子：「先歇著，落落汗，別急著沐浴。」

花顏接過帕子點頭，懶洋洋沒力氣地躺在了床上。

夏緣跟了進來，對花灼說：「你去歇著吧，我陪著她！」

花灼點點頭，走出了房門，在門口看到一眾兄弟子侄們紛紛來了花顏苑，當即擋了下來：「都先別進去鬧騰她，讓她歇著，明日再過來。」

小孩子們聞言探頭探腦地瞅了一眼，都聽話地出了花顏苑，不再打擾花顏休息。

采青對花家和花顏苑很熟悉，進了院子後就去了小廚房為花顏燉東西。

夏緣給花顏倒了一杯熱茶，對她問：「是先睡一會兒還是歇一會兒沐浴後再睡？」

花顏道：「睡一會兒吧！還是睏！」

夏緣點頭。

花顏很快就睡了。

夏緣坐在床沿看著她，從小到大，花顏都是活蹦亂跳的，唯二的兩次重傷，都是生死從鬼門關走一遭，一次就是南疆蠱王宮被太子殿下所救，一次就是如今在北安城為救百姓們動用了本源靈力重傷至此。

但是這一次，顯然比闖蠱王宮後傷的更重。

已經半個月了，她幾乎就是在床上馬車上度過的，喝了五百年的人參，氣色就好些，沒了人參，氣色就差了下來

讓她心焦的是半個月下來，她與師父還沒找到法子。想不出除了五百年的人參還能用什麼藥，更是擔心若是這樣下去，沒有人參，會不會漸漸衰竭。

采青端了燕窩進來，見花顏已經睡著了，她看向夏緣。

夏緣歎了口氣：「這些日子在車上行路，她一直沒睡好，讓她睡吧！這燕窩你喝了好了，等她醒了再重做一盅。」

采青搖頭將燕窩遞給夏緣：「奴婢身子骨硬實，少夫人喝了吧！」

夏緣搖搖頭，她喝不下，見采青也推脫不喝，她站起身：「那就給師父送去好了，你留在房裡等著她醒來，我去找師父。」

采青點頭。

夏緣端著燕窩去了天不絕的住處，天不絕倒是看不出趕路的疲憊，沐浴換衣後，正在捧著醫書研究，見到夏緣端著燕窩來，他哼了一聲：「你這臭丫頭什麼時候學會孝敬師父了？八成又是花顏那丫頭不喝，端來給我了吧？」

夏緣眨了一下眼睛，說謊臉不紅心不跳：「才不是，本就是知道師父最近研究醫書費心思，吩咐廚房多做了些，這燕窩雖貴，但花家好東西多的是，不至於這般省的。」

天不絕伸手接過，瞪了夏緣一眼：「臭丫頭，不是誰喝膩了這東西？偏偏被你說的這麼好聽來哄我，當我好哄呢。」

夏緣即便心情不好，也忍不住笑了。

天不絕喝了燕窩，斜著眼睛問夏緣：「說吧！這一副不高興的樣子，還是因為花顏？」

夏緣點頭，坐下身道：「師父，沒了五百年人參，我看她身體日漸削弱，人也漸漸地沒精神，就像一朵花，在一日日的枯萎，我害怕。」

天不絕面色也凝重下來：「你今日可有給她把脈了？」

夏緣頷首：「把了，脈象還是沒有一絲進展。」

「她體內的氣流呢，可還亂竄？」天不絕問。

夏緣搖頭：「今日在馬車上，她說她體內亂竄的氣流似一下子消失了，沉寂得空蕩得很，連她都感知不到了。」

天不絕皺眉：「這事兒花灼可知道？」

夏緣憂心地道：「他知道，他也試了再次渡靈力，但是依舊有阻隔，他的靈力半絲也進不去花顏的身體。」

「她的身體特殊，你也別急，再觀察兩日再說。」天不絕握著手中的醫書道，「鬼門關都踏了過來，沒道理如今眼看著沒法救。總會有法子的。」

夏緣也知道心急也沒辦法，只能點頭，陪著天不絕一起研究醫書。

第一百一十章　帶兵回京撼朝堂

傍晚，花家設宴，除了花顏依舊睡著沒醒來，花家所有人都進了飯廳，正式鄭重熱情地與夏桓、崔蘭芝、夏澤、五皇子、程子笑等人見貴客之禮。

席間，自然談起了花灼和夏緣的婚事兒。

花灼和夏緣的婚事兒實在是好商量的很。

夏緣自小在花家長大，根本就早已是花家人。她與花灼兩情相悅，花家一眾長輩樂見其成，而夏桓認回了女兒，自然是怎麼著都千好萬好，花灼這個女婿，更是天下打著燈籠都難找的萬里挑一的佳婿，他見了更是滿意的很。

所以，兩家人做一家人，你說一句我點頭，我說一句你沒意見地答應，一頓飯下來，一場婚事兒，已商量了個大概，沒半絲意見。

由於花顏如今的身子骨不好，花灼和夏緣都沒心思在她大婚後急著大婚，所以，商定待花顏身子好了，安穩無憂時，明年再定大婚之期。

畢竟，親哥哥大婚，親妹妹屆時即便嫁入京城東宮，也是要回臨安親臨婚禮的，如今的花顏，大婚怕是都沒力氣，更遑論大婚後再立即折騰奔波回臨安了。

若非雲遲和花顏二人無論如何都決定不改已訂好的婚期，花家的一眾長輩們還想將二人的婚期延後的。

所以，兩方親事兒商定的很順利。

宴席後，太祖母、祖母等幾位長輩不放心，前來花顏苑看望花顏。

花顏在前方宴席過半時就醒來了，她睜開眼睛，對采青說：「前方好熱鬧啊！」

采青立即說：「前方設宴呢。」話落，小心地問，「您身子骨不好，要去前面湊熱鬧嗎？花灼公子吩咐讓您休息，不讓人打擾。」

花灼搖頭：「不去了，沒力氣，我若是去了，他們總要照顧我，該吃不好了。」

采青連忙道：「神醫方才給您新換了藥膳的方子，小廚房一直等著您醒來做，現在奴婢就去吩咐一聲。食材都準備齊了，就等著您醒來了。」

「嗯，去吧！」花顏點頭。

采青立即去了。

花顏支撐著身子坐起來，盤膝而坐，試探地感知調動自己身體的內力和靈力，發現依舊沒有氣流在竄動，死寂沉沉一片，如乾涸的大海，雖靠五百年人參滋養得不再如焦土一般，但也沒好到哪裡去，依舊貧瘠荒涼的很。

她試探了半晌，額頭後背已冒冷汗，無力地放棄，軟軟地靠在了靠枕上。

采青告知了廚房後進屋時，看到花顏臉色發白冷汗森森的模樣嚇了一跳，連忙衝到床前：「太子妃，您這是怎麼了？哪裡難受？」話落，她轉身就要去喊天不絕和夏緣。

花顏伸手攔住她：「我沒事，剛剛探知身體，耗費了些力氣，緩一緩就好，不必叫人。」

采青停住腳步，緊張地問：「您……真的不用叫人嗎？」

「不用。」花顏肯定地搖頭，「給我倒一杯熱水就好。」

采青立即給花顏倒了一杯熱水。

花顏伸手接過熱水，熱水的溫度透過冰涼的指尖漸漸地似溫暖了整個身子，她喝了兩口熱水，對白著臉盯著她的采青微笑：「沒什麼大事兒，你是被嫂子弄的太緊張了，我的身體我知道，當日沒死成，如今也沒那麼容易死，放心吧！」

采青紅著眼睛說：「早知道您這麼受苦，奴婢當日拼死也要攔下您，少夫人私下也十分後悔沒攔您。」

花顏淺笑：「所謂積德行善，善有善報，不是一句空話，我救了百姓們，也是在給自己積福報。我能活著，已是福報了。這副身子如今雖看著凶險，大約要將養很長一段時日，但定不會斷了生機的，我自己清楚。」

采青聞言寬了心：「只要您沒事兒就好，方才您睡著時，殿下來信了。」說著，便走到桌前，拿起雲遲的信箋遞給花顏。

花顏見到了雲遲的信，頓時精神了兩分，連忙打開信箋。

雲遲在信中先是問了她身體如何，可還好，言他人回了京城，卻放不下她，十分掛心。又提了回京當夜，識破了王公公，他在被識破後，咬舌自盡在他的面前，早朝上，他震懾了朝野一番，封了蘇子斬任職戶部尚書，待陸之凌帶兵進京後，他會將京城守的固若金湯安排他們大婚。

同時又預料到了此次那統領折了梅花印衛的頭目與十萬兵馬，定然十分惱恨，不會善罷甘休，如今他大抵在暗處，正在謀劃，怕是會在臨安到京城結親的途中生事兒，他會沿途都布置兵馬與暗衛，沿途的安排還需要花家配合行事，他會在信中與花灼商議制定計策。

雲遲的信箋寫了厚厚的一封，落筆鋒利，字裡行間，是控制不住的思念，似乎恨不得立馬安置好京城中諸事兒前來臨安接親。

信的末尾，是讓花顏等著他來，多不過七八日。

花顏算了一下大婚的日子，滿打滿算，大約半個多月，她的身體如今是這般狀況，但望爭氣些，能有些好轉，讓她有力氣大婚。

無論如何，她與雲遲的大婚，怎麼也不想因她的身體而延遲或者生變。

她想嫁給雲遲，冠他之名，屬他之姓，一輩子都是他的人。

采青在花顏看信時，便去廚房端來了晚膳，花家的廚娘很是厲害，藥膳做的濃濃撲香，采青端著托盤一踏入室內，花顏便覺得肚子一陣餓意，立馬放下了手中的信箋。

采青將桌子挪來了床邊，將碗碟依次放在花顏面前，侍候她用膳。

花顏對她擺手：「拿碗筷的力氣我還是有的，你與我一起坐下來吃。」

采青已熟悉花顏的脾性，點點頭，給花顏面前布置好後，便坐了下來，陪著她一起用膳。

也許是收到了雲遲的書信，得知京城一切順利，花顏的胃口很好，吃了兩碗稀粥，用了不少菜品。

用過飯後，采青收拾了殘羹，太祖母等人也來到了花顏苑。

太祖母由人扶著進了屋後，見到花顏，不住地點頭：「睡了一覺醒來，歇了這麼半日，比早先回來是氣色好多了。」

花顏笑著點頭，往裡側挪了挪身子，讓太祖母坐在床前。

太祖母挨著花顏坐下，伸手抓了花顏的手，皺眉道：「跟你祖父當年一樣，這手也是涼的很。」

祖母走上前，對花顏歎氣接話說：「真是隨了咱們花家的根了，當年你祖父是為了救人，如今你也是為了救人。你們可真是讓人操碎了心。」

花顏看著二人，笑嘻嘻地說：「祖父命大，孫女也一樣，沒事兒的。如今祖父不還是好好的嗎？」話落，「咦」了一聲，「怎麼沒見祖父，他去哪裡了？」

祖母笑著說：「他去雲霧山了，當年他在雲霧山遊逛時，遇到了一株野山參，估摸著有七八百年，沒捨得挖，聽說你動用了本源靈力，受了重傷，非五百年以上的人參不能用，便急匆匆跑了去。都幾十年過去了，不知道那株野山參還在不在？」

花顏抿著嘴笑：「祖父總是迷路，可有人跟著？可別迷路在雲霧山裡出不來。」

「你這孩子，總是拿這件事兒笑話你祖父，等他回來收拾你。」祖母笑著嗔了花顏一眼，「讓人跟著了，走不丟。」

花顏點點頭。

有太祖母和祖母在，花顏的父母素來都是靠邊站的，此時花顏的父親接話：「你這副樣子，怎麼能大婚？不如推遲幾個月吧！」

花顏的母親也有這個意思，畢竟女兒這副模樣，即便因為對他情深義重，但就這樣子去京城大婚，他們也不放心，跟著點了點頭，附和道：「是啊！你們海誓山盟，情深互許，大婚是早晚的事兒，也不急一時，養好身子再說。」

花顏堅決地搖頭：「不行！」

她不多說別的，但態度就是這兩個字，十分乾脆果斷。

花顏父親瞪了她一眼：「早先拖著不嫁，如今倒是急了。」

「行了。你說說你，孩子都這樣子了，你還忍心說她。你心是好的，說出的話卻不中聽，不如別說了。」祖母瞪向花顏父親，維護花顏。

花顏父親無奈的收斂了瞪人的眼：「她都是被祖母和母親您慣的，從小就不讓人省心。」

「你也沒讓人省心多少。」太祖母接過話，「這兩個孩子婚事兒波折多，如今已到婚期，天上下刀子也要嫁娶，此事就別多說了，還是想辦法先讓顏丫頭身子骨好起來才是。」

讓花顏的身子骨好起來，何其之難？

花顏的祖父當年動用了靈力救人重傷生死攸關挺了過來後，至今沒恢復。

更何況，花顏動用的是本源靈力，耗盡了身體，如燎原大火燒焦了整片沃土，比當年祖父受的傷更重，能從鬼門關帶著一口氣回來，已然是奇跡了。

花家人沒法子，若是有法子，祖父的身體不至於至今沒恢復靈力，只不過是能如正常人一般生活罷了。

神醫天不絕的醫術是當今天下最好的，他目前也沒法子，花顏的身體著實讓人心焦憂急。

花顏的父親看著花顏蒼白的臉色，一時也沒了話。

花顏的母親柔聲說：「小時候祖父給你卜卦，就說你這孩子生來生而坎坷，我還不信，想著我們花家人，哪裡有什麼坎坷事兒？如今可真是應驗了。」

太祖母聞言開口道：「何止是生而坎坷？當年你太祖父給你卜卦，說你生來就是天家的人，不過將此卦給瞞下了，沒說出來。」

眾人齊齊一愣。

花顏暗想著她可不就是生而是天家的人嗎？四百年前是，如今亦是，她生來就與天家有著扯不開的姻緣。

眾人說著話，夏緣走了進來。

太祖母見了她，頓時笑了：「你這小丫頭，與你師父晚宴也沒參加，你研究醫書何時也到了跟你師父一般癡迷的地步了？你可知你不在時，與灼兒的大婚事宜都商議妥當了？」

夏緣眨巴了兩下眼睛，也笑著說：「有長輩們做主，只要花灼沒意見，我不知道也沒關係。」

太祖母指著她笑罵：「你這個小丫頭，對自己的事情可真是不上心。」

夏緣苦著臉：「至今沒想出治花顏身體的法子，我與花灼都安不下心。」

太祖母收了笑：「別急，吉人自有天相，車到山前必有路，顏丫頭不是個短命的。」

花顏的母親立即問：「祖母，當年祖父可為丫頭批命了？說她命理如何？」

太祖母搖頭：「只批出了顏丫頭姻緣多有波折，命理卻是批不出來。但我想，她兩世機遇難得，天不斷善心者，會有福報，平安化險為夷的。」

花顏的母親點點頭：「我家顏兒一定會好的。」

眾人又說了一會兒話，眼見天色已晚，花顏要休息，一起離開了花顏苑。

眾人離開後，花顏也確實精力不濟了，夏緣讓采青去休息，自己則與花顏躺在了一張床上，為了半夜照顧她。

二人躺下後，花顏才想起來沒顧上給雲遲回信，於是，夏緣又起身掌了燈，搬了桌子到床前，鋪好了紙筆。

夏緣對她問：「你來說，我代筆可好？」

花顏搖頭：「若是你來代筆的話，雲遲該擔心是不是我連拿筆的力氣都沒有了。還是我自己來寫吧！」

夏緣想想也是，便將筆沾了墨，遞給她。

花顏接過筆，手腕發軟，字跡沒什麼風骨，軟綿綿的。

她將自己身體如今的狀況細細地與雲遲說了一遍，寫了幾頁紙，實在沒力氣了，便作罷，交給了夏緣。

夏緣折好了信箋，用蠟封了，以花家暗線送去京城給雲遲。

二人再度躺下後，夏緣熄了燈，花顏反而沒了睏意，對夏緣問：「你猜雲遲現在正在做什麼呢？」

夏緣想了想道：「我猜太子殿下如今也在想你呢。」

花顏抿著嘴笑：「大約你說的是對的，如今夜深人靜了，他也該躺下休息了。」

夏緣好笑：「睡吧！別想了，幾日後太子殿下安排妥當京城諸事就來迎親了，屆時你們大婚，日日拴在一起，有你看夠他的一天。」

「才不會看夠，一輩子也不夠。」花顏道。

「是是是，小姑奶奶，一輩子也看不夠。」夏緣附和著花顏，揶揄地道，「不知道曾經是誰恨不得一百年不見他。」

花顏想想當初，也忍不住笑起來。

二人說笑了幾句，花顏心情輕鬆下來，帶著好夢睡了去。

夏緣也累極，卻睡不著了，暗暗地祈禱，花顏一定不會有事兒，她與太子殿下一定會相守一世的，願上天厚待有緣人。

誠如夏緣花顏所料，雲遲的確是在想花顏。

從回京，他休息了一晚後，這幾日一直在忙著安排部署京城朝野上下諸事兒。皇帝撐著病體支撐了這麼久，終於受不住了，在雲遲回京的第二日便累的病倒了，朝事兒只能都交給了雲遲一個人。

這一晚，雲遲似心有感應一般，覺得胸中湧起濃濃的思念，他想花顏，覺得花顏定然也在想他。這種感覺很奇妙很玄妙，但是感覺十分的好。

雲遲最後同樣是嘴角彎著入睡的。

第二日清早，天還未亮，距離早朝還有半個時辰時，小忠子小聲稟告：「太子殿下，陸世子帶著三十萬兵馬回京了，派人送了話來，如今三十萬兵馬就在城外十里處，聽候您命令安排。」

雲遲醒來，應了一聲，對小忠子吩咐：「派人去傳本宮旨意，三十萬兵馬暫且留在城外候命，請陸世子來東宮，今日早朝延遲一個時辰。」

「是。」小忠子應諾，立即去傳話了。

雲遲披衣下床，收拾妥當，便去了書房等陸之凌。

陸之凌進城的很快，快馬進了城門，不多時，一人單騎便來到了東宮，天還未亮的街道上，聽到他一騎踏踏的馬蹄聲，馬蹄釘了鐵掌，沒裹棉布，十分的響亮。

他一人帶著三十萬兵馬回京，驚動了京城各大府邸的情報網。

敬國公府與趙府、安陽王府、武威侯府等一眾府邸同時得到了消息。

敬國公年紀大了起的早，收拾妥當正準備用了早膳趕著上朝，剛拿起筷子，便聽到了府中暗衛稟報，頓時扔了筷子，騰地站起身，驚訝不已：「你說什麼？凌兒帶著三十萬兵馬回京了？什麼時候？怎麼早先半絲消息沒得到？」

暗衛回稟：「世子剛剛到城外，正在等候太子殿下旨意進城。」

敬國公聞言依舊心驚：「太子怎麼突然讓凌兒帶兵來京，難道京城要發生什麼大事兒了不成？否則如何需用兵力？」

暗衛搖頭：「京城近來十分安靜，連雞鳴狗盜之徒都沒有，十分平靜，恕屬下無能，沒察覺出要發生什麼大事兒。」

敬國公立即說：「快！再探！」話落，連忙改口，「不，你直接去問問凌兒。」

暗衛應是，立即去了。

敬國公慢慢地坐下身，也沒胃口吃飯了，急匆匆地道：「快！拿我的官袍來，我現在就去等著早朝。」

敬國公夫人在旁邊一直聽著，知道自家兒子回來了，已有大半年沒見了，頓時高興不已：「我還以為凌兒總要過個一兩年才能從西南境地回京，沒想到竟然今日就回來了。」話落，她也沒心情吃飯了，對身邊大丫鬟吩咐，「讓廚房準備凌兒愛吃的東西，蜜汁燒魚，醬香排骨，辣味小炒，清蒸……」

「哎，夫人，他是帶著三十萬兵馬來京，進城後，一定會先去見太子殿下，指不定有沒有空回府，你這麼早準備做什麼？」敬國公一邊讓人侍候著穿官袍，一邊道。

敬國公夫人立即說：「他總要回府的吧！先準備著。」

敬國公想想也對，沒空理會夫人準備什麼，急匆匆地穿戴妥當就出了屋門。

與敬國公想法一樣的人大有人在，第一反應也是京城發生了什麼事兒？竟然到了這般嚴重到太子殿下調兵的地步，也都匆匆忙忙起身，急急地惴惴不安地趕去早朝，生怕晚了，落後了消息。

在一眾人提前趕往早朝時，陸之凌已進了東宮，坐在了雲遲的書房裡。

陸之凌打了一場勝仗，痛快地收了將近十萬的兵馬，心情極好，一路急行軍趕路來京，也沒覺得累，依舊精神抖擻。

雲遲親自給他倒了一盞茶：「辛苦了！本宮還以為你總要兩日後才到，沒想到提前了兩日，倒是快得很。」

陸之凌喝著茶說：「你不是著急去臨安嗎？我早來兩日，你也能早兩日離京。」

雲遲笑著點頭，心情愉悅：「正是。」

雲遲對於京中的部署早已經制定了周密的計畫，與陸之凌言笑片刻後，便將計畫部署說與陸之凌，商議接下來對京中的部署用兵安排。

陸之凌對於雲遲周密的計畫自然沒意見，聽完了雲遲的部署後，翹起大拇指：「京城布兵五十萬，帶十萬兵馬迎親，太子殿下也算是古來僅有了。」

雲遲道：「情勢所迫，不得不如此，背後之人如今怕是恨得牙癢癢，恨不得殺了花顏和本宮，本宮還想與花顏白頭偕老，不想死，只能做最周全的安排。」

陸之凌嘖嘖了兩聲，敲著桌面問：「今日就部署安排？」

「你剛回京，先回府歇上一日吧！敬國公夫人知道你回來，一定很高興。」雲遲思量著說。

陸之凌乾脆地說：「我不回府，你在東宮給我找個地兒，讓我先睡一覺再說。」

「哦？」雲遲挑眉，「不回府？」

陸之凌無奈地說：「我已有幾日沒好好睡上一覺了，你覺得我這麼回去，他們不追問到底？我爹和我娘能讓我好好睡一覺嗎？」

雲遲想想也對，便對外吩咐：「福伯，給陸世子安排一處院子休息。」

「是。」福伯連忙應了一聲，立即去了。

陸之凌又道：「我還沒用早膳呢。」

雲遲又對小忠子吩咐：「吩咐廚房將早膳端來這裡。」

小忠子應聲，連忙去了廚房。

陸之凌翹著腿舒服地靠在椅子上，看著雲遲道：「太子殿下比以前有人情味多了，可見是妹妹的功勞。」

雲遲瞥了他一眼，沒說話。

廚房早已經準備好太子殿下上朝前用的早膳，在小忠子傳話過去後，很快就端到了書房。

陸之凌飽餐了一頓後，福伯已命人收拾好院落，他打著哈欠去了住處歇著了。

雲遲在陸之凌離開後，看了一眼時辰，吩咐人備車，去了早朝。

陸世子帶著三十萬兵馬進京，驚動了朝野上下。文武百官今日上朝的時辰都比平時早，早早來到金殿等著太子殿下上朝，順便從同僚那裡探聽消息，因為誰也不知道陸世子怎麼突然帶著三十萬兵馬進京了，早先沒得到半絲風聲。

文武百官們陸陸續續到了宮門後，東宮的人前來傳話，說太子殿下將早朝延後了一個時辰，眾人這才覺得來早了。

但出了這等大事兒，百官們當下惴惴不安，自然也不會折回去再睡個回籠覺，便都聚在一起三三兩兩地談論此事。

敬國公來到後，立即被群臣們圍住了，七嘴八舌地問出了什麼事兒？

敬國公也是一臉茫然莫名，言太子殿下怕是有什麼安排，涉及軍事機密，他即便是陸之凌的老子，也是不得而知。畢竟前些日子北地有人以巫術害太子殿下，太子殿下險些出了事兒，如今調動陸之凌和三十萬兵馬來京，想必是恐防京城生亂。

眾人覺得敬國公所言有理，暗想著到底什麼人如此膽子大，敢謀劃北地之亂，暗害太子殿下，實在是常人難為。

文武百官等了一個時辰，雲遲來到了金殿。

百官們見到雲遲，叩拜見禮後，都悄悄地抬眼打量雲遲的臉色，見太子殿下一臉平靜，半分情緒不露，更是悄悄地提起了心。

兵部尚書自從被雲遲罰閉門思過後，雲遲一直未准許重新啟用他，至今賦閒在家。所以，按理說調兵之事該通過兵部，反而如今兵部無主事者，兵部一眾人等想提城外陸之凌帶來的三十萬兵馬之事，也無人敢輕易提。

兵部無人提，文武百官相互看著，從趙宰輔身上轉到武威侯身上又轉到安陽王身上最後轉到敬國公身上，一眾眼神們都死死地盯著敬國公，希望他出頭問。

敬國公實在受不了群臣們的眼神，頂著壓力無奈地出列：「太子殿下，犬子帶著三十萬兵馬進京，敢問京中可是出了什麼了不得的大事兒需要動兵？」

雲遲知道群臣們的心思，他故意不提此事，就等著他們坐不住，群臣們推出敬國公也是理所當然，畢竟陸之凌是他的兒子。

他笑了笑道：「京中未出什麼大事兒，只不過陸世子在北地立了大功，在神醫谷又收復了十萬亂臣賊子豢養的私兵，本宮特許他帶三十萬兵馬進京喝本宮和太子妃的喜酒。」

敬國公睜大了眼睛，就這麼簡單？

文武百官也齊齊看著雲遲，想著陸之凌只是奉太子殿下旨意帶兵進京喝喜酒？不能吧？太子殿下豈能是這樣輕易讓封地兵馬進京的人？

一時間，文武百官們都不相信，但看著雲遲一本正經的臉，卻都不敢質疑。

雲遲不動聲色地看著眾人：「眾位愛卿，可有何異議？」

眾人互相看著，暗想著三十萬兵馬都到城門下了，太子殿下悄悄調了陸之凌帶三十萬兵馬進京，他們早先根本就沒得到半絲風聲，如今還能有什麼異議？有異議也要憋著別惹太子殿下不快，否則他的太子劍可不會手下留情。

眾人都齊齊地搖頭，表示沒有異議。

雲遲心情甚好地道：「陸世子是太子妃的結拜義兄，亦是本宮的舅兄，他豈能錯失本宮和太子妃的大婚？不過，他回來喝喜酒也不能白喝，從今日起，京中的安穩布防就交給他了。」

群臣聞言頓時心驚，想著這應該才是太子殿下調兵的目的，將整個京城的布兵部署都交給陸之凌，這太子殿下也未免太信任陸世子了。要知道京城有禁衛軍、御林軍、五城兵馬司，京都府衙兵甲，一直以來，各自為政，各司其職，如今都交給一人部署布防，簡直是將京城的安危給了一人。

趙宰輔當先開口勸諫：「太子殿下，這是不是有些不妥當？」

雲遲看向趙宰輔，面色溫和：「如何不妥當？」

趙宰輔試探地道：「自古以來，京城各司其職，如今這般被打破，怕是會生出事端……」

雲遲搖頭：「只在本宮大婚之期，京中各司暫且聽從陸世子調遣安排而已。待本宮大婚後，歸於原位，也不算打破規制，只不過特殊時期，從權而已。」

「這……」趙宰輔看向敬國公，還是覺得不太好，「國公也說一句話，你覺得殿下這般安排可妥當？陸世子雖在西南境地立了大功，掌管西南境地百萬兵馬，但他如今剛回京，畢竟已有大半年不在京城了，對京城這半年來的變化怕是不太熟悉，萬一出了差錯……」

敬國公也沒想到雲遲竟然輕飄飄地便甩出這麼一件大事兒，暗想著近來太子殿下做的每一件事兒，都讓人出乎意料猜不出來，驚人心，魄人膽，讓人惴惴難安。

不過信任他的兒子陸之凌，對於陸之凌和敬國公府來說，這是好事兒。但他也覺得這等大事兒，的確是需要斟酌慎重。

於是，他開口也勸道：「趙宰輔說的對，犬子的確年輕，沒經歷過多少事兒，京城安危甚是重要，太子殿下大婚更重要，萬一出了差錯，便不是小事兒，太子殿下三思。」

「本宮在調他回京時，便已三思過了。」雲遲慢慢地道，「兩位愛卿放心，本宮相信陸世子一定能在本宮大婚期間守好京城，不出亂子。兩位愛卿難道不相信本宮的用人眼光？」

趙宰輔和敬國公齊齊搖頭，雲遲用人的眼光毋庸置疑，從沒出過差子，至今東宮猶如銅牆鐵壁，誰也撬不開。就拿朝野上下來說，若不是他至今只監國四年，根基尚淺，怕是誰也不能在他的手底下出么蛾子，背後之人想謀劃江山禍亂社稷更是不可能。

二人一時被雲遲的話堵住，沒了話。

群臣們見太子殿下主意已定，輕易地駁回了趙宰輔和敬國公，自然沒人敢再跳出來反對。

自雲遲監國以來，他的話素來一言九鼎，如今金口玉言的威儀更是勝過從前。

雲遲如今要的就是絕對的掌控朝局，絕對的掌控文武百官，他不允許任何人質疑他的決定，南楚如今的形勢也不允許誰質疑他。

所以，在群臣都沒人再反對時，他果斷乾脆地退了早朝。

雲遲下了早朝後，不等皇帝派人來喊，徑直去了帝正殿見皇帝。

皇帝身邊的人，幾日前在雲遲回來識破王公公後的第二日，在他的安排下大換血了一次，如今用的都是雲遲安排的人。

身為皇帝，身為君父，他怕是亙古以來，唯一一個恨不得將皇帝之位趕緊甩手給太子的帝王，也怕是唯一的一位從不疑心兒子拿了他手中所有權利的帝王。

南楚有這樣的帝王，是太子雲遲的幸運，也是南楚江山的幸運。

在雲遲的心裡，皇帝雖然孱弱無為，但他頗有大智，不得不承認，他是一位好父親。

能做好一個皇帝不容易，做好一個父親也不容易，兩者兼顧，他已不錯。

皇帝用過早膳喝了藥，聽聞雲遲令陸之凌帶著三十萬兵馬悄然進京的消息，倒是不如文武百官那般驚訝得惴惴不安。他明白雲遲為何做如此的安排，畢竟背後之人實在太厲害，雲遲已到了不得不防的地步。

所以，在雲遲來到帝正殿後，與他說起此事，皇帝點頭：「這南楚早晚是你的，在你大婚後，朕便退位，你來繼位。所以，你覺得該如何安排就如何安排，朕支持你。」

雲遲微笑，他就知道皇帝沒意見，來這一趟無非是例行告知罷了。他轉了話題：「父皇可覺得今日好些了？」

「嗯，還是天不絕的藥方子管用，朕喝了這藥方子，傷寒好多了。」皇帝道。

雲遲道：「他會跟著太子妃進東宮，待迎親的隊伍進京，讓他給父皇把把脈，兒臣手中的這一張傷寒方子，未必對症下藥地根治父皇病症，到底不如他給父皇您切脈來得準確。」

皇帝頷首：「好，他的醫術冠絕天下，朕相信。」話落，對他問，「太子妃身體如何了？可有起色？」

雲遲搖頭：「她身體受傷太重，恢復不會太容易，但回了臨安花家後，能好好休息幾日，應該總比在路上奔波時強許多。」

皇帝點頭：「你打算何時起程去臨安迎親？」

雲遲道：「四日後。」

皇帝蹙眉：「定要親去？」

雲遲肯定地說：「兒臣定要親去迎親，京中安危交給陸之凌帶的五十萬兵馬鎮守，兒臣沿途要做安排，背後之人在北地與神醫谷連番吃了兩次大虧，定然不會善罷甘休，想必會在花顏迎親隊伍進京城途中下手，兒臣定不能讓其如願，倒是要看看背後之人有多厲害了，能在我大婚之期作亂。」

皇帝頷首：「也罷！背後之人一直隱藏在暗中，若是不引蛇出洞除去，一直留著終究是隱患禍害。你一定要萬事小心，安排務必周密。」

雲遲抿唇：「父皇放心，花家會沿途配合，我與花灼會仔細商議部署。」

皇帝歎了口氣：「幸好你娶的是花顏，有臨安花家幫忙，這天下安穩可待，若是旁的女子，南楚這江山怕是真要危矣。」

雲遲點點頭，這話是實話！

若他不是心慕花顏，誓要娶她，臨安花家一定不會摻和進皇權朝局。以背後之人隱藏的極深之根基，以他監國時日尚根基淺來說，沒有花家相助，一切還真的很難說。

他笑了笑：「也許是天不絕南楚。」

皇帝也笑了，這話他愛聽：「說得有理。」

父子二人又閒聊了片刻，雲遲出了帝正殿，前往議事殿。

文武百官們在雲遲下了朝離開後，又都紛紛聚在一起，恭喜敬國公。

敬國公連連擺手：「老夫只求那混帳小子別給老夫捅婁子就好，他不過是在太子殿下大婚之期暫守京城安危，眾位同僚切莫恭喜老夫，沒什麼可恭喜的。」

「國公爺謙虛了！這京城禁衛軍、御林軍、五城兵馬司、京都府衙兵甲何時給過一人調遣？顯然太子殿下十分信任陸世子。」一位大人羨慕的看著敬國公，悔恨怎沒生出個有出息的兒子。

早先在花顏千方百計鬧退婚時，牽扯進了陸之凌，無數人還看了敬國公府好多笑話，那時的敬國公府多膽戰心驚啊，轉眼不過半年，風水一轉，陸之凌與太子妃八拜結交的消息傳遍京城，陸之凌統領西南境地百萬兵馬，開了一人掌握兵政大權的先河，如今又一人掌管京中所有兵馬，這亙古未有的寵信，讓多少人眼紅？

敬國公府一下子門楣高過了朝野上下所有府邸，朝臣們聞風所向，紛紛恭喜巴結敬國公。讓敬國公一個堂堂鐵漢，有些受不住這一番恭喜恭賀。

但敬國公雖然剛正不阿，也不是沒有幾分圓滑世故，所以，他也急著見陸之凌，想了想，便禍水東引到了自家兒子身上，反正如今他身板硬，底氣硬，手握兵權，不怕禍水。

於是，他轉了話題道：「今日犬子並沒有上朝，對比蘇尚書得太子殿下信任來說，略差子斬一籌。」

他拉上了同樣沒上朝的蘇子斬。

這一下，果然管用。眾人紛紛猜測，當日子斬公子回京，太子殿下帶他一起早朝，今日陸世子回京，以他的官職，為何沒來早朝？他去了哪裡？幹什麼去了？

敬國公趁機抽了身，快步出了宮門後，快速地上了馬車，抹了抹頭上的汗，吩咐：「快回府。」

他今日起需要緊閉府門，謝絕見客。

車夫很是俐落，趕了馬車如飛一般，離開了宮門，匆匆回敬國公府。

武威侯看著敬國公府馬車飛一般地離開，笑罵：「這個老小子，跑的倒是快。」

安陽王哈哈大笑：「他是一個莽漢，最受不住這些，不逃才奇怪了。」

武威侯點點頭，笑問：「王爺，書離公子何時回京？」

「過幾日吧！」安陽王不確定地說，「川河谷水患已收尾，他在給王妃的信中只說會儘快回京，但沒說何日歸京。」

武威侯道：「書離公子此回也是立了大功，這回可會入朝？」

安陽王歎了口氣：「不知道這一回是否能勸得動他。」

武威侯拍拍安陽王肩膀：「子斬以前一直沒有入朝的打算和心思，與他說起時，他便冷著一張臉，如今連本侯也沒料到他此回忽然想開了，就這麼突然地入朝了。所以，你也別憂心，孩子們都大了，自有自己的想法，若是他想開了，也許不用你勸，他也會入朝。」

安陽王點點頭：「但願。」

二人說著話，離開了宮門，各自回了府邸。

敬國公匆匆趕回府，下車就問：「世子呢？回來了嗎？」

管家連忙搖頭：「回國公爺，世子還沒回來。」

「嗯？」敬國公停下腳步，看著管家，納悶，「太子殿下都上了早朝，他沒與太子殿下一起去上早朝，也沒回來，那去了哪裡？」

管家道：「派人去打聽了，似乎依舊留在了東宮，從進了宮門，便沒出來。」

敬國公不解，猜想著難道陸之凌在東宮內有什麼要事兒商議？想著太子殿下下了朝後去了帝正殿，之後又去了議事殿，沒回東宮啊，那他自己待在東宮做什麼？

敬國公左思右想，也沒想到陸之凌是乾脆地在東宮不回府就為了睡覺。

知子莫若父的俗話，在敬國公這個糙漢硬漢的心裡沒那麼柔軟細膩能猜到他兒子從小跟他鬥到大已道高一尺魔高一丈的鬼心思。

所以，他只是覺得，也許陸之凌真有要事兒要辦，根本就沒時間回府，畢竟東宮不是個誰都能踏進去待著不出來的地方。

敬國公夫人一直在等著陸之凌回府，等到敬國公回來，天已到晌午，也沒等到陸之凌，見了敬國公，不由心焦地問：「凌兒怎麼還沒回府？」

敬國公在面對夫人的焦躁時十分鎮定：「他有公務在身，再不是以前遊手好閒了。他不回府，必有要事兒，我們先吃吧！」

敬國公夫人點頭，對身邊大丫鬟吩咐：「吩咐廚房，準備的那些不必上了，留著晚上凌兒回來，午膳就先將就一下。」

敬國公瞪眼：「他不回來，我們也要好好吃。」

敬國公夫人問：「你有胃口吃？」

敬國公頓時沒了話，他的確也沒什麼胃口，暗罵陸之凌這個混帳東西，從小讓他操心到大，沒出息時他恨鐵不成鋼，有出息了之後，他又覺得他風頭太過。

陸之凌從清晨開始，一覺睡到了傍晚掌燈時分。

他醒來後覺得整個人活過來了，精神飽滿，一個鯉魚打挺從床上跳下地，對外面喊了一聲：「來人！」

有東宮的內侍立即應了一聲，出現在了陸之凌的面前：「陸世子，您有什麼吩咐？」

陸之凌問：「太子殿下呢？」

「殿下還在議事殿議事，還沒有回來。」內侍回話。

陸之凌探頭向窗外瞅了一眼，寒風凜冽，天空飄著雪花，這個冬日裡就沒有幾日晴天，隔三差五的飄雪。他撓撓頭：「抬一桶水來，我需要沐浴換衣。」

內侍應是，立即去了。

不多時，兩個壯漢抬了一大桶水送入了屏風後，內侍捧了一疊衣物進來給陸之凌：「陸世子，這是讓御衣局根據您的身量送來的新衣。」

「多謝。」陸之凌想著東宮的人動作就是乾脆俐落且迅速，他道了謝，拿著衣物進了屏風後。

半個時辰後，陸之凌沐浴出來，換了新衣，重新打理了凌亂的頭髮，衣著光鮮，人模狗樣地走出了房門。

內侍跟著他走了幾步，小心翼翼地說：「陸世子，殿下還沒回來呢。」

「嗯，我不等他了。」陸之凌擺擺手，「太子殿下回來後，你說一聲，就說我去找蘇子斬喝兩杯。」

內侍應了一聲，止住了腳步，暗想著陸世子回京後還沒回家吧？先來東宮，睡了一日，晚上了還要去見子斬公子，難怪敬國公整日裡掛在嘴邊罵他，誰是他老子也忍不住想罵。

陸之凌不知道小內侍心裡所想，優哉遊哉地出了院子，正巧碰到了福管家。

福管家見到他後立即見禮：「陸世子，老奴正要來問，您是否先用晚膳？殿下怕是沒這麼早回來。」

陸之凌擺手：「不了，我去找蘇子斬。」話落，對他問，「福伯，蘇子斬是回府了？還是在哪裡？」

福管家立即說：「子斬公子回京後便回府住了。」

「嗯。」陸之凌點頭，乾脆地向外走去。

福管家想了想，追上兩步，小聲說：「敬國公府派人來問了幾次，問您什麼時候回府？」

陸之凌停住腳步，眨巴了兩下眼睛說：「是我爹派人來問的，還是我娘派人來問的。」

福管家愣了一下說：「似乎是國公夫人。」

陸之凌立即說：「我娘再派人來問，就說我有要事兒，明早回去陪她用早膳，讓她今日別等我了。」

福管家應了一聲是。

陸之凌想了想，乾脆地不走正門，俐落地翻牆出了東宮。

福管家在寒風中立了一會兒，也想著怪不得敬國公罵陸世子，誰家有這麼一個進了家門不先回家的主，也會打罵一通。

陸之凌一路冒著寒風悄悄從東宮去了武威侯府，直接熟門熟路地翻牆進了子斬公子的院落。

青魂剛要出劍，陸之凌說了一句「是我」，青魂收回劍，立即對陸之凌見禮，冷木的臉上難得見了幾分笑意，「公子方才還說陸世子今晚必來找他，他正等著您用晚膳呢。」

陸之凌聞言大樂：「這個傢伙倒是懂我想他的醉紅顏了。」說著，大步向蘇子斬的屋子裡走去。

蘇子斬正坐在窗前翻閱戶部的卷宗，這兩日，他幾乎將戶部的卷宗翻閱了個遍，雲遲讓他接管戶部，還有另外一個目的，就是這些年戶部乃六部之重，這麼重要的部，背後之人若籌謀的早，在這朝堂根基扎的深，豈能放棄往戶部安插人？

聽到外面的動靜，蘇子斬抬頭向外看了一眼，熟悉的人影從窗前一閃，轉眼就來到了門外，大手一揮，珠簾一陣劈里啪啦地響，陸之凌邁著大步進了屋。

蘇子斬見他進屋，放下了手中的卷宗，對外吩咐：「牧禾，吩咐人端飯菜來，再拿一壇醉紅顏。」

「是。」牧禾應聲，立即去了。

陸之凌上上下下打量了蘇子斬一眼，揚了揚眉，補充了一句：「一壇不夠，拿兩壇來！」

牧禾止步，看向蘇子斬。

蘇子斬挑眉：「喝了兩壇，你今晚還能走得出我這院子回國公府？」

陸之凌乾脆地說：「不回了，就歇在你這院子裡，明日一早再回，今日與你一醉方休。」

蘇子斬聞言沒意見，示意牧禾：「去拿吧！」

牧禾連忙去了。

陸之凌來到桌前，將蘇子斬渾身上下瞧了個遍，一屁股坐下身，翹著腿說：「從小我就以為早晚有一日我會失去你這個兄弟朋友，眼看著你寒症不治而亡，大約你死了，我也不必總念著你的醉紅顏了。沒想到啊！你命不該絕，果然是此理。」

蘇子斬懶洋洋地瞅了陸之凌一眼：「我以前也總想著，在我沒死前，你已經受不了國公爺管你，離家出走再不回京了。沒想到，不喜京城不喜朝局的你，如今手握重兵，號令三軍，果然人生變數太大，全看天意。」

陸之凌哈哈大笑：「說的正是，你不也是一樣？不喜入朝，不也入朝了？與太子殿下從小相互看不順眼到大，如今反而和睦了。我回京這一路，都在聽人議論太子殿下和你。」

蘇子斬淡笑：「身為太子，他不容易，我不為他入朝，不過是為了花顏所為的他與南楚江山罷了。」

陸之凌聞言一陣唏噓：「說句不中聽的話，若非你身上的寒症，你與我妹妹如今大約會走馬揚鞭，泛舟碧波，行走天下，遊遍山河，怕是好不愜意。哪裡像如今這般，她為了太子殿下不惜深受重傷將南楚江山擔在肩上一半，你為了她，踏入朝堂攪進深水困入局中。」

蘇子斬輕嗤：「果然是不中聽的話，如今還說這些做什麼？若沒有我身上的寒症，蘇子斬未必是如今的蘇子斬。而她若非為了我的寒症前往南疆蠱王宮，也不見得與你八拜結交讓你得了便宜多一個妹妹。」

陸之凌撇了撇嘴：「說得也是。」話落，他感慨，「到底她與雲遲是天定姻緣。」

蘇子斬不置可否。他沒與花顏說的是，在她送回蠱王書信一封告知他答應嫁給雲遲的兩日後，花灼給他卜了一卦，那一卦顯示，他若是奪，花顏的天定姻緣到底是雲遲還是他，還真說不定。但有一點可以肯定，他若是奪，便是山河動盪，九州染血。

所以，他在北地時才與花顏說，他不是沒想過奪，但做不到去奪。

花顏一定不願意看到江山飄搖，四海塗炭。

他放棄了，聽從花顏的安排，無論是對雲遲，對花顏，還是對他，亦或者是對天下萬民，都是好事兒。

「在想什麼？」陸之凌話落，不見蘇子斬說話，對他揚眉。

蘇子斬莫名地笑了笑，淡淡道：「在想國公若是知道你回京後不回家，在東宮睡了一日不說，晚上來找我喝酒準備徹夜不歸，一定會氣的拿軍棍打死你。」

陸之凌翻了個白眼：「我在與你說話，你卻在想我被打？」話落，他忽然古怪地看著蘇子斬說，「你何時學了花顏的一副做派，不著調的很了？你難道也這副樣子出現在太子殿下面前？他怎麼沒拿劍劈了你？」

蘇子斬斜倚著桌子，一手擱在桌上，一手輕叩著桌面，聞言懶洋洋地笑：「是嗎？很像？」

「嗯，有幾分像，只要熟悉的人，都不難看出來。」陸之凌肯定地點頭。

蘇子斬忽然笑的很歡暢：「這樣最好，以前她剛踏入京城，在順方賭坊破賭局時，我便覺得她特別的很，天下女子，怕是只她一人。後來隨她離京去了桃花谷，再之後解了寒症去北地，只有她想做的事兒，一行一止，沒有她委屈自己的時候。與她相處時日長了，便學了她幾分隨性，果然自在的很。」

陸之凌誠然地點頭：「嗯，你這樣看起來果然比以前冷冰冰的樣子舒服多了。」

蘇子斬淡笑：「我以前想不開，總鑽牛角尖，凡事喜歡走極端，後來從花顏身上明白，人生一世，自當怎麼自在怎麼來，在自在中堅定不移的走每一步路。」

陸之凌感慨：「南楚山河志，有朝一日，會記她一大功。」

牧禾帶著人端來了晚膳，抱了兩壇酒來，放在了蘇子斬和陸之凌面前一人一壇。

陸之凌聞到酒香，打開瓶塞，直接將大壇拎起來，豪爽地說：「來！為我們將來都在南楚山河志名垂青史。乾了！」

女帝

千樺盡落——著

百年簪纓世家鎮國公府，一朝傾塌灰飛煙滅，
嫡長女白卿言重生一世，
絕不讓白家再步前世後塵……

- 年度閱文女頻、風雲榜第一名！
- 破億萬人點閱，二百萬人收藏推薦！
  2024 年十大必讀作品！

鎮國公功高震主，當今陛下聽信讒言視白家為臥側猛虎欲除之而後快！南疆一役，白卿言其祖父、父親叔叔與弟弟們為護邊疆生民，戰至最後一人誓死不退，白家二十三口英勇男兒悉數戰死沙場，百年簪纓世家鎮國公府，一朝傾塌灰飛煙滅。

上輩子白卿言相信那奸巧畜生梁王對她情義無雙，相信助他登上高位，甘願為他牛馬能為白家翻案，洗刷祖父「剛愎用軍」之汙名……臨死前才明瞭清醒，是他，聯合祖父軍中副將坑殺白家所有男兒；是他，利用白卿言贈予他的兵書上的祖父筆跡，偽造坐實白家通敵叛國的書信；是他，謀劃將白家一門遺孤逼上絕路，無一善終；

上天眷顧，讓嫡長女白卿言重生一世，回到二妹妹白錦繡出嫁前一日，世人總說白家滿門從不出廢物，各個是將才，女兒家也不例外！

白卿言憑一己女力，絕不讓白家再步上前世後塵……一步步力挽狂瀾，洗刷祖父冤屈、為白家戰死男兒復仇，即使只剩一門孤兒寡母，也要誓死遵循祖父所願，完成祖父遺志……「願還百姓以太平，建清平於人間，矢志不渝，至死不休！」

全十四卷完結

STORY 100

花顏策 卷八

作者 西子情
主編 汪婷婷
編輯協力 謝翠鈺
企劃 鄭家謙
美術設計 卷里工作室 季曉彤
董事長 趙政岷
出版者 時報文化出版企業股份有限公司
108019台北市和平西路三段二四〇號七樓
發行專線——(〇二)二三〇六六八四二
讀者服務專線——〇八〇〇二三一七〇五
(〇二)二三〇四七一〇三
讀者服務傳真——(〇二)二三〇四六八五八
郵撥——一九三四四七二四時報文化出版公司
信箱——一〇八九九 台北華江橋郵局第九九信箱
時報悅讀網 http://www.readingtimes.com.tw
法律顧問 理律法律事務所 陳長文律師、李念祖律師
印刷 勁達印刷有限公司
一版一刷 二〇二四年十一月二十二日
定價 新台幣三八〇元
缺頁或破損的書，請寄回更換

花顏策 / 西子情作 . -- 一版 . -- 臺北市 : 時報文化出版企業股份有限公司 , 2024.11-
冊； 14.8×21 公分 . -- (Story ; 100-)
ISBN 978-626-396-988-9 (卷 8 : 平裝). --

857.7 113016743

Printed in Taiwan